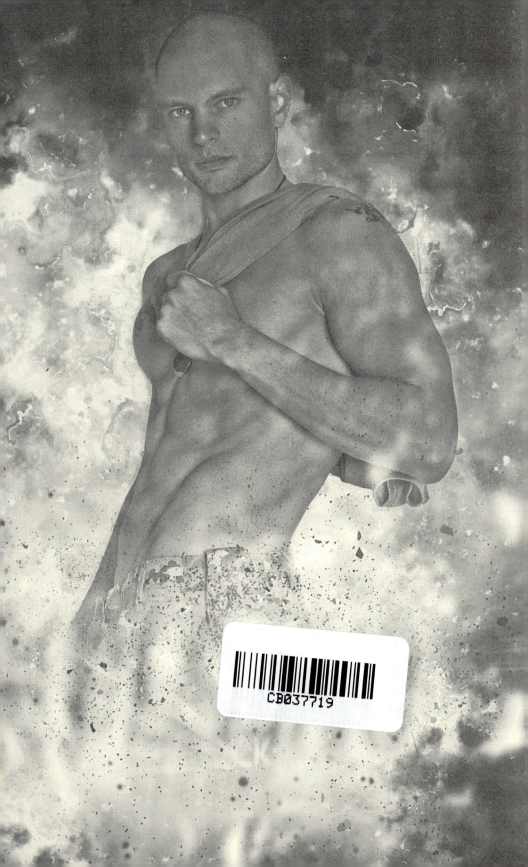

JANE HARVEY-BERRICK

EXPLOSIVO
TICK TOCK

Traduzido por Natalie Gerhardt

1ª Edição

2018

Direção Editorial:	**Modelo:**
Roberta Teixeira	Gergo Jonas
Gerente Editorial:	**Fotógrafo:**
Anastacia Cabo	GG Gold
Tradução:	**Revisão:**
Natalie Gerhardt	Calliope Soluções Editoriais
Arte de Capa:	Marta Fagundes
Sybil Wilson/Pop Kitty Design	**Diagramação:**
	Carol Dias

Copyright © Jane Harvey-Berrick, 2018
Copyright © The Gift Box, 2018

Todos os direitos reservados.
Nenhuma parte do conteúdo desse livro poderá ser reproduzida em qualquer meio ou forma – impresso, digital, áudio ou visual – sem a expressa autorização da editora sob penas criminais e ações civis.

Esta é uma obra de ficção. Nomes, personagens, lugares e acontecimentos descritos são produtos da imaginação da autora. Qualquer semelhança com nomes, datas ou acontecimentos reais é mera coincidência.

Este livro segue as regras da Nova Ortografia da Língua Portuguesa.

Dados Internacionais de Catalogação na Publicação (CIP)
BIBLIOTECÁRIA RESPONSÁVEL: BIANCA DE MAGALHÃES SILVEIRA - CRB/7 6333

H341

Harvey-Berrick, Jane
    Explosivo: tick tock / Jane Harvey-Berrick ; Tradução Natalie Gerhardt. – Rio de Janeiro: The Gift Box, 2018.
    334p. 16x23cm. v.1

    Título original em inglês: Tick Tock
    ISBN 978-85-52923-40-4

    1. Literatura inglesa. 2. Romance. I. Gerhardt, Natalie. II. Título.

CDD: 820

Para todos os homens e mulheres que vão de encontro ao perigo.
E – Explosive
O – Ordnance
D – Disposal
Desarmamento de artilharia explosiva.
Esquadrão Antibombas.

JANE HARVEY-BERRICK

UMA OBSERVAÇÃO SOBRE ESTE LIVRO

Não foi nada fácil escrever este livro por diversos motivos – e foi muito importante para mim fazer a pesquisa de forma correta.

Tenho bons amigos no Esquadrão Antibombas, além de amigos bem próximos na comunidade muçulmana, que me ajudaram e orientaram.

Fizeram isso, mas, no final das contas, este livro foi escrito por mim, então, quaisquer erros cometidos são exclusivamente meus.

O meu objetivo é ser respeitosa com ambas as comunidades e contar uma história de amor e compaixão em um lugar muito sombrio.

Gostaria de avisar que talvez haja muitos "gatilhos" para algumas pessoas nesta história.

No final das contas, esta é uma história de amor, não de ódio, e eu espero que essa parte fique com você.

E eu realmente devo agradecer aos meus dois amigos no exército, J. e J.

Mas também devo um grande agradecimento à minha adorável equipe que me ajudou a dar forma a esta história, Madeena Mohana Wali, Dzana, Selma e Sejla Ibrahimpasic, que me orientaram em relação aos costumes islâmicos.

JANE HARVEY-BERRICK

JANE HARVEY-BERRICK

PRÓLOGO

Nascemos sozinhos e morremos sozinhos.

Nunca tive medo de morrer. É viver que me assusta pra cacete.

Mas, usando a armadura do Esquadrão Antibombas, estou completamente sozinho.

Não existe o hoje, nem o ontem, nem o amanhã.

Só o aqui e agora.

Não existe Deus, Diabo, bem ou mal.

Apenas eu. E o som da minha respiração, alta e rítmica.

Apenas eu. E essa bomba.

Uma bomba é um dispositivo criado para matar, mutilar ou ferir.

Não estou com medo. Não tenho tempo para o medo.

O sol está brilhando, a luz é um nevoeiro branco, o suor escorre pela testa e entra nos meus olhos. Quanto mais tempo eu ficar aqui fora, ajoelhado na poeira, mais vulnerável ficará a equipe que está me dando cobertura.

Não posso me apressar. Tenho que agir com precisão.

Porque se eu cometer um erro, estou morto.

Sou um soldado do Esquadrão Antibombas.

Faço o desarmamento de artilharia explosiva.

Eu sou o homem que neutraliza a explosão.

JANE HARVEY-BERRICK

CAPÍTULO UM

JAMES

Ergui o meu fuzil SA80 e mirei no peito do homem. *Você está na minha mira!*

Com a distância de 18 metros, eu não tinha como errar. Nem ele.

Ele estava dirigindo um Jeep velho, mas tão velho, que parecia que as partes eram coladas com chiclete e barbante. Ele mudou a marcha de forma ameaçadora, e eu usei um poste como proteção para que ele não me atropelasse. Eu não conseguia ver as mãos do motorista. Mas que merda ele estava fazendo com as mãos? Poderia estar tentando pegar uma arma, ou preparando um dispositivo que poderia abrir um buraco no mundo.

Aquela merda estava ficando séria.

Fiz um gesto com o fuzil, minha voz dura e cheia de coragem – uma voz de comando:

— Levante as mãos e as coloque no volante.

Ele não se mexeu, só ficou olhando para mim, estreitando o olhar cheio de ódio.

— Levante as mãos, *agora*!

Nada ainda.

O soldado ao meu lado começou a se agitar.

— Sargento, ele não está fazendo nada! Será que fala inglês?

Ele tinha um sotaque da Geórgia e a frase soou bem estranha aos meus ouvidos, como se ele estivesse falando com a boca cheia.

— Sei lá. Você fala?

Ele deu um sorriso nervoso, mas a minha piada o ajudou a relaxar um pouco. Ou talvez ele só tenha retrocedido antes de cometer um grande erro.

Dei um passo para a frente, apontando o fuzil para o insurgente.

— Mãos onde eu consiga ver!

Mesmo que ele não falasse inglês, o significado estava claro.

Mas eu me distraí com o soldado ao meu lado que estava agitando os pés como se fosse mijar na calça.

Olhei para ele.

— Fique calmo, está tudo bem...

De repente, ouvimos uma explosão alta, um brilho de luz vindo do Jeep e uma nuvem de poeira e fumaça azul subiu para o céu.

Baixei meu fuzil e xinguei.

— Sargento Spears! — berrou o Capitão Elderman, balançando a cabeça. — Se esse dispositivo fosse real, você e seus homens estariam mortos agora. Você deveria ter se certificado de que as mãos dele estavam à vista. Que bom que este é um exercício de treinamento em Wiltshire e não uma situação real na porra de algum lugar qualquer. Eu esperava mais de você, Spears. Vá até o meu escritório mais tarde.

Então, ele se afastou.

O motorista do Jeep riu, fez um V de vitória com os dedos, saindo da nuvem de poeira, enquanto o escapamento fazia barulhos asmáticos.

Filho da puta.

— Sinto muito, sargento — desculpou-se o cabo que estava comigo, com expressão deprimida. — Eu estraguei tudo.

— Você, eu, nós dois. — Suspirei.

Nós nos juntamos ao restante da tropa e voltamos para o ônibus que nos levaria do campo de treinamento de volta aos barracões.

A mochila nas minhas costas pesava cinquenta quilos. Vinte quilos de equipamento básico do exército e trinta quilos do meu kit do Esquadrão Antibombas. Estava 31°C e eu estava suando em bicas. Os verões da Inglaterra não deveriam ser tão quentes assim. Foi um grande alívio quando entrei no ônibus e me sentei no fundo para poder largar a mochila e tomar um pouco de água do cantil.

Olhei para a minha equipe – soldados formados em engenharia elétrica e mecânica. Eram caras muito legais, mas jovens e inexperientes. Com 29 anos, eu era o mais velho. Próxima parada, trinta anos. Puta que pariu. Quando é que eu tinha ficado tão velho?

Eu me recostei no assento e fechei os olhos, deixando a exaustão tomar conta de mim. Em questão de minutos, eu tinha adormecido. Isso é uma coisa que se aprende no trabalho: tire um cochilo sempre que puder. Você talvez tenha poucas horas no saco de dormir e pode demorar muito até conseguir outra chance quando está em uma missão em ambiente hostil. Com o passar dos anos, treinei para dormir em qualquer lugar, desde uma rede até no alto de uma árvore, em um tanque, ou deitado no chão de cimento. Tempo e oportunidade eram as únicas coisas de que eu precisava.

Embora uma cama confortável e macia com uma mulher bonita seria muito melhor, mas eu aproveitava o que podia.

Quando o ônibus chegou à base, eu já estava totalmente desperto.

As bases militares são essencialmente iguais: casas de tijolos vermelhos para as famílias, barracões baixos de concreto para os solteiros, construções feias, escritórios sem-graça, hangares para os aviões ou transporte, pistas de asfalto – tudo cinza, funcional e deprimente.

O ministro da defesa vivia prometendo melhorar os quartéis, mas eu não tinha visto nenhum sinal disso ultimamente. Pelo menos cada um contava com um quarto individual, a não ser pelos recrutas que ainda não tinham passado pelo treinamento básico.

De volta à sala do arsenal, devolvemos as armas e a munição foi contada de forma diligente. Ninguém queria que a nossa munição caísse em mãos erradas.

— Muito bem, garotos — disse eu, sorrindo, apesar do cansaço e do fracasso. — Não foi um dia totalmente ruim... A gente estava indo bem até nos depararmos com a porra de uma bomba. Pensem como poderíamos ter nos saído melhor da próxima vez.

— Sim, senhor. — Vieram as respostas resmungadas.

O sorriso desapareceu do meu rosto quando virei para seguir para o prédio dos escritórios da administração da base.

Nem todos os oficiais eram babacas. Em média, você às vezes cruzava com um em quem não queria atirar. Elderman era tranquilo, não que eu o conhecesse bem. Estávamos trabalhando juntos havia três semanas – tempo que mal dava para eu aprender a me virar pela base.

Se eu estivesse em uma missão no exterior, teria usado o tempo para fazer requisições não oficiais para um kit melhor para os meus homens. Sempre havia alguma coisa que eles precisavam e o filho da puta do intendente queria manter arrumadinho no seu lindo e arrumado armazém. Pegar suprimentos lá poderia ser um excelente exercício de treinamento para a minha equipe. Não oficialmente, é claro. Mas em uma base local, isso seria visto como uma ação extremamente não profissional e provavelmente acabaria com a sua carreira – mas conseguir suprimentos em missões era visto de outra forma.

Totalmente contra os regulamentos. No entanto esse era o lance com os homens que estavam no meu ramo: técnicos de munição – soldados do Esquadrão Antibombas –, nós éramos péssimos soldados, mas ótimos técnicos de munição.

Nós pensávamos de forma bastante diferente da maioria dos soldados – fomos treinados especificamente para isso. Tínhamos que estar três passos à frente de todo o resto. Aprendíamos a analisar, a pensar. E isso nos tornava independentes – o que a maioria dos oficiais odiava.

Éramos o oposto de pilotos de caça: eles saíam contando para todo mundo que eram pilotos e que a velocidade é a vida deles. Eu não contava para ninguém o que eu fazia e velocidade seria a nossa morte.

Capitão Elderman aceitou a minha saudação rapidamente e fez um gesto para que eu me sentasse.

— Que merda hoje, hein, sargento? Não foi o seu melhor momento.
— Não, senhor.

Ele tinha visto tudo que tinha acontecido. Não havia necessidade para me desculpar.

O Capitão se recostou na cadeira, batendo no tampo da mesa marcada com uma caneta de plástico barata.

— Recebi um pedido nada usual de alguém da sede da nossa divisão que acha que você é o homem certo para o trabalho.

Lancei um olhar cauteloso para ele. Na minha experiência, um voluntário era alguém que não tinha entendido bem a pergunta.

— Parece que nossos amigos do outro lado do oceano precisam da ajuda de alguém com suas habilidades específicas, ao que tudo indica. Para trabalhar com a equipe local do Esquadrão Antibombas – algum tipo de exercício de treinamento. Você precisa se apresentar à RAF

Croughton amanhã. Parece que os ianques querem tanto você que estão mandando um avião para buscá-lo. Arrume suas coisas e esteja pronto às sete horas da manhã.

Eu não estava esperando por isso – um exercício de treinamento com os militares americanos?

Seria interessante: os americanos tinham uma pesada rotina de treinamento. Quinze anos antes, eles disseram que queriam se tornar o Esquadrão Antibombas de referência em dez anos, e talvez, em termos de equipamento, suporte, números e capacidade, eles tivessem tudo a favor deles. No exército britânico, nós treinávamos havia décadas aprendendo a neutralizar qualquer ameaça que o IRA, os rebeldes irlandeses, lançasse contra nós. Havia uma diferença de curva de aprendizagem para se inspirar.

— Sim, senhor. Por quanto tempo ficarei fora?

Ele franziu a testa e olhou para os documentos.

— Não está especificado. Melhor esperar ficar longe por algumas semanas.

— Sim, senhor.

Peguei os documentos de convocação que ele me entregou e li enquanto seguia para o meu quarto.

A convocação simplesmente informava onde e quando eu seria pego: nada sobre o exercício de treinamento, quanto tempo eu ficaria no exterior, o que eu faria e com qual regimento eu trabalharia, nem quem foi o solicitante da minha presença. O mais estranho é que a única informação era um endereço de e-mail encaminhado para um departamento do qual eu nunca tinha ouvido falar na sede de Londres.

Ao que tudo indicava, Elderman não tinha recebido mais nenhuma informação além das que constavam no documento.

Não era completamente estranho fazer exercícios com colegas do exército americano; eu já tinha treinado até com soldados de elite, os Navy Seals, e com equipes do Esquadrão Antibombas da infantaria naval dos Estados Unidos – mas isso era definitivamente diferente.

Por um motivo, parecia que eu viajaria sozinho em vez de com a minha unidade. Além disso, não havia nenhuma informação dizendo para onde eu estava indo. Isso sem contar que a logística para esses tipos de exercícios conjuntos sempre levavam meses de planejamento. Eu já teria

EXPLOSIVO

ouvido alguma coisa sobre isso antes de agora.

Peguei o meu telefone e pesquisei no Google, RAF Croughton:

> Royal Air Force Choughton fica na base aérea do 422º grupamento cuja função é servir como instalação de suporte, serviços, proteção e comunicações com todo o mundo cobrindo um amplo espectro de operações. O grupo fica no Reino Unido e tem o apoio da OTAN, do Comando Europeu dos Estados Unidos, do Comando Central dos Estados Unidos, do Comando de Operações Especiais da Aeronáutica, das operações do Departamento de Estado dos Estados Unidos e das operações do Ministério da Defesa. O grupo sustenta mais de 450 circuitos C2 e apoia 25% de todas as comunicações entre Europa e Estados Unidos (CONUS).

Em outras palavras, coisa pesada.

Havia uma história atrás dessa convocação, eu só não sabia qual era ainda. Porque parecia ser o tipo de coisa que geralmente seria feita pelas forças especiais. Mas desde que eu tinha sido jogado em uma unidade sem muito futuro depois do incidente do Afeganistão, essa era a minha chance de escapar para algo mais excitante – e possivelmente salvar a minha carreira.

Então, não me restava mais nada a fazer, a não ser arrumar as malas. Como eu só estava em Wiltshire havia três semanas, eu não estava ainda à vontade ali e eu sempre viajava com pouca bagagem. Então isso não era um problema: mas onde guardar a minha motocicleta Ducati Sport 1000 era. Eu não confiava nem um pouco nos filhos da puta atrapalhados da transportadora, a Unidade de Logística da Coroa, de não danificá-la.

Mas eu partiria em 12 horas e não tinha muitas opções.

Decidi mandar uma mensagem de texto para meu colega Noddy, lembrando que ele me devia um favor e que deveria cuidar da minha moto até eu voltar.

Ele concordou, mas também ameaçou dar umas voltas enquanto eu estivesse longe. Noddy tinha feito parte do meu pelotão, mas tinha deixado o exército cinco anos antes. Agora pesava mais de 130 quilos e tinha o equilíbrio de um hipopótamo; se ele tentasse dar uma volta com a minha moto, ele acabaria no hospital; e minha moto, no ferro-velho.

Por um momento, pensei em mandar uma mensagem de texto para Vanessa, mas me lembrei de que a gente tinha terminado havia um mês porque ela não curtia esse lance de relacionamentos à distância. Ela odiava que eu fosse enviado para longe o tempo todo e reclamava, choramingava e resmungava sobre encontros cancelados, ausências em aniversários. Tinha reclamado um monte quando descobriu uma infestação de formigas na cozinha e eu não estava lá para resolver. O que será que ela achava que o exército era? Um acampamento de férias onde você poderia entrar e sair como bem lhe desse na telha?

O exército era o meu lar – o único que eu já tinha tido, então, eu fazia o que me mandavam fazer – na maior parte do tempo – e ia para onde me mandavam ir.

Tentei não pensar sobre o que eu ia fazer depois de servir meus 22 anos. Voltar para a vida civil aos quarenta era uma coisa que não me atraía nem um pouco. Alguns ficavam depois de terem servido o tempo completo, mas não muitos.

Balancei a cabeça: eu ainda tinha 11 anos antes de ter que enfrentar aquele pesadelo.

Deitei na cama dura e coloquei as mãos atrás da cabeça e me perguntei o que o exército me reservava daquela vez.

JANE HARVEY-BERRICK

CAPÍTULO DOIS

AMIRA

O luto me tomava por inteiro, dificultando completamente a respiração e os pensamentos.

Meus pulmões lutavam para puxar o ar quente da Califórnia, e todo meu corpo estava tão contraído que meus ossos poderiam muito bem ruir por causa da pressão.

Zada estava encostada em mim, seus soluços soando altos e desesperados; nossa mãe estava chorando e resmungando coisas incoerentes enquanto as lágrimas escorriam pelo seu rosto. Apenas o nosso pai se mantinha empertigado, seu orgulho mantendo-o ereto.

— Seu irmão terá entrada garantida pelas Portas do Paraíso no Dia do Julgamento — declarou com a voz rouca de sofrimento.

Eu não conseguia chorar – estava com raiva demais para isso.

Meu irmão.

Meu irmão mais novo que não deveria ter morrido aos 26 anos.

Meu irmãozinho que morreu na Síria. Morto durante um ataque aéreo norte-americano enquanto trabalhava como voluntário em um hospital em Raqqa, uma cidade dominada pelo Estado Islâmico e destruída por anos de violentas lutas. Se foi um acidente ou se o governo dos Estados Unidos acreditavam que o hospital estava servindo de abrigo para forças rebeldes, ninguém sabia dizer.

Os artigos dos jornais sírios mostravam imagens de ruas bombardeadas, crianças paralisadas com a perda, olhando com olhos assustados para as câmeras e todos nós estávamos estressados e fartos da guerra que acontecia a milhares de quilômetros de distância.

Mas não o meu irmão. Não o meu doce, generoso e bondoso irmão.

Pensar em Karam esmagado sob as paredes do hospital provocou uma nova onda de raiva. Eu sentia frio e calor e estava tomada pela fúria. A minha família precisava de mim.

— *Quem salva a vida de uma só pessoa, terá salvo a vida de toda a humanidade.*

Meu pai estava citando o Alcorão desde que tinha recebido a notícia. A voz tinha começado forte e, depois, foi enfraquecendo e as palavras saíram distorcidas. A boca se contraiu em um grito silencioso e ele cerrou os olhos com foça. Os ombros frágeis tremeram com os soluços silenciosos do corpo envelhecido.

Os pais nunca deveriam ter que enterrar os próprios filhos. Isso era errado. Isso era errado demais.

A raiva controlou as minhas lágrimas.

Eu estava com tanta raiva de Karam. Ele não tinha nada que ter ido para a Síria nas férias de verão. Ele nem era um médico formado – ainda tinha anos de estudo na faculdade de medicina. Mas ele disse que poderia ajudar outras pessoas lá. Disse que poderia fazer o bem.

E agora, ele estava morto. E eu o odiava. Odiava o que ele tinha feito com a nossa família. Estávamos dilacerados, desesperados e sem esperanças.

O *hijab* que cobria a minha cabeça, pescoço e ombros era sufocante sob o sol de agosto; senti o suor escorrer pela nuca, as marcas úmidas embaixo dos meus braços e nas minhas costas.

Zada agarrou a minha mão, apertando os meus dedos de forma dolorosa. Dei boas-vindas à dor. Gostei dela. Era algo no que me segurar. Algo tangível.

As palavras do Alcorão ecoavam na minha cabeça, mas eu não sabia se acreditava nelas. Se eu já tinha acreditado um dia.

Na minha mente, vi meu pai se levantar, trêmulo e sofrido enquanto se despedia do único filho.

Nas mãos segurava um montinho de terra para espalhar no túmulo, enquanto Imame fazia outra citação do Alcorão.

— *Da terra foi criado e para terra retornará, e dela se reerguerá uma segunda vez.*

Eu conseguia ver tudo na minha mente, enquanto a tristeza e a raiva dilaceravam o meu coração partido, a minha alma seca.

— Maldito seja, Karam — sussurrei. — Eu o amo tanto, mas nesse momento eu odeio você. Odeio muito!

As pessoas de luto rezavam, pediam perdão por Karam para lembrá-lo de sua profissão de fé. Sei que meu pai veria tudo aquilo como consolo, o jeito que ainda conversavam com Karam por meio da oração.

Minha irmã pegou o Alcorão e começou a ler, sua voz ficando mais alta e forte à medida que avançava na leitura.

Eu não ouvi.

E não acreditei.

Que Alá me atingisse com um raio.

Por três dias ficamos de luto. Vizinhos e amigos trouxeram comida e deram as condolências, mas nada daquilo conseguia tocar a nossa tristeza, nem a minha profunda raiva.

Fiquei olhando pela janela, observando enquanto outro grupo de amigas da minha mãe deixavam a casa.

— Você ainda não chorou.

Perdida nos meus pensamentos, levei vários segundos para entender as palavras da minha irmã.

— O quê?

Virei-me abruptamente para o tom acusador de Zada e observei com irritação enquanto seus olhos escuros se enchiam de lágrimas e ela limpava o nariz de novo com um lenço úmido. Concentrei-me na vermelhidão dos seus olhos, nas pálpebras inchadas e na coriza que escorria pelo seu nariz. Estranho como a tristeza nos tornava feios.

— Você não chorou por Karam. Nem uma vez. Você não se importa?

As palavras murmuradas fizeram minha atenção voltar para ela.

— Como você pode dizer uma coisa dessas?

Ela encolheu os ombros e afastou o olhar.

— Você age como se tudo isso não passasse de uma inconveniência, como se você preferisse estar trabalhando.

Ela estava certa. E, já que ela estava em busca da verdade, eu a dei, nua e crua.

— Para ser bem sincera, Zada, eu preferia mesmo. Eu não vejo o motivo de ficar reforçando todo esse luto. Como se depois de três dias nós voltássemos a ficar bem e pudéssemos seguir normalmente com a nossa vida. Isso é tão falso.

Ela ficou olhando para mim, fungando.

EXPLOSIVO

— Isso é para ajudar o luto. Mas... Você parece tão... zangada.

Esfreguei a testa, meus dedos agarrando no tecido do *hijab*. Era apenas um véu para cobrir o meu cabelo durante as orações – hoje meus pais queriam discrição, então eu fui discreta do jeito que eles precisavam.

— E você não está zangada, Zada? Ele morreu enquanto trabalhava em um hospital. *Drones* americanos lançaram bombas em um hospital! Isso não deixa você com raiva? Que ele tenha morrido sem motivo?

Ela baixou o olhar para o lenço que trazia nas mãos e começou a rasgá-lo.

— Ele não morreu por nada. Ele salvou muitas vidas enquanto estava lá. Ele disse isso nos seus e-mails, *mashallah*.

Segurei um gemido. *Mashallah* – como quis Alá. Parecia uma desculpa esfarrapada para mim. Mas minha irmã caçula sempre foi devota. Era eu quem questionava tudo, que sempre perguntava o porquê, que fui enviada para aulas extras quando tinha nove anos porque meu pai não sabia mais responder às minhas centenas de perguntas.

Nós viemos para os Estados Unidos quando eu tinha seis anos de idade, e Karam, três. Eu tinha lembranças anuviadas do nosso velho país, a nossa existência anterior era um borrão de cores, rostos, frases e velhas músicas.

Na sua antiga vida, o nosso pai era professor universitário, uma pessoa importante. Mas quando foi acusado de ser membro de um grupo político não autorizado, a acusação teria sido o suficiente para mandá-lo para prisão para ser torturado. Os amigos do meu pai avisaram que o seu nome estava na lista do governo, então nós fugimos apenas com a roupa do corpo.

Durante dois anos, fomos refugiados, em busca de asilo político, imigrantes, use o nome que quiser. E, então, recebemos autorização para viver na Terra da Liberdade.

Nós nos mudamos para o sul da Califórnia, e o meu pai encontrou um emprego limpando banheiros de escritórios. Ele chegava em casa fedendo a urina e água sanitária. Dizia que era um trabalho honesto e que o orgulho era pecado, então, ele rezava todas as noites, grato pela chance que estava tendo.

Assim que aprendi a falar inglês e perdi meu sotaque, virei apenas outra imigrante pobre e de olhos escuros. As pessoas achavam que eu era mexicana e eu ficava feliz com isso.

Eu só usava o *hijab* nos feriados religiosos.

Mas Zada tinha nascido aqui, uma cidadã americana de nascimento. Ela estudou de boa vontade o Alcorão e sempre se vestia de forma mais discreta do que eu. Quando fez 15 anos, começou a usar o *hijab* o tempo todo. Nós éramos diferentes como o dia e a noite, mas eu não a entendia, e eu sempre tinha sido mais próxima a Karam.

Karam. Meu irmão amoroso, divertido e tão feliz. O *hipster*, o surfista, sempre sorrindo, sempre generoso. Sempre amigo.

Morto.

Por nada.

Quando finalmente voltei para o meu minúsculo apartamento perto do Scrips Mercy Hospital, em Chula Vista, onde eu trabalhava como enfermeira do pronto-socorro, mergulhei de cabeça em todo ódio e raiva que eu sentia.

Eu precisava fazer alguma coisa.

A morte de Karam precisava fazer sentido.

Eu precisava fazer alguma coisa.

JANE HARVEY-BERRICK

CAPÍTULO TRÊS

JAMES

Eu esperava que algum tipo de transporte militar fosse me buscar, mas, em vez disso, um Range Rover preto parou do lado de fora da sede. Não tinha placa militar também, mas o cara que estava dirigindo era da Força Aérea Americana.

— Sargento James Spears?
— Sou eu.

Ele provavelmente estava se perguntando porque eu não estava usando as minhas placas de identificação. No exército britânico, nós só usávamos as placas quando estávamos em alguma missão e, mesmo assim, sempre por baixo da camisa. Além disso, eu tinha outro motivo para não usá-las; eu tinha feito uma alteração nas minhas porque, quando eu estava usando a armadura antibomba, elas eram comprimidas pelo peitoral de proteção e me espetavam. Um colega australiano do AT-I costumava usar as placas nas botas porque se acabasse sendo explodido, as botas sobreviveriam.

— Soldado sênior John Behrends. Prazer em conhecê-lo, senhor.

Apertamos as mãos e eu joguei a minha mochila no banco traseiro, seguido pela minha bolsa de viagem; fechei a porta e me acomodei no banco do carona.

Ao passarmos pela guarita, o soldado de guarda bateu continência e levantou a barreira, fazendo sinal para seguirmos.

Logo estávamos passando pela região de Wiltshire, a grama fina ficando amarronzada sob o sol escaldante e, depois, seguindo pela A34, atravessando Oxfordshire para chegarmos ao nosso destino. Foi uma viagem de noventa minutos e conversamos sobre os países que fomos enviados em missões e sobre a opinião dele sobre o clima inglês. Depois disso, ficamos em silêncio e eu fiquei de boa com isso – a estranheza da situação ocupava o meu pensamento, mas eu também estava gostando do silêncio e da paz. Você precisa encontrar aquele silêncio dentro de você quando mora em uma base com milhares de militares e civis. Achava fácil ficar sozinho com os meus pensamentos no meio de uma multidão.

Quando chegamos à base RAF Croughton, uma entrada despretensiosa na beira de uma pequena vila pastoril, o motorista parou na frente de um prédio cinza sem personalidade, pegou minha bagagem no banco de trás, acenou e desapareceu atrás de um hangar vazio.

Do outro lado da pista lisa de cerca de um quilômetro de distância, vi um Gulfstream C-20 parado. E, em algum lugar distante, ouvi o som familiar de um helicóptero.

Quando entrei no prédio, entreguei minhas ordens a um jovem soldado da aeronáutica.

Ele era o estereótipo do americano louro de olhos azuis e bateu continência.

— Sim, senhor. Estávamos esperando a sua chegada, senhor. Gostaria de um café?

— Obrigado. Vocês têm chá?

Ele lançou um olhar inseguro.

— Claro, creio que sim, senhor.

Ele me deixou sentado em um banco duro enquanto remexia em algumas coisas em uma sala nos fundos. Então, entregou-me, cheio de orgulho, um copo cheio de água morna com um saquinho de chá boiando.

— Eu nunca preparei chá para um britânico antes — declarou ele em tom alegre.

Olhei desconfiado para o saquinho de chá boiando ali. Não, eu não ia beber aquilo.

— Obrigado.

— De nada, senhor.

Ele voltou para o computador, feliz por ter realizado o trabalho. Coloquei cuidadosamente o copo de lado e verifiquei as mensagens no meu telefone. Não. Ninguém estava nem aí. Nem mesmo Noddy tinha respondido ao meu e-mail sobre onde eu tinha deixado a moto e a chave. *Ótimo*. Era melhor que minha Ducati estivesse inteira quando eu voltasse ou chutarei muitos traseiros daqui até Glasgow.

Depois de alguns minutos, o telefone do jovem soldado tocou e ele ouviu com atenção, respondendo um monte de *"sim, senhor"*. Então, se levantou, pegou a minha bolsa de viagem e eu o segui, conforme o esperado.

Ele me levou por um longo corredor que parecia um labirinto de pequenos escritórios, cada qual com um soldado da USAF, suando, atrás de computadores. Alguns ergueram o olhar quando eu passei, os olhos acompanhando os meus passos até eu desaparecer de vista.

Por fim, o soldado parou em um escritório maior, bateu duas vezes e abriu a porta.

Um vento frio nos atingiu, secando o suor da minha pele.

Atrás de uma mesa de carvalho, vi um oficial mais velho. Seu ar de autoridade fez com que eu me empertigasse e batesse continência. Vi a estrela no seu ombro, reconhecendo um Major-General da Força Aérea Americana.

— Descansar, Spears. Sente-se.

— Sim, senhor. Obrigado, senhor.

Ele se recostou na cadeira, seus olhos me analisando sem muito interesse, antes de começar a falar:

— Você provavelmente deve estar se perguntando o que está fazendo aqui.

— A pergunta passou pela minha cabeça, senhor.

Ele levantou as sobrancelhas.

— Bem, Sargento Spears, eu também tenho as minhas ordens. E estas são para colocá-lo direto naquele C-20 que está sendo abastecido neste momento.

Esperei por mais informações.

— E isso é tudo que eu tenho para dizer para você, filho. Boa sorte.

Ele se levantou e estendeu a mão. Fiquei tão surpreso que levou um segundo para o meu cérebro acompanhar, enquanto eu me levantava e apertava a mão dele.

— Obrigado, senhor — respondi automaticamente.

Quando a porta do escritório se abriu novamente, um outro soldado entrou, bateu continência e pegou a minha mochila e a minha bolsa de viagem.

Novamente sob o céu azul e brilhante, ele jogou minha bagagem em um Jeep e nos levou pela pista em alta velocidade, fazendo o carro quicar

EXPLOSIVO

no mato e deslizar pela pista até o jato que nos aguardava.

Assim que tirei minha bagagem do carro, ele acelerou e foi embora. *Qual é o problema dessas pessoas?*

Um homem usando jeans e óculos estilo aviador estava no alto da escada do avião.

— Suba a bordo, Sargento. Tenho muitos quilômetros para voar hoje.

Apertei os olhos para olhar para ele, desejando ter tirado os óculos de sol da mochila.

— E para onde esses quilômetros vão me levar exatamente?

O sorriso dele era frio e condescendente.

— Conto pra você depois que decolarmos.

Olhei para trás, mas o Jeep que tinha me levado até ali já era um borrão na distância.

Resignado com a estranheza de tudo aquilo, subi e pisquei quando cheguei à penumbra do interior, meus olhos se ajustando lentamente depois de toda claridade do lado de fora.

A aeronave era mais confortável do que o transporte militar que eu já tinha usado antes, com assentos executivos de couro em volta de uma mesa pequena. Não havia mais ninguém ali.

Assim que subi a bordo, o cara fechou as portas e fez um gesto para eu me acomodar.

— Aperte os cintos. — Ele sorriu. — A viagem vai ser intensa.

Por algum motivo, não achei que ele estivesse falando sobre turbulência.

Ele fechou a porta do piloto, e ouvi as turbinas ganharem vida. Minutos depois, estávamos taxiando a pista e levantando voo. Olhei pela janela, o interior da Inglaterra diminuindo até ficar do tamanho de casinhas de brinquedo e faixas de terra marrom e campos amarelos, até as nuvens esconderem o mundo da minha vista.

Eu me recostei no assento, perguntando-me para onde é que eu estava sendo levado.

O cara com óculos escuros reapareceu depois de vinte minutos e me entregou um saquinho de amendoim e uma garrafa de água.

— Espero que tenha alguém mantendo essa pipa no ar — declarei, soando mal-humorado.

Ele deu risada.

— Pode crer. Equipe completa. Você, eu e o piloto. — Ele sorriu e se acomodou no assento à minha frente. — Meu nome é Smith.
— Uh-huh. E o meu é Jones.
Ele abriu a garrafa dele e tomou um longo gole.
— Você não é o primeiro a fazer essa piada, mas é verdade. Meu nome é Nathaniel John Smith. Meus pais só usaram a imaginação uma vez na vida. Pode me chamar de Nate ou de Smith. — Ele encolheu os ombros. — Você deve estar se perguntando o que está acontecendo. E eu estou aqui para explicar.
— Você não é militar — declarei, olhando para o cabelo mais comprido que formava cachos na base do pescoço e a barba por fazer.
— Eu era da 101ª divisão aérea. Um dos anjos.
— E agora?
Ele encolheu os ombros.
— Meus talentos estão fora do escopo militar.
— E isso o torna o quê? Agente do FBI? CIA? NSA?
Ele sorriu.
— Algo do tipo.
Ficamos nos olhando, avaliando um ao outro.
Ele era mais velho que eu, talvez uns dez anos. Havia algumas manchas de cabelo grisalho, mas ele estava em boa forma e obviamente se exercitava. Tinha uma cicatriz no supercílio e a ponta do seu indicador estava sempre dobrada.
— Eu nunca mais vou poder tocar piano — brincou ele, seus olhos escuros e inescrutáveis.
— Você vai me explicar o que estou fazendo aqui.
Ele abriu um enorme sorriso.
— Estou diante de um operador antibombas impaciente? Isso não é uma contradição em si? Bem, hoje é o seu dia de sorte porque estou aqui para explicar tudo pra você.
Ele se inclinou para frente e seu olhar ficou sério.
— Desde que o Estado Islâmico começou a perder terreno no Oriente Médio, um grande número dos seus combatentes se dispersou, mas não foi capturado nem neutralizado. Alguns se restabeleceram entre a população civil, mas outros deixaram o país. Suspeitamos que alguns

chegaram aos Estados Unidos, espalhando o radicalismo onde encontram terreno fértil: jovens desiludidos, esse tipo de coisa. As pessoas para quem trabalho estão muito insatisfeitas com isso.

As palavras dele não eram nenhuma surpresa para mim. Tudo que tinha dito era de conhecimento comum e algo que discutíamos com frequência na comunidade antibombas. A maioria do povo britânico dormia achando que ataques como os de 11 de setembro de 2001 jamais fossem acontecer lá. Até que aconteceram. No dia 7 de julho de 2005, 52 pessoas morreram, vítimas de uma onda de ataques a bomba por Londres. Setecentas pessoas ficaram feridas. Houve outros, é claro, então, mas recentemente, o ataque a bomba no concerto da Ariana Grande em 2017 nos fez lembrar de que a ameaça ainda existia. Na cidade de Manchester, em uma noite quente de maio, 23 pessoas perderam a vida por causa de um homem-bomba, e 139 ficaram feridos. As vítimas eram adolescentes. Crianças.

Como país, éramos vulneráveis, e pessoas como eu tentavam neutralizar os dispositivos – porém só se fossem encontrados a tempo.

Os olhos de Smith brilharam com o fervor de um fanático.

— Ninguém quer admitir, mas estamos perdendo terreno para o extremismo — declarou ele. — Temos que combater o fogo com fogo.

— Como assim?

Ele fez uma careta.

— Descobrimos uma célula terrorista na zona rural da Pensilvânia, bem no interior, na floresta, perto dos Apalaches. — Ele deu um sorriso frio. — A missão recebeu nome de Operação *Hansel* e *Gretel*[1].

— Sério?

Ele encolheu o ombro.

— Não fui eu que escolhi o nome. De qualquer forma, eles estão recrutando novos membros discretamente há três meses, e tivemos sorte de descobrirmos isso. São mais organizados do que a maioria. E eles treinam como soldados. Os líderes lutaram na Síria, no Iraque e no Afeganistão.

— E por que vocês não vão lá e prendem todo mundo?

Ele coçou a barba, parecendo pensar no assunto.

---

1 "Hansel and Gretel" é o nome de um conto de fadas dos irmãos Grimm. Em português, recebeu o nome de João e Maria.

30   **JANE HARVEY-BERRICK**

— Essa seria uma solução de curto prazo, mas queremos saber qual ou quem é o alvo do ataque, e queremos saber onde estão obtendo informações, porque eles são muito bons. Quem está dando suprimento para eles? Quem está fornecendo os armamentos?

Dei um sorriso seco.

— Em outras palavras eles são mais espertos do que vocês e vocês não conseguiram pegá-los.

Smith não retribuiu o sorriso.

— Mas não estou entendendo. Vocês têm o próprio Esquadrão Antibombas. Eu já treinei com eles e são muito bons.

— Achamos que temos um informante, um traidor.

Pisquei duas vezes e meu sorriso desapareceu.

— Puta merda!

As peças do quebra-cabeças começaram a se encaixar. Ainda estavam faltando algumas, mas a imagem já estava começando a se formar.

— Exatamente. E é por isso que queremos você — declarou ele, recostando-se.

Ele continuou me olhando, e eu finalmente compreendi.

— Vocês não podem confiar nas suas equipes e, como sou do exército britânico, não tenho conexões com nada nem ninguém.

Ele deu um sorriso fraco.

— Exatamente. Eu disse que você era inteligente.

Ele tirou um arquivo grosso da bolsa e o colocou na mesa à minha frente.

— Estamos organizando uma equipe para infiltrar a célula. Precisamos que o líder terrorista queira tanto as habilidades deles a ponto de pular alguns dos próprios protocolos de segurança para conseguirem o que querem.

Smith ficou olhando para o meu rosto enquanto empurrava o arquivo para mim.

— E nós precisamos que você os treine para criar dispositivos explosivos. Bombas.

EXPLOSIVO

CAPÍTULO QUATRO

AMIRA

A primeira pessoa que vi quando tiraram a venda dos meus olhos foi um cara alto com pele amarelada e um sorriso amigável no rosto. Mas ele estava usando o uniforme de um soldado e aquilo roubou qualquer motivo que eu tinha para retribuir o sorriso.

— Oi! Você deve ser a Amira. Eu sou o Clay. Bem-vinda a.... bem, sei lá onde estamos!

Ele riu, mas só fiquei olhando para a cara dele até que um brilho de incerteza apareceu no rosto bonito.

— Hum, você fala inglês, não é?

Ele não conseguia ver o sorriso sarcástico nos meus lábios quando respondi:

— Como uma nativa.

Se a pele dele não fosse tão escura, ele teria ficado vermelho. Em vez disso, pareceu um pouco constrangido e estendeu a mão novamente.

Eu o deixei no vácuo, surpresa por ele não saber que era muito improvável que uma mulher usando um *niqab*, um véu que cobria todo o rosto, deixando apenas os olhos à mostra, apertasse a mão de um homem que ela não conhecia.

Sorri por dentro enquanto levava a mão direita ao coração e fazia uma saudação com a cabeça.

Ele afastou a mão e apressou-se a se desculpar:

— Droga! Eu sabia disso. Nada de apertos de mão. Entendi. Foi mal. É que estou viajando há horas. Meu cérebro não está funcionando direito. Mas eu juro que vou me lembrar da próxima vez.

Era difícil não gostar de Clay e seu sorriso, mas eu tinha passado os últimos seis meses sendo treinada para não confiar em ninguém. Então, só fiquei olhando para ele até ele calar a boca e ficar parado, constrangido, enquanto o silêncio o fazia suar.

O homem que me levou até ali saiu do caminhão e usou o polegar para apontar para uma das cabanas.

— Aquela é a sua.

Parecia velha, talvez mais de cem anos, com um telhado frouxo e um saco velho e rasgado fazendo as vezes de cortina. Mas a tranca na porta era novinha em folha, alguém tinha colocado um gerador ao lado e o ronco suave fornecia energia. Eu esperava que houvesse água encanada também.

Peguei minha mala surrada e a puxei atrás de mim, frustrada quando as rodinhas agarraram nas pedras espalhadas pelo caminho. Chutei uma pinha para longe, amaldiçoando por dentro o chão arenoso que tornava o meu progresso mais lento. Com um puxão final, passei pela porta e analisei o lugar que seria o meu lar nos próximos meses.

Lá dentro, a cabana estava quente, abafada e o ar tinha um cheiro amadeirado e pesado.

Uma mesa com duas cadeiras de madeira estava no meio do quarto sob uma lâmpada simples. Uma porta de cada lado da cabine se abria para quartos minúsculos com camas de solteiro. Havia uma terceira porta que estava fechada, e rezei para que fosse um banheiro.

Escolhi o quarto que tinha menos cheiro de mofo e coloquei a mala na cama, sentando-me pesadamente ao lado dela.

A estrutura era velha, mas o colchão parecia novo. Uma pequena pilha de lençóis e um travesseiro descansavam aos pés da cama.

Eu estava viajando havia muito tempo e sabia que não estava mais na Califórnia. Droga, eu nem sabia se ainda estava nos Estados Unidos, mas se tivesse que adivinhar, diria que estava na costa leste, em algum lugar montanhoso. Mas também poderia ser algum lugar no Canadá. Eu tinha que esperar alguém falar para ver se identificava o sotaque.

Levantei o véu para coçar o rosto, ainda sem estar acostumada com a pressão do tecido que cobria tudo, com exceção dos olhos.

Fechei a cortina fina com força e puxei o véu com raiva, respirando livremente pela primeira vez em muito tempo.

Karam, diga que estou fazendo o certo. Dê-me um sinal!

Porém a única resposta que tive foi o silêncio enquanto um fino raio de sol passava por entre as cortinas, iluminando a poeira que pairava no ar.

Não havia como voltar atrás, nenhum caminho para voltar para o ontem e eu só podia seguir em frente.

Do lado de fora, ouvi o som de um carro, algo grande – uma caminhonete, talvez. Duas portas bateram e ouvi uma conversa baixa. Coloquei o *niqab* novamente, levantando um lado para pressionar o ouvido contra a porta, esforçando-me para ouvir, mas não consegui.

Então, a porta da cabana se abriu e ouvi os passos pesados do homem: não, de dois homens.

— Os seus dois alunos já chegaram — declarou um dos homens. — Você já vai conhecê-los.

— Só dois?

Seguiu-se uma pausa enquanto eu pressionava o ouvido contra a porta de madeira.

— Problemas de recrutamento.

O segundo homem resmungou uma resposta.

— Hora do show em dez minutos.

Um dos homens saiu da cabana, e o piso rangeu quando o segundo homem caminhou em direção ao outro quarto.

Eu não estava nada satisfeita por ter que compartilhar a cabana com um homem. Será que aqueles idiotas não sabiam como aquilo era errado?

Mas se eu era aluna, então esse homem devia ser o professor. Senti uma onda de animação e medo ao pensar em tudo que ele poderia me ensinar, tudo que eu poderia fazer depois do meu treinamento. Minha respiração ficou acelerada enquanto eu me sentava na ponta da cama.

Karam, rezei em silêncio. *Será que estou fazendo a coisa certa?*

Não obtive resposta. Nunca havia uma resposta.

Senti uma pressão na bexiga que me lembrou que eu precisava usar o banheiro. A porta número três? Arrumei cuidadosamente o meu *lenço* e saí em silêncio do quarto. Eu não sabia porque estava andando na ponta dos pés, mas foi o que fiz, caminhando sem fazer barulho pelo antigo piso de madeira.

A porta do outro quarto se abriu e um homem ficou olhando para mim com expressão da mais absoluta surpresa. Os olhos dele eram azuis

EXPLOSIVO

bem claros e grandes, emoldurados por cílios escuros e compridos. Eram bonitos demais para um homem, ainda mais um soldado, como o uniforme revelava.

 Ele era tão alto quanto Clay, mas tinha os ombros mais largos, uma dica da força oculta. O rosto era forte e os lábios se suavizavam como se quisesse sorrir, mas ele não estava sorrindo agora, em vez disso, sua expressão ficou fria e distante, deliberadamente vazia enquanto ele me analisava. Eu queria desaparecer diante daquele olhar lento e intenso. Os olhos estavam cansados, mas alertas, e me lembrei que ele não conseguia ver nada, a não ser a massa escura e sem forma enquanto eu estava coberta pelo meu *niqab*.

 Então, seus olhos se fixaram nos meus.

CAPÍTULO CINCO

JAMES

Uma mulher, meu Deus.

Smith tinha omitido aquele pequeno detalhe quando me recrutou para treinar agentes infiltrados. Aquilo não deveria me incomodar, mas incomodava. Eu me senti extremamente incomodado por mandar uma mulher para se infiltrar em uma célula terrorista liderada pelas pessoas mais cruéis e perigosas do planeta.

A mulher olhou para mim, seus olhos negros inescrutáveis nada revelavam. Estava coberta, dos pés à cabeça, com um tecido preto, que ocultava o seu rosto, o pescoço e o peito, então era difícil dizer qualquer coisa sobre ela, mas eu diria que ela tinha cerca de um metro e setenta, magra, com idade entre os 25 e os 40 anos.

Ela se virou um pouco e a roupa revelou seus sapatos — tênis vermelho e branco. Aquilo parecia uma contradição, mas do que eu sabia?

Merda. Eu não estava gostando nada daquilo.

Ela passou por mim, seguindo para o banheiro, apressando-se a trancar a porta.

Saí da cabana, sentindo a raiva aumentar, enquanto eu localizava Smith no composto.

— Ei! Ei!

Ele estava conversando com outro cara com roupas civis, um cara bem musculoso e uma expressão de *foda-se o mundo* no rosto. Eu o ignorei enquanto concentrava a minha atenção no homem que me trouxera para uma missão sem revelar todos os detalhes.

— Smith, você só pode estar brincando. Uma mulher?

Ele levantou uma das sobrancelhas e cruzou os braços calmamente.

— Aquela é Amira. Ela é perfeita. — Ele suspirou como se estivesse se preparando para uma longa discussão. — Ela é inteligente, muito inteligente. E comprometida.

— Você não pode estar pensando em mandá-la para uma luta contra o Estado Islâmico. Você sabe o que eles vão fazer com ela se suspeitarem que ela é do exército dos Estados Unidos ou...

— Ela não é.

— O quê?

— Ela não é militar. Ela é civil. Uma enfermeira, na verdade. Trabalha em um pronto-socorro.

Balancei a cabeça, sem acreditar.

— Ela é uma enfermeira? Você está louco? Ela não vai durar um dia nas mãos daqueles filhos da puta. Ela não é treinada para isso!

Ele ficou olhando calmamente para mim, enquanto eu continuava reclamando.

— Ela nunca vai conseguir! Eu já trabalhei com espiões e eles precisam ser espertos, precisam saber como trabalhar com criminosos que vão conseguir para eles tudo que precisam. Não há como ela estar preparada para isso.

Smith ficou me olhando.

— Tire o seu ego da equação, soldado, e ouça muito bem o que vou dizer. Precisamos de alguém com inteligência acima da média para que as lições sejam rapidamente assimiladas, e com excelentes habilidades de reconhecimento tanto para o treinamento quanto para se lembrar das conversas na célula terrorista. Amira é forte nessas áreas. Já estamos trabalhando juntos há uns dois meses.

— Dois meses? É isso? Isso não chega nem perto de ser suficiente — protestei.

— E é por isso que estamos aqui. Assim como a sua missão especial, você e outro aluno, Clay, vão ensinar a ela o básico: como limpar uma arma e atirar, como usar uma faca em um combate corpo a corpo. Clay é faixa preta de jiu-jitsu. Ele vai protegê-la.

Balancei a cabeça, enojado.

— Você sabe o que eles vão fazer com ela *quando* descobrirem que ela foi plantada lá? Todos os homens vão estuprá-la e, depois, vão estuprá-la de novo, de novo e de novo, até cada orifício do corpo dela estar arrebentado e ensanguentado. Eles vão açoitá-la, arrancar-lhe o nariz e a boca, enquanto ela implora que a matem e, então, só então, vão cortar sua cabeça. E eles vão filmar todas essas atrocidades para que a família dela possa assistir no YouTube.

Smith olhou para mim com a expressão séria.

— Eu sei — declarou ele. — Ela também sabe.

— O quê?

— Amira conhece o risco que está correndo e está disposta a fazer isso. — Ele me olhou por muito tempo. — Você acha que isso é fácil para nós? Você acha que nós simplesmente escolhemos uma mulher na rua? Ela passou com louvor em todas as avaliações psicológicas que conseguimos imaginar. É isso que ela quer e é para isso que você vai treiná-la.

Comecei a falar, mas Smith e o outro palerma estavam olhando para um ponto atrás de mim. Eu me virei e vi a mulher em pé diante da porta da cabana com os braços cruzados.

— Eu agradeço pela preocupação, soldado — declarou ela —, mas ela não é necessária nem adequada. Só faça o seu trabalho... eu faço o meu.

A voz dela estava ligeiramente abafada, mas o sotaque era totalmente americano, e eu não tinha esperado aquilo. Minha mente estava girando, explodindo com novos pensamentos e ideias, os estereótipos caindo como um castelo de cartas.

Queria dizer alguma coisa para fazê-la mudar de ideia ou talvez ver medo e indecisão, mas ela não demonstrou nada disso, então não havia o que dizer. Aqueles olhos negros me olharam sem remorso nem qualquer sombra de dúvidas através do material sem forma.

— Então, você é o professor. Você tem outras habilidades especiais?

A voz dela tinha um ar de deboche, desafiando-me.

— Tenho. Sou muito bom em explodir coisas.

A troca tensa foi interrompida pela chegada de mais um soldado.

Ele caminhou na minha direção, com um sorriso amplo estendendo a mão.

— Eu me chamo Alan Clayton, Primeiro-Sargento do Exército dos Estados Unidos. Também posso ser chamado de Clay ou cara, senhor. Pode me chamar até de puta se pagar o meu jantar primeiro.

Ele apertou a minha mão com força, a torrente de palavras e o tom amigável eram surpreendentes, considerando as circunstâncias.

Como Primeiro-Sargento ele estava hierarquicamente acima de mim, mas isso não importava quando eu era o responsável pelo seu treinamento. Além disso, eu estava no exército britânico, então, a patente dele não significava nada para mim.

Analisei o cara e cocei o queixo.

— Como seus amigos chamam você?

— Clay, Clayton, e eu respondo a qualquer coisa se estiver na hora do jantar.

A mulher ficou em silêncio observando a conversa. Eu não fazia ideia do que ela estava pensando – não poder ver o seu rosto estava tirando o meu equilíbrio.

Smith uniu as mãos.

— Por mais emocionante que isso seja, a comida está pronta.

— Mmmmm! Oba! — Clay sorriu. — Três mentiras pelo preço de uma. Não tem comida, ela não está pronta e você não pode comer.

Ele riu alto da própria piada.

A mulher arregalou um pouco os olhos, mas não falou nada. Em vez disso, encolheu os ombros e se virou.

Segui os passos daquele tênis vermelho e branco, pequenas nuvens de poeira se levantando. Não era certo que estivesse ali, simplesmente não era. Mas quando ela entrou na cabana, senti um alívio no peito.

Smith olhou para mim.

— Isso vai ser um problema para você, Spears?

Com certeza vai.

— Ela é muçulmana — perguntei.

— E isso importa? Meus pais seguiam a igreja episcopal. Qual é o problema?

Eu não sabia ao certo o que me incomodava mais: a situação toda era estranha.

Ele deu um sorriso discreto.

— Vamos nos preocupar com o que vai acontecer quando ela se infiltrar na célula terrorista: o seu trabalho é colocá-los, ela e Clay, lá dentro.

Franzi a testa por ele não ter respondido. E isso me fez perceber o quanto eu estava isolado. Sem uma cadeia de comando clara, sem nenhuma responsabilidade, eu estava ali sozinho. E, nesse momento, eu não sabia em quem eu poderia confiar.

Eu ainda tinha o endereço de e-mail do MOD que eu tinha decorado, mas aquilo era tudo. Nem sabia de quem era o e-mail ou se eles tinham um plano de extração se as coisas dessem errado. Smith confiscara o meu telefone, então eu estava sozinho. Talvez tenha sido esse o motivo de eu ter sido escolhido: em última análise, todos os membros do Esquadrão Antibombas trabalhavam sozinhos.

A mulher reapareceu dez minutos depois, escolheu uma lata de comida vegetariana e voltou para o quarto para comer sozinha.

— Ela pode comer com os homens? — perguntei. Meu conhecimento da cultura muçulmana era bem limitado.

Clay olhou para a cabana.

— Parece que ela prefere não comer com a gente. Mas acho que depende.

— De quê?

Ele franziu a testa ao ouvir a minha pergunta.

— Das tradições da família e valores culturais. Alguns muçulmanos não têm problemas com isso; outros são mais rígidos em relação à segregação dos sexos. — Ele esfregou a testa. — Estou falando de apenas um aspecto aqui. Muitas mulheres muçulmanas são criadas na sociedade, mas existe uma grande variação.

A resposta dele não me ajudou muito, mas a mulher não voltou.

— Sério, James. Só seja respeitoso e deixe que ela nos mostre como devemos nos comportar. Ela vai deixar bem claro se ultrapassarmos algum limite. Ela é uma de nós agora. Parte da equipe.

— É você que vai se infiltrar junto com ela — comentei. — Tudo bem para você?

— Eu já trabalhei com soldadas antes, mas não em combate. — Ele coçou a barba rala. — "Existem três coisas que não podem ficar escondidas por muito tempo: o sol, a lua e a verdade", isso é um ditado de Buda, cara.

— O que isso tem a ver com tudo? — perguntei.

Smith deu risada.

— Clay é budista...

EXPLOSIVO 41

Clay ergueu um dedo.

— Um estudioso de Buda, mas está perto o suficiente.

Olhei para os dois.

— Estudei filosofia e religião na faculdade — declarou Clay, sem se alterar.

— E você acha que vai conseguir passar por um muçulmano?

Ele deu de ombros, parecendo não estar preocupado.

— Sou um irmão ainda em aprendizagem. Eles vão aceitar que me converti recentemente. — Ele olhou para o céu que escurecia. — Existe muita coisa para ser dita sobre o Islã. É uma religião baseada no conceito de paz. Na verdade, a palavra árabe *salaam*, que é um cumprimento comum, significa "seguro, pacífico e submisso". A palavra *Islã* vem da mesma raiz. Então, a paz individual é obtida através da submissão a Alá.

Smith deu um sorriso seco enquanto o meu queixo caía.

— Ele não consegue evitar. — Smith riu. — Mas continue ouvindo e você talvez aprenda alguma coisa.

Fechei a boca. Era difícil acreditar em uma religião pacífica quando o Estado Islâmico matou dezenas de milhares de homens, mulheres e crianças com uma brutalidade sem tamanho. Era muito difícil acreditar naquilo.

Comi a minha comida em uma caixa de plástico e fiquei sentado do lado de fora com Clay e Smith, vendo o sol descer atrás das montanhas, as cores brilhantes morrendo e dando lugar a tons de cinza. O idiota com roupas civis tinha desaparecido, embora Smith tenha dito que ele traria nossos suprimentos uma vez por semana.

— Você pode confiar em Larson — declarou ele em tom casual.

Eu não confiava em ninguém e tinha sérias dúvidas em relação àquela missão. Mas a única forma de dar o fora dali era a pé. Tecnicamente eu sairia sem autorização e isso não faria muito bem para a minha carreira.

Smith chutou a minha bota com a dele.

— Já pensou em como vai começar o treinamento?

Clay ergueu o olhar, seus olhos encobertos pela escuridão que aumentava.

Ficou claro que a rotina de treinamento seria dura – em vez de morar em um apartamento alugado e comer comida normal, essa operação estava sendo feita para fortalecer os soldados em treinamento. Mas eu também deveria ensiná-los a fazer uma bomba, então havia alguns suprimentos de que eu precisava para fazer o meu trabalho.

— Preciso de um laptop.

Smith franziu a testa.

— Pra quê?

— Você vai me perguntar isso toda vez que eu pedir alguma coisa para fazer o meu trabalho?

Ele sorriu.

— Vou.

— Tudo bem. Eu preciso de um laptop porque se vou ensiná-los o que é necessário para fazer uma bomba caseira, então, a primeira lição é mostrar a eles uma explosão de uma fábrica de bombas que matou quatro terroristas.

Smith olhou para a cabana.

— E como isso vai ajudá-los a aprender as habilidades necessárias?

Clay deu uma risada vazia.

— É isso que você chama de motivação, James?

Olhei para ele.

— Chamo isso de estímulo à concentração.

Smith olhou para Clay e eles se comunicaram sem palavras.

— Vou conseguir o laptop — decidiu. — Mas o acesso será criptografado e você só terá acesso a ele ou ao WiFi mediante a minha autorização. Do que mais você precisa?

— Um projetor: primeiro porque as explosões ficam muito melhores em uma tela grande; segundo: não vou dar aulas com todo mundo se encolhendo na frente de um laptop.

— Mais alguma coisa?

— Não seria melhor ensiná-los a fazer bombas caseiras a partir de materiais universais?

Ele franziu a testa.

— Como assim?

— Recursos que costumam estar disponíveis: produtos químicos específicos, bolinhas de chumbo, interruptores comuns, conectores de bateria, sistemas de ignição. Cara, dá para comprar termita na Amazon. Termita é uma composição pirotécnica de pó metálico. Ou, se você comprar fogos de artifício o suficiente você tem uma fonte de pólvora. Não

EXPLOSIVO

é nem tão difícil conseguir triperóxido de triacetona, que é altamente explosivo. Um dos ingredientes do triperóxido de triacetona é o peróxido de hidrogênio, fácil de conseguir no balcão da maioria das farmácias.

— Acho que triperóxido de triacetona não é muito estável.

— Não é mesmo, mas é uma fonte fácil. — Encolhi os ombros. — O pessoal do Estado Islâmico usa isso nos seus explosivos, então eles obviamente sabem como fazer e como usar dentro de um aceitável grau de segurança. As bombas de Paris em 2015 foram feitas com isso, e a equipe que deixou as bombas no aeroporto de Bruxelas em 2016 tinha noventa quilos desse explosivo no apartamento deles.

Ele fez careta e assentiu.

— As pessoas que fazem bombas não costumam se preocupar se as pessoas que vão deixar a bomba vão sobreviver à explosão. Por isso que são chamados de homens-bomba, estejam planejando morrer ou não. Ou você pode conseguir também nitrato de amônia, um composto químico bem comum em fertilizantes e um pouco mais estável.

— Tudo bem, então você pode ensinar a conseguir tudo de que precisam. Mas suponha que a célula seja um pouco mais sofisticada — insistiu Smith. — Que tipo de suprimentos você espera que tenham? Para quais recursos eles devem estar preparados?

— Detonadores, que vocês chamam de coifas; cabos de detonação; explosivos potentes; munições; fertilizante; pregos ou fragmentos de metal; dezenas de telefones celulares pré-pagos. Em oito semanas, posso ensinar a fazer uma bomba básica e dispositivos de placa de pressão para explodir veículos militares, talvez os dispositivos de tempo contra a infraestrutura, além de bombas controladas remotamente. — Parei para pensar. — Cabides de arame, despertadores com ponteiros, papel laminado, muitas baterias de diferentes tamanhos, coifas de uma espingarda de ar comprimido. Isso é suficiente?

— Espingarda de ar comprimido?

— Na esperança de que eles não se matem na primeira vez que tentem fazer uma bomba.

Ele assente, então, olhei por sobre o meu ombro e vi que Amira estava nos observando.

— Então, você vai me ensinar a explodir coisas, soldado? — perguntou ela com tom deliberadamente implicante.

— Vou. E você pode acabar se explodindo no processo. Então é melhor prestar atenção.

Na década de 1980, o Serviço Aéreo Especial Britânico levou os combatentes árabes – os *Mujahid* – para a Escócia e os treinou para lutar contra os russos que invadiram o Afeganistão. Eles soltaram o gênio da lâmpada e acabaram lutando contra os descendentes daqueles combatentes no Talibã trinta anos depois.

Vi o brilho de ódio nos seus olhos e me arrependi das palavras duras. Uma vez mais não consegui deixar de pensar que tudo aquilo era uma péssima ideia.

JANE HARVEY-BERRICK

CAPÍTULO SEIS

AMIRA

Minhas mãos ainda estavam tremendo. Estava encolhida na cama, com os joelhos encostados no queixo e abraçando as minhas próprias pernas. Mesmo assim elas ainda tremiam, e os tremores tomavam todo o meu corpo. Meu coração estava disparado no peito enquanto eu fechava os olhos com força, e a minha respiração estava ofegante, enquanto sentia que estava sendo tomada pelo pânico.

Meu corpo tremia naquela cama antiga que respondia com o próprio tremor de empatia, estalando e gemendo.

Ofeguei e engoli em seco, tentando apagar as palavras que ele tinha acabado de dizer, mas elas perfuraram o meu cérebro ecoando cada vez mais alto, rivalizando com as batidas retumbantes do meu coração.

Eu era uma enfermeira treinada e sabia exatamente o que estava acontecendo comigo. Mesmo assim eu não conseguia controlar o pânico aterrorizante que tomava conta de mim. Não conseguia recuperar o fôlego e pontos pretos dançavam na frente dos meus olhos fechados, deixando-me desorientada. A tontura me perseguia enquanto o suor cobria a minha pele. Senti que estava sufocando e arranquei o *niqab* do rosto, desesperada para respirar.

Imaginei tudo com uma clareza aterrorizante – meu corpo explodindo pelos ares em uma nuvem vermelha, reduzido a pedacinhos pela força de uma explosão. Aquilo poderia acontecer comigo, simplesmente poderia.

Os minutos passavam enquanto meu corpo estava rígido e preso na barra de ferro do terror, até que, de forma dolorosamente lenta, o medo começou a ceder, deixando-me fraca e trêmula como um filhotinho de cachorro ao ouvir os fogos de artifício da comemoração do quatro de julho.

Passei a mão na testa, molhada de suor, o fedor do meu medo enchendo todo o quarto.

Ele não confiava em mim, aquele soldado inglês. E eu não confiava nele. Por que ele tinha sido o escolhido? Por que trazer alguém do exército britânico? Aquele sotaque estranho, aqueles olhos azuis claros, aquela calma, a antipatia que tinha visto no rosto dele. Ele era atraente, com corpo magro de um cão galgo e traços lindos que poderiam ilustrar as páginas de revistas de moda.

Eu tinha tanta certeza de que aquela era a coisa certa a se fazer, mesmo que Karam tenha mantido o silêncio, mas agora, ao ouvir a realidade do que estava por vir, eu estava perdendo a coragem.

Eu ia morrer.

Tentei imaginar o que os meus pais e Zada diriam quando descobrissem. Será que iam entender? Ou será que iam me culpar do mesmo modo como culpei Karam?

Não tive quase qualquer contato com a minha família nos últimos seis meses. Eles sentiam saudade e se perguntavam por que eu não atendia as ligações e mensagens, totalmente confusos diante do meu silêncio, ficando cada vez mais desesperados. Até onde o hospital sabia, eu tinha tirado uma licença por causa do estresse provocado pela morte do meu irmão. Mas fui covarde demais para contar para a minha família, olhando para eles, que eu ia embora, então enviei uma carta vaga sem qualquer explicação e pedindo que não se preocupassem. Mas eu sabia que eles se preocupariam.

Disse que eu precisava me encontrar. As palavras eram contemplativas: eu sabia exatamente quem era e o que deveria fazer.

Mas eu não queria morrer. Não estava pronta para morrer. Eu queria viver, ver a minha irmã se casar e ter filhos. Talvez ela tivesse um menino e desse o nome de Karam, em homenagem ao nosso irmão.

Eu queria me sentir livre desse fardo, desse débito que ele tinha deixado para trás, um débito que eu estava tentando pagar do meu jeito. Eu queria me sentir livre de novo.

Livre da tristeza. Livre da dor.

Mas quando fechava os olhos, eu via os olhos do soldado britânico e ouvia novamente as dezenas de maneiras que eu poderia acabar sendo torturada antes de morrer.

Eu tinha mais medo daquilo do que da morte.

Enquanto o terror do ataque de pânico cedia, soltei as mãos e peguei a comida enlatada, ainda morna, mas que esfriava rapidamente.

Mesmo sentindo o estômago revirar e a boca cheia de saliva, eu sabia que precisava comer.

Havia vários tipos diferentes de comida enlatada, mas eu sempre escolhia a opção vegetariana porque não confiava que a carne fosse *halal*. Mesmo as feitas para alimentar os muçulmanos a serviço militar. Eu me sentia estranha ao pensar que eu era um deles agora.

Tudo era tão novo e incomum: o treinamento, o esforço para ser mais como a minha irmã, para me encaixar e agora usando o *niqab*.

Eu o tirei e respirei livremente. Meu cabelo estava molhado, o suor o grudava da cabeça e o rabo de cavalo formava pontas como rabos de rato. A calça jeans estava larga – devo ter perdido uns cinco quilos nos últimos meses de treinamento. Não era só a comida, eram os exercícios que eu tinha que fazer. Era difícil em termos físicos e mentais – foi isso que disseram. Eu não concordava – achei que eles estavam me treinando para não ter emoções, para ser uma boa soldada e obedecer ordens. Eles não sabiam que eu tinha a minha própria missão.

Eu ainda estava me acostumando a usar o lenço: havia muitos desafios além do calor e da sensação de falta de ar. Tomar um gole de água era um baita desafio. Mas eu também me sentia separada e isolada do mundo à minha volta, todos os sons ficavam abafados. Pelo menos meus olhos não eram cobertos pelo véu fininho da burca que algumas muçulmanas usavam, o mundo delas reduzido a uma sombra. Como poderiam reconhecer uma amiga na rua? No primeiro dia que usei o *niqab*, senti-me como um cavalo arreado que só conseguia olhar para frente. Mas sabe de uma coisa? Era diferente não receber olhares atravessados ou ser julgada, magra demais, gorda demais, peituda demais ou bunduda demais ou por estar na moda ou não. Eu poderia usar pijama para ir ao shopping se eu quisesse. Eu era invisível, separada.

Embora eu tenha ouvido comentários maldosos de pessoas ignorantes – homens, mulheres e crianças –, eles não eram destinados a mim, mas ao que eu representava ao usar o *niqab*. Aquela era uma sensação estranha e poderosa, que uma peça de vestuário pudesse causar respos-

EXPLOSIVO

tas tão fortes. Mas eu compreendia também. O *niqab* era isolador, e a mulher que o usava em público se destacava. Era um símbolo poderoso, mas divisório.

Na Áustria, a burca tinha sido completamente banida e outros países debatiam se mulheres em cargos de magistério deveriam ter autorização para usá-la. Mas em grandes países muçulmanos, eram uma exigência.

Quando ouvi uma batida na minha porta, peguei o *niqab*, vestindo-o apressadamente, mas ninguém entrou.

— Amira, o treinamento começa às seis horas da manhã. Durma bem.

A voz de Clay. Eu já a reconhecia. Ao usar o *niqab* os meus outros sentidos ficavam mais aguçados, e detectei a bondade no seu tom.

E o odiei por isso, pela bondade. Ele não tinha motivos para ser bom para mim.

— Tudo bem — respondi, engolindo o "obrigada" automático que estava na ponta da minha língua.

Belisquei as costas da minha mão.

— Lembre-se de quem você é — sussurrei.

Deitei-me na cama dura, o ar pesado e abafado, e ouvi os sons da cabana preparada para o sono, familiarizando-me com os estalos da madeira antiga, o som incansável das folhas nas árvores altas do lado de fora da minha janela. Ouvi atentamente, mas o som dos grilos debochavam de mim, o grito de uma coruja me provocou um sobressalto e eu ri de mim mesma.

Meus pensamentos se voltaram para os homens com quem eu ia trabalhar. Larson era um brutamontes e eu não gostava dele; Smith era um profissional eficiente; e Clay era caloroso e amigável. Mas havia o homem no outro quarto da cabana. Ele me deixava nervosa de uma nova forma. Eu conheci muitos homens endurecidos durante as semanas de treinamento, mas ele não era como eles. Eles me viam como um recurso para ser usado. Ele achava que eu estava no lugar errado. Eu provaria que ele estava errado – ou talvez que estivesse certo, só não do jeito que ele esperava. Meu coração acelerou quando pensei no que ele ia me ensinar: a fazer bombas.

Ele era mais novo que os outros homens – talvez tivesse a minha idade. Embora eu soubesse que aquilo não significava nada. Alguns fabricantes de bomba do Estado Islâmico eram adolescentes.

Pensei muito sobre aquilo, na noite quieta e tranquila enquanto minha mente agitada me atormentava. Crianças obrigadas a lutar – você nunca se recupera disso. As crianças-soldados recrutadas por ambos os lados de uma guerra que não compreendiam.

Nunca acreditei que a guerra fosse por causa da religião – guerras nunca eram. Eram sempre sobre política, sempre sobre poder – quem o tem e quem o quer, quem está preparado para matar por isso. Na Síria havia seguidores do Estado Islâmico ou seguidores de Assad, o presidente sírio: uns matavam com armas e bombas; o outro com ataques de gás – e ambos matavam civis.

James.

O soldado britânico disse que o nome dele era James[2]. Como um dos discípulos de Jesus. Aquilo era muito bíblico.

Ou muito do alcorão, dependendo do ponto de vista. No islamismo, Jesus era um profeta mensageiro de Deus, nascido de uma virgem sem pecado. Isso soa familiar para você? Não é surpresa nenhuma que as três maiores religiões da Terra sejam derivadas da fé de Abraão: o judaísmo, o cristianismo e o islamismo. Todas tão próximas. Todas com crenças semelhantes. Todas acreditando cegamente que a *fé deles* é a única certa.

Isso teria me feito chorar, se todas as minhas lágrimas não tivessem morrido com Karam.

Meu irmão, me dê um sinal. Será que estou fazendo o certo?

A coruja gritou de novo, e estremeci no calor abafado daquele quartinho.

Eu estava nervosa, então, quando um grito repentino cortou a noite, eu realmente pulei da cama, procurando uma arma.

Peguei o abajur pesado ao lado da cama e fui até a porta, aterrorizada.

Os gritos estavam vindo do quarto do soldado inglês, mas eu não sabia quantas pessoas havia lá.

Agarrei o abajur com mais força e agucei os ouvidos, mas a única palavra que fazia sentido era "não!", uma exclamação forte e brutal. Esperei, com o coração disparado e respiração acelerada.

Os sons morreram de forma tão repentina como um rádio sendo desligado, e eu prendi a respiração. Ouvi a porta do quarto dele se abrir

---

2 No Evangelho em português, James é Tiago.

EXPLOSIVO

e ele ir para o banheiro, bem devagar, com passos pesados. A porta se fechou e ouvi o som da torneira sendo aberta.

Meu coração começou a se acalmar enquanto eu analisava o que tinha ouvido – o homem teve um pesadelo, um pesadelo horrível.

Retrocedendo, enfiei uma cadeira embaixo da fechadura e voltei para a cama.

Eu ainda não gostava dele, mas aquilo fez com que parecesse mais humano.

A manhã chegou lentamente, mas cedo demais, e acordei com olhos vermelhos, tonta de sono. Fiquei suando pelo resto da noite e o cheiro do meu próprio corpo estava forte.

Cambaleei para fora da cama, empurrando o lençol fino que se enroscou em volta dos meus tornozelos, xingando quando minha perna bateu com força contra plataforma aos pés da cama.

Ainda mancando, abri a porta e parei de repente.

O soldado britânico estava parado perto da porta aberta da cabana, seu ombro apoiado na estrutura de madeira e eu só via sua silhueta. Estava só de short e o sol nascente fazia a pele dele brilhar, deixando uma auréola em volta da cabeça. Estava com uma xícara de café em uma das mãos, a cabeça baixa, enquanto tomava alguns goles. Vi a sombra de uma tatuagem no seu ombro, mas não consegui enxergar o contorno de forma clara. Parecia um relógio. Talvez.

Infiel.

A palavra me vinha mais fácil agora.

Alguns sábios muçulmanos diziam que tatuagem era pecado porque mudava a criação natural de Deus. Provocavam dor, eram impuras e, dessa forma, proibidas pelo Profeta Maomé (que a paz esteja com ele).

O soldado britânico se virou para olhar para mim, sem surpresa ou espanto, mas com um brilho de cautela no rosto. Segurava a xícara de café à frente como uma arma, e meus olhos foram atraídos para os braços fortes, os músculos rijos do seu peito, suas placas de identificação brilhando na luz, a barriga lisa que subia e descia, no ritmo da sua respiração, sob uma trilha de pelos castanhos claros que desciam por ela.

Na minha outra vida, eu diria que ele era gato, mas hoje em dia eu estava treinando para ter apenas pensamentos puros. Eu precisava me concentrar no meu trabalho.

Seus olhos sonolentos passearam pelas minhas pernas e pelos meus seios, demorando-se no meu rosto.

Eu estava descoberta!

Levei as mãos ao cabelo e cambaleei para trás, sentindo o rosto queimar de humilhação e vergonha enquanto procurava o meu *niqab*.

Xinguei em silêncio e rezei, pedindo perdão pelos meus pecados. Eu precisava me esforçar mais.

A minha vida dependia disso.

JANE HARVEY-BERRICK

CAPÍTULO SETE

JAMES

Eu sabia que ela estava parada atrás de mim, me observando. Ouvi a cama dela estalar quando se levantou, ouvi o farfalhar suave dos lençóis e fiquei atento quando abriu a porta.

Esperei pelos passos suaves que indicavam que ela estava andando em direção a mim ou ao banheiro, mas, quando não ouvi nada, eu me virei.

Ela estava completamente desarrumada.

O lado esquerdo do rosto estava com marcas do travesseiro, o cabelo, todo embolado, grudado na cabeça, oleoso e despenteado. A camiseta era fina, seus seios pressionavam o tecido gasto e vi a sombra escura dos mamilos. As pernas eram compridas, macias e cor de caramelo. E aqueles olhos – os olhos que pareciam mais velhos quando me olhavam através do *niqab* estavam suaves e brilhantes de surpresa, então, estreitaram-se, com raiva e, finalmente, cintilaram de vergonha.

Ela cambaleou para trás, afastando-se de mim, antes de bater a porta e praguejar baixinho.

Eu não sabia se aquilo era engraçado, ofensivo ou se estava tão surpreso quanto ela. Meu pau deu sinais de vida, demonstrando ter gostado do corpo curvilíneo e das lindas pernas.

Eu não esperava que a mulher fosse tão nova, vinte e poucos ou quase trinta, talvez – uma idade próxima a minha. Eu *definitivamente* não tinha esperado que ela fosse atraente. Imaginei que fosse uma mulher amarga com língua afiada, que cortasse em pedacinhos qualquer homem que atravessasse o seu caminho.

Mas aquela mulher era bonita. Talvez fosse muito bom o fato de ela se cobrir dos pés à cabeça com o pano preto. Sentir atração por um recurso da CIA era uma péssima ideia – e nós dois tínhamos um trabalho a fazer.

Clay apareceu na cabana.

— A manhã está linda, irmão. — Ele sorriu.

Meu cérebro demorou um segundo para entender e balancei a cabeça, divertido. Esse cara estava sempre feliz – aquilo não era normal. Meu sorriso morreu nos lábios quando vi a roupa que ele estava usando: sandálias, túnica solta e branca, semelhante às usadas pelos iraquianos.

— Por que você está vestido assim? — perguntei, fazendo um gesto com a cabeça em direção à túnica enquanto tomava o meu café.

— Tenha um pouco de respeito, irmão — pediu ele, apontando um dos dedos para mim e quase derrubando um pote de doces no processo. — Droga! Você quase me fez derrubar as minhas balas. Droga! Você me fez praguejar e eu acabei de fazer a oração matinal. — Ele suspirou. — Você é uma péssima influência. E droga. Vá vestir alguma coisa.

— Que balas são essas?

Clay pareceu chocado.

— Você nunca comeu minhocas de goma?

— Acho que não. Elas parecem realmente minhocas. Do que são feitas? Gelatina?

Ele fechou os olhos por um segundo e ergueu o rosto em direção ao sol nascente.

— Droga — praguejou suavemente. — Gelatina. Isso definitivamente não é nada *halal*. Você quer?

Fiz uma cara e ele deixou os doces coloridos caírem no chão, balançando a cabeça com tristeza.

— Essa merda é difícil.

— Mas você não é muçulmano, é?

Ele fez uma careta, ainda olhando para os doces arruinados aos seus pés.

— Estou em busca ainda — respondeu, por fim. — Existem muitas palavras para isso no Alcorão, mas eu não sigo nenhuma religião específica. — Então, ele me olhou com seriedade. — Mas é melhor que eu consiga convencer a célula terrorista do Estado Islâmico que eu me converti.

— É por isso que você está se vestindo como um deles?

Ele assentiu e acariciou a barba que estava deixando crescer.

— A túnica se chama *Didashah*: branca por causa do verão, e com tecidos mais escuros e pesados no inverno. — Ele sorriu para mim. —

É surpreendentemente confortável nesse calor. As bolas ficam soltas no maior conforto.

Eu gemi.

— Cara, eu não quero pensar nas suas bolas. Isso é nojento.

Ele riu e procurou outros doces no bolso.

— Essa bala aqui é dura. Acho que essa eu posso comer, não é?

— Sei lá. Provavelmente não.

— Cara, você é durão. — Ele suspirou e guardou a bala. Então, fez um gesto para a minha cabana. — É melhor você se vestir, James. Será um grande desrespeito se Amira o vir assim.

Não disse que ela já tinha visto. Em vez disso, tomei outro gole de café e joguei o resto no chão de terra.

— Precisamos de um programa de treinamento — disse por sobre o ombro. — Trabalho mental de manhã e físico à tarde. Tudo bem pra você?

— É mais quente à tarde — argumentou ele.

— Eu sei, mas preciso que vocês estejam acordados e alertas para o que vou ensinar a vocês. Trabalhar com explosivos não é bom se estiver com sono depois do almoço.

— Você que manda. — Ele deu um sorriso. — Você é o chefe.

Quando entrei na cabana, o calor já estava aumentando, o interior escuro e abafado. Coloquei minha calça camuflada e camiseta verde oliva do Esquadrão Antibombas com um distintivo que dizia que eu fazia parte do Esquadrão Antibombas número 321. Eu tinha muito orgulho daquele distintivo. Eu o tinha conquistado com sangue e suor.

Comecei a repassar o que precisava ensinar para Clay e Amira nas oito semanas seguintes: o que era essencial para evitar que eles acabassem se explodindo, e mais algumas coisas básicas. Eu tinha levado sete anos para me tornar um operador que lidava com grandes ameaças – como é que eu ensinaria tudo isso para eles em oito semanas?

Meu antigo treinador costumava dizer que neutralizar bombas feitas pelo IRA era mais fácil do que as feitas no Iraque e Afeganistão porque elas eram feitas com qualidade. Aquilo parecia errado, mas a verdade era que os líderes do Estado Islâmico não ligavam se as pessoas que construíam bombas tinham carreiras rápidas – embora fossem os homens-bombas que as levavam para o ataque que eram completamente descartáveis. Eles não ligavam nem um pouco para eles.

Smith estava esperando por mim do lado de fora. Eu ouvi o caminhão dele partir assim que apaguei a fogueira com terra, e Clay apagou as velas dos velhos lampiões. Mas agora ele estava diante de mim com o rosto marcado de cansaço. Parecia ter dirigido a noite inteira.

Passar a noite em uma missão nunca era divertido. Aquilo deixava você tenso, ciente de cada barulho, grito, buraco ou latido, seus olhos ficavam pesados como chumbo e obrigar o corpo e o cérebro a funcionar era a única forma de se manter alerta.

Smith fez um gesto em direção ao caminhão.

— Trouxe tudo que você pediu, menos o projetor. Você vai ter que se virar sem isso. Pode pegar tudo. O laptop está na assento do passageiro. Vou tomar um café.

Ele não esperou a minha resposta, seguindo direto para a cabana que compartilhava com Clay.

Eu fiquei pensando naquilo. Não faria mais sentido se os dois estudantes ficassem juntos? Se Clay ficasse com Amira, ele poderia aprender mais sobre como um muçulmano deveria se comportar, e presumi que ela preferiria dividir a cabana com ele em vez de comigo. Eles não deveriam estar formando uma ligação como uma equipe? Mas o que eu sabia?

Larson não apareceu novamente e Smith não disse para onde ele foi. Eu não perguntei.

O caminhão estava estacionado sobre um enorme abeto. Meu avô me ensinou a conhecer as árvores e eu adorava passear pela floresta com ele. Nada como um velho caçador para ensinar você a conhecer uma floresta.

Embora já tivessem se passado anos desde a morte do meu velho avô, a sensação de perda ainda doía enquanto eu me agachava sob a árvore e deixava a terra seca escorregar por entre os dedos. Eu estava em Selly Oak na época, um hospital para onde mandavam soldados feridos, então, não pude ir ao funeral. Visitei o túmulo um mês depois, com o braço ainda na tipoia, um curativo no olho e com menos seis dentes. A grama e o mato já estavam começando a crescer sobre o monte, mas ele não teria se importado com isso. "A natureza é pura, garoto. E é assim que deve ser". Lembrei-me da voz do avô, o riso que acabava se transformando em tosse, o cheiro doce do cachimbo que ficava nas suas roupas.

Afastei as lembranças para onde deviam ficar e voltei para o caminhão, olhando as sacolas e caixas. Smith tinha feito um bom trabalho. E aquilo seria o suficiente para começarem.

Ele também tinha aproveitado para ir ao supermercado, e eu peguei uma maçã e uma banana para comer mais tarde.

Comida enlatada não tinha chance em uma competição com comida fresca.

Olhei pelo resto do equipamento, arquivando na minha mente os recursos que eu tinha para usar, então Clay se aproximou e me ajudou a descarregar tudo em um velho carrinho de mão.

Amira apareceu alguns minutos depois, o *niqab* preto cobrindo o seu corpo, mas eu não conseguia esquecer a imagem dela parada à porta do quarto, sonolenta e sexy, usando apenas um camiseta. Eu me virei e fiz um gesto para a "sala de aula" que era um pedaço de terra batida sob uma das árvore e mandei Clay chamar Smith.

Amira se sentou de forma graciosa, arrumando o *niqab* em volta dela no chão enquanto eu me mantinha de pé aguardando os outros dois alunos. Ela manteve os olhos baixos, enquanto as mãos agitadas rasgavam folhas secas que cobriam o chão.

Eu não consegui evitar pensar sobre ela. Por que ela tinha sido voluntária para isso? O que a estimulou a arriscar a própria vida? Eu estava prestes a ensinar a ela habilidades que a tornariam um recurso valioso para os terroristas. Clay era militar e já tinha servido no exterior, então eu entendia os motivos de ele ser um voluntário.

Smith chegou e se sentou no chão com um gemido, esfregando os olhos enquanto tomava café. Clay se comportou do modo amigável de sempre e, pela expressão no rosto dele, você poderia imaginar que eu ia dar uma aula de culinária, e não falar sobre formas eficientes de se matar pessoas.

Obviamente, eu não poderia treiná-los da mesma forma que eu tinha sido treinado. Normalmente, eu costumava transmitir conhecimento da forma mais segura possível, descrevendo os explosivos, as partes de uma bomba etc. Mas se eu fizesse aquilo, arriscaria usar terminologia e expressões militares que demonstrariam claramente um treinamento militar. Eu precisava trabalhar de forma diferente.

EXPLOSIVO

Eu me concentrei e fui direto ao assunto.

— Hoje vou ensinar a vocês como fazer uma bomba tubo simples. Essas bombas são dispositivos de fragmentação que ferem, mutilam e matam pessoas. São simples, baratas, portáteis e fáceis de fabricar a partir de componentes disponíveis em qualquer loja de material de construção. Eu não diria que são instáveis, mas é muito fácil cometer um erro. Por exemplo, você acaba ativando a pólvora se ela se prender nas roscas dos parafusos e isso vai acabar ferindo a pessoa que está construindo a bomba como se ela fosse o alvo pretendido. Então, façam apenas o que digo e quando eu disser para fazer.

Eles realmente estavam prestando atenção.

Eu me agachei na frente do laptop, mas o tamanho reduzido da tela era frustrante e difícil para todos verem ao mesmo tempo. Então afastei as folhas do chão diante de nós, abrindo um espaço liso e comecei a traçar diagramas na terra. Apontei para os suprimentos à minha frente, enquanto eu os descrevia.

— A bomba é feita com um tubo. Qualquer tubo, como esse cano de plástico aqui que você pode comprar em uma loja de material de construção. E sim, vocês também podem usar tubos metálicos.

Clay levantou a mão.

— Acho que você vai precisar de mais pólvora se usar um tubo de metal.

— Não. Na verdade, é o contrário. Você deve usar menos explosivos como pólvora, e a compressão ainda dará um efeito satisfatório. Os tubos de plástico funcionam de forma tão eficiente quanto. Em 1999, um filho da puta chamado Copeland tinha como alvos vários bares gay em Londres e usou bombas tubo de plástico. Precisava de mais violência e fragmentos adicionais, como uma mistura de fogos de artifício e pregos. Ele escolheu fins de semana para atacar porque havia mais pessoas. Cada bomba estava escondida em um porão e continha cerca de 1.500 pregos de dez centímetros. Ele matou três pessoas, incluindo uma mulher grávida, e feriu outras 140. Quatro dessas pessoas tiveram membros amputados. Não subestime uma bomba tubo caseira.

Clay estava ouvindo atentamente, mas vi Amira estremecer.

— O que aconteceu com ele? — Quis saber ela.

— Quem? O homem que construiu a bomba?

Ela assentiu.

— Quem se importa?

Ela baixou o olhar.

— Foi só uma pergunta...

Estreitei o olhar, mas ela não voltou a olhar para mim.

— Ele foi condenado por assassinato e condenado a seis sentenças de prisão perpétua.

Smith me disse que ela era uma enfermeira de pronto-socorro – talvez ela soubesse exatamente de que tipo de ferimentos eu estava falando. Continuei a aula.

— As extremidades do tubo são rosqueadas e duas tampas são aparafusadas. Você perfura um buraco em uma tampa e insere um detonador. Sua primeira opção para isso é um detonador militar ou civil; a segunda, é o detonador de fogos de artifício. As crianças sempre brincam com bombinhas e acabam sofrendo acidentes.

— Crianças?

Ergui o olhar, irritado por outra interrupção de Amira. Será que ela realmente estava chocada?

— É, crianças. Isso acontece o tempo todo. — Voltei para a explicação. — E bombinhas não são usadas. Explosivos de baixa intensidade são inseridos no tubo. Vou mostrar como fazer isso com fertilizante e açúcar. Depois isso é coberto firmemente com um pedaço de papel de seda para evitar que o explosivo entre em atrito com o fio do tubo, pois isso seria péssimo por poder provocar uma explosão acidental.

Amira levantou a mão de novo.

— Sim? — disse eu sem paciência.

Eu estava sendo um babaca, não me pergunte o porquê.

— Uma... bomba desse tamanho causaria tantos ferimentos? Você disse que a de Londres continha 1.500 pregos, então...

— Claro que pode causar ferimentos.

— Parece tão pequena.

Lancei um olhar duro para ela.

— Um dos primeiros incidentes para o qual fui designado foi onde os paramédicos estavam tratando de um homem de 39 anos com lesões causadas por explosão: eles o intubaram na beira da estrada porque so-

EXPLOSIVO 61

freu queimaduras no esôfago por causa do ar superaquecido. Ele estava sangrando em suas orelhas, por isso suspeitavam de ruptura do tímpano, além de vários ferimentos provocados por estilhaços.

Ela não afastou o olhar enquanto eu descrevia a cena. Eu ouvi novamente os gritos no caos e senti o medo do homem e o pânico enquanto os paramédicos tentavam sedá-lo para aplacar a dor do corpo estilhaçado.

— Ele era o passageiro na caçamba de uma picape aberta quando uma bomba tubo instável explodiu na cabine do motorista. Eles caíram em um buraco na rua a uma velocidade de quarenta quilômetros por hora. — Fiz uma pausa. — A cabeça do motorista foi encontrada pela polícia a trinta metros de distância. Isso responde à sua pergunta.

Ela arregalou os olhos, mas essa foi a única reação que consegui ver.

— Você está sendo treinada para fazer exatamente isso, Amira.

Ela negou com a cabeça.

— Não. Eu tenho que *parecer* saber construir uma bomba e...

— Você não pode ser tão ingênua assim — declarei com voz suave. — Você realmente acredita que eles vão confiar informações importantes para o qual você está sendo enviada para descobrir sem ter que provar que você é um recurso importante? E como acha que vai fazer isso?

A pergunta ficou pairando no ar.

— Pare com isso, cara — disse Clay, olhando para Amira.

— Ela tem que saber. Sempre existem vítimas inocentes da guerra.

Minha voz era amarga.

Foi Amira que voltou a falar:

— Eu consigo fazer isso.

Dei um sorriso irônico.

— Você acha que é capaz de tirar a vida de outro ser humano?

Ela ergueu a cabeça, mas sua voz soou confidente ao responder:

— Sim.

Eu me inclinei para ela.

— Você realmente acha que pode olhar um ser humano nos olhos e puxar o gatilho ou marcar o temporizador de uma bomba e assistir enquanto os corpos voam pelos ares?

Pareceu que ela tinha respirado fundo, mas eu não poderia dizer com certeza e seus olhos estavam escondidos pela sombra dos galhos das árvores.

— Sim — repetiu ela. — Eu posso fazer isso. Assim como você.

O olhar de Smith se alternou entre nós.

— Certo, James — disse ele calmamente. — Vamos prosseguir.

Meus olhos ainda estavam fixos em Amira e ela não afastou o olhar.

Pelo resto da manhã, eu os ensinei o básico: o tamanho que deveriam cortar o detonador para tempos diferentes e descrevi onde deviam colocar os dispositivos para obter o melhor resultado em termos de feridos e mortos. Em geral, os terroristas preferiam um número maior de feridos do que a morte de um único alvo: feridos deixam marcas por um período maior. Um impacto máximo.

Amira remexia as mãos sob o *niqab*. Sua visão periférica era limitada também e ela me interrompeu diversas vezes porque nem sempre conseguia me ouvir. Tentei falar mais devagar e de forma mais lenta, mas às vezes até mesmo meu sotaque confundia tanto Clay quanto ela.

Era frustrante para todos nós.

No entanto parte de mim tinha seguido para aquele lugar frio onde a razão e a racionalidade só existiam sem emoção. Eu era um robô ensinando outros robôs a matarem seres humanos de forma mais eficiente possível.

Eu tinha sido treinado para pensar como um terrorista: aquele era o veneno de efeito lento do meu trabalho.

Eu jamais poderia deixar de ver o que tinha visto, os corpos dilacerados e mutilados, as vidas destruídas. Mas isso não era tudo. Um aspecto do meu trabalho era colher amostras dos dispositivos detonados para que o DNA pudesse ser analisado com o objetivo de descobrir quem construiu a bomba. E neutralizá-los. Poderíamos encontrar DNA nas tiras de velcro usadas por um homem-bomba, mas coletávamos todas as amostras para serem analisadas – e por amostras, estou me referindo a partes. As orelhas costumam ser as mais resistentes já que são feitas apenas de cartilagem. As cabeças sempre são arrancadas porque o pescoço é um ponto fraco. Então, parte do meu trabalho era coletar as partes do corpo de homens-bomba. Era um trabalho repugnante que deixava marcas em um homem.

Clay trabalhava de forma lenta e metódica, absorvendo tudo que eu dizia. Seu maxilar estava sempre trabalhando, chupando alguma bala ou mascando chiclete com a testa um pouco franzida.

O dia começou a ficar mais quente e o suor escorria pelas minhas costas. Eu via o suor brotar no rosto de Clay, e o véu que cobria a cabeça de Amira estava ficando encharcado sendo que ela sempre enxugava os olhos.

Percebi que Smith já tinha feito aquilo antes – não perguntei nem onde nem quando. Fiquei imaginando se ele já tinha trabalhado com o Esquadrão Antibombas em outra época. Se tinha, ele não disse nada.

Por fim, cada um dos meus alunos tinha uma bomba viável. A última lição do dia era saber como seria a explosão de cada uma delas.

Smith nos levou pela floresta até uma pequena depressão no solo a cerca de um quilômetro e meio do nosso acampamento. Percebi porque ele tinha escolhido o lugar – era mais fechado e protegido, então o raio da explosão poderia ser contido. Eu tinha aceitado a palavra dele de que não havia ninguém perto o suficiente para escutar as explosões.

Entreguei protetores de ouvido antes de testar a bomba de Clay primeiro. Funcionou razoavelmente bem, explodindo por completo e mandando fragmentos de plástico contra as folhas nas copas das árvores. Amira teve um sobressalto quando a bomba foi detonada, mas se esforçou para manter a calma.

A bomba tubo de metal de Smith era boa, como eu sabia que seria, assustando tanto Clay quanto Amira e provocando uma chuva de estilhaços pelas árvores, ferindo troncos e galhos tão grossos como uma porta de um castelo medieval.

A bomba tubo de plástico dela estalou e morreu sem explodir.

Ela se levantou e colocou a mão no quadril.

— Ah, fala sério! Eu fiz tudo que você mandou.

— Abaixe-se!

— O quê?

— Deite no chão agora!

Ela arregalou os olhos e fez o que eu mandei, deitando-se de bruços no chão.

— Ouça com muita atenção para nunca mais cometer esse erro novamente — disse com voz séria. — Acender um detonador é muito mais incerto e perigoso do que uma detonação elétrica, então sempre, sempre, existe um período de espera obrigatório. No exército, esse tempo de espera é de trinta minutos desde o último sinal de fumaça. — Suavizei a voz. — O detonador pode estar queimando ainda, então, vamos esperar alguns minutos antes de ir verificar o que pode ter dado errado.

Ela assentiu de má vontade e o meu nível de irritação subiu consideravelmente.

— Eu quero ouvir a resposta!

— Sim, senhor — responderam Smith e Clay ao mesmo tempo.

Amira seguiu um segundo depois.

— Sim, eu entendi.

Respirei fundo e suavizei a voz.

— O buraco que você fez ficou grande demais e o detonador ficou frouxo. Ele saiu quando você colocou a bomba no lugar. Você deveria ter verificado.

— Você não me disse para verificar isso! — Irritou-se ela.

Endureci o olhar.

— Eu disse isso na primeira vez que dei as orientações. Foi por isso que mostrei como colocar o papel de seda. Não estamos no jardim de infância. Eu não estou aqui para lhe dar a mão nem para limpar a sua bunda. — Respirei fundo. — Você pode aprender mais com os seus erros do que seguindo as instruções. Use a cabeça: se o detonador não alcança os explosivos, nada acontece.

Ela estreitou os olhos e me fulminou com o olhar.

Smith assentiu.

— E aqui acaba a aula.

— Amém — respondeu Clay.

EXPLOSIVO

JANE HARVEY-BERRICK

CAPÍTULO OITO

AMIRA

Ele era insuportável. Eu queria pegar aquela bomba e enfiar bem no meio do... Não, essa era a Amira de antigamente. Balancei a cabeça, livrando-me dos pensamentos impuros.

Ficamos deitados sob as árvores por meia hora antes que James encontrasse a minha patética bomba e a neutralizasse. Já que não tinha explodido, eu achava que era o suficiente, mas parece que isso não era o suficiente.

Voltamos para as cabanas; eu me sentia oprimida pelo calor e pela umidade. Quando afastei o olhar do grupo e olhei para as copas verdejantes acima, percebi que o sol já estava alto no céu e que devia ser quase meio-dia – hora da minha oração.

Segui de forma mais graciosa possível, embolada nas dobras de tecido, enquanto voltei para o meu quarto e abri meu tapete de orações para o *salat-al-zuhr*.

A oração era o segundo pilar do islamismo, e os devotos rezam cinco vezes por dia. Comecei a considerar aqueles momentos como meditação, os únicos momentos de paz em uma vida louca.

Eu me ajoelhei.

— Karam, eu fiz a minha primeira bomba hoje. Não foi muito boa e não explodiu. Vou tentar melhorar, mas... por favor, me dê um sinal! Será que estou agindo de forma correta?

Como sempre, não houve nenhuma resposta e depois de esperar, com os joelhos doendo, suspirei, levantei-me e enrolei o tapete de oração.

Olhei pela janela e vi que os homens já estavam reunidos à sombra, comendo, e o cara chamado Larson estava de volta. Ele me assustava: tão silencioso, tão zangado, a violência visível, como uma grossa nuvem à sua volta.

Eu até diria que ele gostou de vendar os meus olhos, gostou de me empurrar para dentro do caminhão e me deixar lá, gostou de me dizer o que fazer ao longo da viagem até aquele centro de treinamento. O homem era um valentão com um distintivo e uma arma. Eu sentia ódio dele.

Mas eu odiava muitas coisas naquela época.

James.

Ele tinha deliberadamente me feito falhar. Achei difícil acreditar que havia alguma verdade no que ele disse... Segui religiosamente as instruções dele, mas era mais complicado do que parecia, e os diagramas que ele desenhou na terra eram difíceis de entender. Havia muita informação para absorver. Mas Clay tinha conseguido, e isso fez com que eu me sentisse patética e imprestável.

Eu aprendia muito melhor quando podia ler livros em paz, mas não havia livros, nada escrito, e tive que decorar tudo. Foi muito difícil. Tudo aquilo era difícil.

Meu estômago roncou, lembrando-me de que eu precisava comer, e decidi sair da cabana abafada para conseguir um pouco de comida.

Abri a porta para sair do quarto, só para encontrar James vindo na minha direção com uma sacola de compras.

— O seu almoço — disse ele, entregando-me a sacola.

Fiquei tão surpresa que não respondi nada e só fiquei olhando enquanto ele saía de lá.

Voltei para o quarto e olhei o que ele tinha trazido.

Fiquei surpresa por encontrar dois enlatados vegetarianos e algumas frutas frescas. Imaginei que Smith devia ter comprado os pêssegos, as bananas e as maçãs, mas fiquei tocada por James ter trazido aqui para mim, porque ele sabia que eu não comia junto com os homens.

Gostaria de comer ao ar livre, mas no mundo que eu estava prestes a entrar, uma muçulmana não comia em público porque parte do seu rosto teria que ser exibido.

Sentei na cama me fartando com os pêssegos, enquanto o suco escorria pelo meu queixo, e eu aproveitei a doçura. Então, comi algumas bananas para ter energia e terminei com um pedaço de pão sírio.

Tarde demais me lembrei que teríamos a nossa primeira sessão de treinos físicos depois do almoço. Eu comi mais do que deveria. Esperava não vomitar depois.

Correr usando um *niqab* era um grande desafio, mas eu tinha comprado algumas roupas de ginástica que absorviam o suor para usar por baixo.

E de repente uma imagem apareceu na minha mente – um passeio no shopping com a minha mãe e a minha irmã. Minha mãe não gostava de suor, mas Zada dizia para ela que exercícios físicos faziam parte do islamismo uma vez que o Profeta Maomé (*pbuh*) participou de uma corrida com sua mulher Aixa.

Mamãe respondeu que não tinha a menor intenção de suar de propósito. Nós rimos muito. Eu me lembrei...

À tarde, a temperatura estava facilmente acima dos 35 graus, talvez mais até que 38º C. Qualquer pessoa boa da cabeça estaria dentro de casa, tirando um cochilo com o ar-condicionado ligado. Em vez disso, eu estava prestes a seguir Clay e Smith em um circuito de oito quilômetros seguido por flexões de braço, abdominais e atirar algumas pedras para aumentar a força. Eu estava odiando tudo aquilo. Pelo menos, Larson tinha desaparecido novamente.

Smith nos disse para ficarmos atentos a cobras, mas para não nos preocuparmos com os ursos porque eles fugiam das pessoas. Então ele nos deu uma aula rápida sobre como identificar hera venenosa, sumagre venenoso e carvalho de veneno. Havia muita coisa venenosa por ali. Também nos ensinou sobre todos os insetos que poderiam nos picar: mosquitos, moscas varejeiras e carrapatos de veados que poderiam passar a doença de Lyme[3]. Passei repelente no corpo todo e saí para me juntar aos homens.

Clay estava com o bom humor de sempre, ainda usando seu *Didashah* e sandálias. Fiquei surpresa de ver que James também se juntaria a nós, ainda de calça camuflada, camiseta e coturnos. Carregava uma mochila pesada nas costas, mas parecia imune ao calor.

Smith também estava com calça camuflada, porém carregava um fuzil atravessado nas costas – senti um arrepio na espinha.

Eu odiava armas. Já tinha lidado com muitos ferimentos a bala no hospital de emergência para odiá-las, mas agora... aquilo era outra coisa

---

3 É uma infecção bacteriana, comum nas regiões da América do Norte e Europa, transmitida por carrapatos.

EXPLOSIVO

com a qual eu precisava me acostumar. A missão era tudo.

Smith definiu o ritmo acelerado do treino pela floresta, seguindo a trilha estreita de algum animal. Galhos agarravam no meu *niqab* e as raízes tentavam me derrubar. Logo eu estava encharcada de suor – excelentes roupas que absorviam o suor. Elas não tinham a menor chance quando eram cobertas por um *niqab*. Eu achava que estava bem em forma, mas aquele era o pecado do orgulho, porque a minha respiração estava ofegante e eu sentia como se estivesse me afogando embaixo de tanto tecido. Concentrei-me em colocar um pé na frente do outro, olhando para as roupas de Clay, brancas bem clarinhas mesmo na sombra das árvores. Smith insistiu que eu ficasse no meio do grupo, com James seguindo atrás de mim. Ele disse que nunca se colocava a pessoa mais fraca atrás porque precisavam ficar olhando para trás para ver se ela estava acompanhando.

Ele estava certo, eu era fraca, mas estava tentando ser forte.

Karam...

O suor escorria pela minha testa e entrava nos olhos, fazendo com que ardessem. Eu piscava com força e tentava seguir o som das sandálias de Clay contra a terra seca.

Minha respiração ficou mais pesada e a luz dançava diante dos meus olhos. Eu não sabia se eu estava embaixo das árvores ou...

— Amira caiu!

De muito longe, ouvi o som do meu nome. Meus olhos se reviraram enquanto eu sentia que estava assando em um forno quente.

Alguém arrancou o meu *niqab*, então senti água sendo jogada no meu rosto e cabelo, e ofeguei ao sentir o líquido precioso, debatendo as mãos.

— Ela está bem? — perguntou Clay, parecendo preocupado.

— Devagar — orientou James, a voz bem próxima de mim. — Algumas gotas de cada vez.... Ah, merda!

Vomitei meu almoço inteiro que jorrava pela minha boca. Bem em cima de James.

Eu estava passando mal demais para me sentir constrangida, ouvindo um zumbido no ouvido enquanto meu estômago se contraía.

— Merda, Smith! Ela está com insolação! Ela não pode treinar com essas roupas.

— Eu posso levá-la de volta para o acampamento — ofereceu-se Clay.

— Pode deixar comigo — resmungou James.

Meu corpo estava todo mole, mas senti que estava sendo erguida enquanto o cheiro ácido de vômito chegava ao meu nariz. Abri os olhos. James estava me carregando no colo – um braço ao redor dos meus ombros e o outro sob as minhas pernas. Aquilo era tão errado! Eu me retorci, tentando me soltar, porém ele me segurou com mais força.

— Pare com isso. Você não tem como andar agora.

Eu nem tive a energia para protestar, e me apoiei nele. Eu estava cansada. Cansada demais e deixei meus olhos se fecharem. Estava consciente dos movimentos do corpo dele enquanto caminhava pela floresta, seu peito molhado contra a lateral do meu corpo. O ritmo de seus passos era forte e constante.

Eu apaguei, vagamente ciente de que insolação podia ser bem grave. Sim, eu precisava de... O que eu precisava fazer? Meu cérebro não estava funcionando.

Quando senti a luz mudar, apertei os olhos na penumbra da cabana. Então oferguei quando James me colocou no chão do banheiro e abriu o chuveiro, a água fria encharcando nós dois. Aquela água fria e maravilhosa saindo pelo chuveiro, me fez fechar os olhos enquanto ele me encostava na parede, suas mãos enxugando meu rosto.

— Beba isto — orientou ele, colocando uma garrafa de água na minha mão. — Beba devagar.

Eu estava com tanta sede. Uma sede desesperadora. Comecei a beber rapidamente, mas ele tirou a garrafa de mim.

— Devagar!

Ele se acomodou ao meu lado, permitindo que eu tomasse golinhos da garrafa. A água que eu bebia me refrescando de dentro para fora e a do chuveiro de fora para dentro, até a temperatura do meu corpo ir gradativamente caindo até voltar ao normal, e a consciência voltar de forma repentina.

Meu cérebro voltou a si devagar e olhei para James, seus olhos azuis claros e frios enquanto observava o meu rosto.

— Melhor?

Assenti de forma automática, mas minha cabeça parecia pesada so-

EXPLOSIVO

bre o pescoço. Tentei agradecer, mas a garganta parecia seca e as palavras viraram poeira.

Ele resmungou alguma coisa, então, me pegou de novo, fazendo-me ofegar.

Meu *niqab* encharcado enrolado no seu braço quando ele me colocou na cama, as mãos gentis quando tocou rapidamente a minha testa.

— Troque de roupa — disse ele. — Eu já venho ver como você está.

Esperei até a porta se fechar atrás dele, preparada para a onda de vergonha por ele ter me visto descoberta pela segunda vez, mas não senti nada.

Eu estava exausta. Levei um tempão para tirar as roupas molhadas e colocar uma camiseta limpa e um short. Meu cabelo ainda estava molhado e tão embaraçado que mais parecia um ninho de rato, mas eu não estava nem aí. Eu realmente não me preocupava mais com a vaidade.

Alguns minutos depois, ainda passando mal e sentindo pena de mim mesma, ouvi uma batida na porta.

— É o Clay. Como você está?

Fiquei decepcionada por não ser James que veio me ver como ele disse que faria. Eu me obriguei a pensar que não deveria confiar nele – eu não deveria confiar em nenhum deles.

Peguei um lenço de algodão, cobri a cabeça e respondi com voz rouca.

Clay abriu a porta e espiou lá dentro, sem entrar. Ele deu um sorriso compassivo e discreto.

— Como você está se sentindo?

Encolhi os ombros.

— Melhor agora. Um pouco envergonhada.

Ele riu.

— Foi uma coisa incrível de se ver. O jeito como você vomitou em cima de James. Nunca vi um jato tão potente na vida.

Dei uma risada, apesar de tudo.

— Sabe de uma coisa? — perguntou ele com voz suave. — O Alcorão 24:30 obriga os homens a observarem com recato: "Dizei aos fiéis que recatem os olhares e conservem seus pudores, porque isso é mais benéfico para eles; Alá está bem inteirado de tudo quanto fazem".

— Eu sei disso — respondi com amargura. — O que você quer

dizer com isso?

— Que os homens devem desviar o olhar; não é você que tem que se cobrir dos pés à cabeça a ponto de passar mal. Você tem que confiar em nós, Amira. Todo mundo aqui quer que a missão dê certo. Desmaiar durante o treinamento não ajuda em nada. Use um *hijab* se sentir que é necessário, mas agora que já sabe, você não pode se permitir passar mal de novo. Isso não é *haram*. Nós precisamos de você.

Ele lançou-me um olhar profundo e sábio, fechou a porta e foi embora.

Será que ele estava certo? Será que aquela era uma das ocasiões em que Alá me perdoaria? Eu não tinha a quem perguntar, ninguém além de Clay que afirmava ser uma pessoa em busca da verdade.

A onda crescente de fobia ao Islã tornava o uso de *niqab* uma declaração tanto política quanto religiosa. Nossos direitos estavam desaparecendo em toda a Europa: o uso de *niqabs* e burcas tinha sido banido de países como Dinamarca, Áustria, França, Bélgica, Bulgária e Letônia. Isso não aconteceu só na Europa: no Tajiquistão, na fronteira com a Ásia, e em vários países africanos e também na China. Meus direitos humanos de me vestir do jeito que eu quisesse estavam sendo tirados de mim. Tanto medo. Tanto ódio.

Fiquei deitada na cama estreita antes de cair no sono, os pensamentos girando na minha mente como as folhas de outono, enquanto eu tentava segurá-los.

Pensei no que senti e no que aconteceu. Era impossível para mim passar tantas horas com James e não notar pequenas coisas a seu respeito. Até mesmo as coisas que ele estava tentando esconder dentro do soldado. James era bondoso. Dava para ver agora. Ele se esforçava muito para ser babaca comigo, mas o seu lado humano vazava por todos os seus poros. Ele não conseguia evitar.

E Clay, ele estava sendo um doce de pessoa e mais disposto a demonstrar isso.

James.

Eu não podia me sentir atraída por ele.

Não. Não. Não.

JANE HARVEY-BERRICK

CAPÍTULO NOVE

JAMES

Acordei suado e sufocado de medo.

Sonhei com o Afeganistão de novo. Já fazia um tempo que não tinha aquele sonho – e era uma merda que isso tenha acontecido nas duas noites em que eu estava lá.

Meu quarto era abafado, mesmo quando a janela estava escancarada e a porta do quarto aberta. A brisa tinha desaparecido e toda a floresta parecia estar prendendo a respiração – silenciosa, observadora, à espreita.

O suor cobria o meu corpo e decidi que precisava de uma solução caseira para reduzir o calor. Se você não conta com um aparelho de ar-condicionado, use meias molhadas para dormir ou deite-se em toalhas úmidas. Ajuda.

Eu me sentei, relutante, enxugando a testa. O ar estava úmido e abafado e senti os braços e pernas pesados, estranhos. Tomei um gole de água morna de uma caneca rachada que deixei em cima do caixote que servia como mesa de cabeceira e passei o braço no rosto de novo.

Não havia lua naquela noite e a cabana estava protegida pelos grandes galhos das árvores mais antigas.

Movendo-me silenciosamente, fui até o banheiro. A água na torneira não estava gelada, mas qualquer coisa era melhor do aquela umidade infernal. Enfiei a cabeça embaixo da torneira e joguei água, nas costas e no peito. Alívio.

Dormir do lado de fora talvez fosse ligeiramente mais agradável do que a cabana opressiva, mas eu aceitaria de bom grado essa pequena melhora no conforto – embora fosse precisar de um mosquiteiro ou eu seria um banquete para os insetos pela manhã.

Atrás de mim a tábua estalou. Eu congelei, alerta a todos os sons. Se

Amira estava tentando ser silenciosa, estava falhando. Ouvi o pé descalço no piso de madeira, as tábuas mornas gemendo baixinho. Ela soltou um suspiro pesado, e ouvi o farfalhar do tecido em volta do seu corpo. Decidi dar um aviso justo.

— Estou no banheiro, Amira.

Ela teve um sobressalto, cambaleou para trás e exclamou:

— Por Alá!

— É, eu percebi que você não sabia que eu estava aqui. Desculpe.

Seguiu-se uma breve pausa e ela respirou fundo.

— Não, tudo bem. É que está tão escuro. Por que Smith insiste que não usemos o gerador à noite?

— Ele quer que você se acostume com o treinamento pesado.

— Como assim?

— Que você consiga se virar com o que tem, para que fique mais forte.

Ela fez um som de escárnio e, depois, suspirou novamente.

— Isso meio que faz sentido. Então... Você já acabou aí? Preciso de água. Está calor demais!

— Já terminei. E, de qualquer maneira, eu vou dormir lá fora.

Esbarrei nela ao sair do banheiro e estava perto o suficiente para sentir o cheiro de suor na sua pele. Não era desagradável. Ligeiramente adocicado, ligeiramente picante.

— James?

A voz dela era hesitante.

— O quê?

— Obrigada pelo que fez hoje. Você foi gentil. Mesmo sem nenhum motivo para ser.

Uma sensação incômoda despertou dentro de mim – um alerta, um aviso.

— Eu só estava ajudando um membro da minha equipe. Eu teria feito o mesmo por qualquer um.

— Ah, eu sei. Mas obrigada mesmo assim.

— Tudo bem. Boa noite.

— Boa noite, James.

Peguei o travesseiro, o cobertor e o mosquiteiro da minha cama e saí da cabana, mas meus pensamentos permaneceram com Amira.

Será que eu estava começando a compreendê-la? Ela tentava agir com coragem, mas isso era tudo. Houve alguns momentos durante o dia quando ela se juntou a nós, rindo de alguma piada idiota que Clay vivia contando, mas então ela se dava conta do que estava fazendo e voltava a se retrair.

Alguma coisa a estimulava a fazer isso, e eu queria saber o que era. Smith contou que ela passou por todos os procedimentos de verificação, porém Smith tinha os próprios interesses para trazê-la para a equipe – e ele não os compartilhou.

Não era necessário que eu soubesse nada sobre o histórico da missão, mas isso me incomodava. Trabalhei com agentes infiltrados quando estava no Afeganistão. Eram homens motivados pelo dinheiro ou manipulados a trabalhar com as forças aliadas. Só conheci um que fez isso por idealismo, e seu ímpeto o matou.

Ahmad tinha sido um rapaz legal, ansioso por aprender. Nunca descobri quem o recrutou – na verdade, foi ele que provavelmente nos procurou. Ele tinha uma irmã mais velha que era o seu exemplo, e ele odiava a forma como ela era tratada, odiava que o Talibã tivesse fechado a escola dela. Durante o treinamento, nós todos dissemos para ele ser durão, ousado, esconder quem ele era – mas, no final das contas, ele não conseguiu fazer isso – o idealismo o marcou. E foi isso que ele se tornou: um homem marcado. Morto aos 17 anos.

Eu sabia, desde o primeiro dia que conheci Ahmad, o motivo de ele ser tão motivado.

Amira era uma enfermeira de um hospital de emergência, um pronto-socorro. Será que ela já não tinha visto violência o suficiente? Vítimas de tiroteios, acidentes de carro, mortes violentas e repentinas? Mas ali estava ela, aprendendo como mutilar e matar. Não fazia o menor sentido para mim.

Na minha experiência, pessoas se tornavam espiãs por diversos motivos: ganância, ressentimento, chantagem, ego, ideologia ou uma combinação de todas essas coisas. Estaria Amira ali por ideologia? Estaria farta de ver como o Estado Islâmico retorcia os ensinamentos religiosos e se infiltrar lá seria uma forma de acertar as contas? Eu gostaria de compreender.

Eu ainda estava pensando sobre ela enquanto a floresta se fechava à minha volta, cobrindo-me com sua escuridão, sua estranheza, estimulando os pensamentos e as lembranças dos meus 29 anos que passavam pela minha mente. E quando eu sonhei, foi com os olhos dela.

Meu sono foi agitado e acordei um pouco antes do amanhecer quando um passo leve penetrou a cortina fina da minha consciência. Rolei automaticamente para o lado para evitar o golpe, mas acabei enrolado no mosquiteiro que eu tinha prendido em um galho baixo.

Larson riu, parado à minha frente, observando enquanto eu me agitava para sair dali.

— Você não é nenhuma bela adormecida. — Ele riu, segurando uma caneca de café diante do corpo.

— Se você é o príncipe encantado, então estamos muito fodidos — resmunguei, ainda tentando me livrar do mosquiteiro.

Ele murmurou alguma coisa e se afastou.

O cara tinha o passo leve, ele voltou a pé. O Jeep não estava em nenhum lugar à vista. Eu definitivamente teria ouvido isso. Dá para ouvir o barulho de motor de carro de longe à noite. Ele provavelmente o parou a uns três quilômetros de distância e voltou a pé. Mesmo assim, eu ficaria de olho nele.

— Hoje eu vou ensiná-los a fazer explosivos caseiros: o primeiro método é com fertilizante e açúcar ou ANS. E o segundo envolve peróxido de hidrogênio. ANS era muito utilizado pelo IRA porque é praticamente à prova de idiotas. Você mói os *prills* em um moedor de café e os mistura com açúcar em um misturador de cimento. Já o peróxido de hidrogênio é completamente diferente: é um processo químico e demora mais tempo. Vamos fazer os dois.

— Hum... o que é *prill*, cara? — perguntou Clay.

Merda, eu estava usando jargão do Esquadrão Antibombas de novo.

— *Prills* são grânulos formados por qualquer substância formada a partir do congelamento de um líquido durante um processo industrial.

— Entendi.

Eu já tinha repassado os principais pontos da bomba tubo novamente, mas dizer que havia muito material para estudarem era o mesmo que dizer que o Everest era uma montanha grande. E eu estava com a impressão de que eu teria que cortar ainda mais.

— Em 2010, um carro-bomba rudimentar foi descoberto na Times Square. O dispositivo era feito de gasolina e fertilizante. Mas o construtor da bomba não era muito inteligente e usou um fertilizante que não era explosivo.

Olhei para os meus alunos.

— Pode ser muito perigoso fazer explosivos com fertilizantes por causa de toda química envolvida. Vou dizer a vocês que tipo de fertilizantes vocês *podem* usar. Procurem por algum que tenha nitrato de amônio, mas será necessário usar a quantidade correta com combustível e você vai precisar de um detonador para gerar energia suficiente e...

Amira levantou a mão.

— Parece que conseguir a matéria-prima é relativamente simples, mas onde se conseguem detonadores?

Olhei rapidamente para ela.

— Em qualquer loja da rede Radio Shack.

— Estou falando sério! — Irritou-se ela.

— Eu também. Perder tempo agora não vai ajudar em nada quando estiver sozinha.

Tê-la como aluno despertava o que havia de pior em mim. Eu sabia o porquê – eu comecei a me sentir atraído por uma mulher com quem não teria a menor chance. Depois que tudo isso acabasse, eu nunca mais a veria de novo.

Virei-me, ignorando as sobrancelhas levantadas de Clay e continuei a aula sem interrupções. Amira ficou em silêncio, ainda usando o *niqab*, apesar do calor e do desmaio do dia anterior.

Depois do almoço, Smith assumiu. A minha presença não era essencial nessa parte do treinamento de Clay e Amira, mas eu fiquei lá.

— Neste exercício, vocês estarão sob muita pressão — começou ele com expressão séria. — O fracasso vai custar a vida de vocês e de outras pessoas. Vocês estarão isolados. As chances de serem deixados a sós é muito baixa. E eles não vão confiar em nenhum de vocês. Vocês não terão com quem conversar, ninguém em quem confiar. Vocês só poderão contar com vocês mesmos.

Apesar do calor, vi um tremor passar por Amira.

EXPLOSIVO 79

Smith baixou a voz, antes de continuar:

— Alguns agentes gostam da liberdade do trabalho como infiltrados e decidem fazer as coisas do seu jeito. Não façam isso. Isso sempre acaba fazendo com que acabem mortos. Nenhum de vocês dois têm experiência para fazer isso. Seguir o plano é a melhor forma de sair dessa.

Vivos.

Ele não disse a palavra, mas foi o que quis dizer: *a melhor forma de sair dessa com vida.*

Clay olhou para Smith, seus olhos escuros sérios e sem piscar. Ele não estava fazendo piadas hoje. Amira permaneceu em silêncio e imóvel. Eu queria que ela se levantasse e fosse embora. Eu queria que ela dissesse que não poderia fazer aquilo. Mas não foi o que aconteceu. Ela ficou ali, ouvindo e absorvendo as palavras dele.

— Vocês podem começar a sentir afinidade com os terroristas quando começarem a conhecê-los. Talvez sintam pena deles e tenham vontade de ajudar. Não façam isso. Eles mentem muito bem. Eles não teriam conseguido escapar sem isso. *Não confiem neles.* Isso só vai fazer com que acabem mortos. — Ele fez uma pausa. — Se vocês morrerem, eu não recebo o meu pagamento.

Clay fez um som de deboche e riu. Amira não reagiu.

A tarde começou a ficar mais quente, Smith nos levou para uma pequena clareira na floresta onde Larson cortou algumas árvores para que pudessem treinar tiros.

Amira recebeu algumas instruções básicas sobre como mexer em armas, mas as mãos dela estavam tão suadas que ela estava com dificuldade de segurar a arma. Fiquei tentado a ensinar a ela como segurá-la com as duas mãos, mas isso era algo usado tanto pela polícia quanto pelos militares. Isso com certeza a denunciaria. Em vez disso, ela continuou se esforçando, sentindo calor e frustração, sua mira piorando, em vez de melhorar.

Clay teve mais facilidade já que a história dele era que tinha encontrado sua fé enquanto estava no serviço militar, e tinha visto como seus "irmãos e irmãs" eram tratados no Iraque. Quanto mais perto a sua história estivesse da sua personalidade real, maiores são as chances de você ser bem-sucedido.

— Qual vai ser sua história, Amira? — perguntou Clay durante um breve intervalo.

Ela olhou para ele, antes de desviar o olhar.

— Achei que não deveríamos falar sobre isso.

Clay encolheu os ombros.

— *Ain't nobody here but us chickens*[4].

— O quê?

Ele deu uma risada.

— Você não conhece essa música? Jump Blues, de Louis Jordan, gravada em 1946? Será que eu sou o único que entende de música por aqui?

Amira se afastou de Clay.

— Eu só escuto músicas de devoção.

Clay deu um sorriso triste.

— Qualquer instrumento é lícito quando usado para música permissível, como acompanhamento de canções devocionais.

Ela não voltou a olhar para ele.

— Duvido que essa canção seja devocional ou permissível.

Clay suspirou.

Eu não era um homem religioso – não falava com Deus quando era mais novo e não falei mais nenhuma vez desde o Afeganistão, mas sempre acreditei que a música acalmava a alma e sempre havia tempo para dançar. Eu não me lembrava onde tinha ouvido isso.

Fiquei surpreso quando Smith pareceu ler os meus pensamentos.

— *Tudo tem o seu tempo determinado, e há tempo para todo o propósito debaixo do céu. Há tempo de nascer e tempo de morrer; tempo de plantar e tempo de arrancar o que se plantou; tempo de matar e tempo de curar; tempo de derrubar e tempo de edificar; tempo de chorar e tempo de rir; tempo de prantear e tempo de dançar.* Eclesiastes.

O próprio Smith pareceu surpreso, piscando no calor daquela tarde.

— Merda! Eu nem sei de onde saiu isso! Acho que as aulas de catecismo com a doce Sabrina Olsen me ensinaram alguma coisa no final das contas.

Tempo de matar.

Era por isso que estávamos todos ali.

---

4   Tradução: Não tem ninguém aqui além de nós.

EXPLOSIVO 81

JANE HARVEY-BERRICK

CAPÍTULO DEZ

AMIRA

Uma tempestade se aproximava. Eu conseguia sentir a eletricidade pelo modo como os pelos do meu braço se eriçavam, o modo como o ar estava cheio de estática.

Começou com algumas gotas molhando o chão e eu vi, fascinada, quando o solo marrom-amarelado começou a escurecer. Fechei os olhos e ergui a cabeça, sentindo as primeiras gotas refrescantes nas minhas pálpebras e na base do nariz. As únicas partes expostas do meu rosto.

Logo a chuva começou a aumentar, passando por entre as folhas grossas dos abetos e caindo na terra da floresta. A copa das árvores não ofereciam mais proteção contra a torrente cada vez mais forte.

— Melhor sairmos logo da porra da chuva — resmungou Smith, correndo em direção às cabanas com Clay.

Mas eu não queria entrar. Eu queria sentir as gotas refrescantes no rosto, sentir o *niqab* ficar ensopado e pesado, sentir o peso das gotas na palma das minhas mãos.

O céu foi rasgado por um raio. Que maravilha! O show de luzes mais incrível da Terra, livre e temível.

O som retumbante do trovão veio em seguida provocando um sobressalto e uma explosão de gargalhadas.

Eu me sentia tão viva, tão livre.

Um movimento ao meu lado chamou minha atenção. Era James que, assim como eu, estava sob a chuva, um grande sorriso no rosto bonito, enquanto permitia que a chuva o encharcasse, seus braços abertos, o material molhado da camiseta fina colando nos músculos dos ombros e peitoral.

Ele abriu os olhos e sorriu para mim, sua voz se erguendo sobre o som dos trovões e da chuva.

— Não é incrível? — gritou ele com expressão de felicidade e admiração.

— É maravilhoso! — respondi, mas é claro que ele não conseguiu ver o meu sorriso aberto.

Talvez ele soubesse que estava ali.

Ele fechou os olhos de novo, uma expressão de alegria sincera no rosto.

Os muros em volta do meu coração começaram a rachar perigosamente e deixei os braços caírem ao lado do corpo.

Passando pela lama, eu me apressei a voltar para a cabana, olhando por sobre o ombro.

James estava me observando com expressão de decepção no rosto.

No meu quarto, com a cadeira encostada na maçaneta, eu tirei as roupas molhadas e enxuguei o cabelo encharcado.

Foi um momento de felicidade, um momento de loucura e agora as minhas emoções estavam perigosamente indomáveis.

Fiz uma oração, pedindo orientação e implorando para ter forças.

Karam, eu preciso de você! Por favor, diga-me o que devo fazer.

Seu silêncio parecia uma censura e eu estava quase chorando.

De repente, as luzes da cabana falharam e o som familiar do gerador desapareceu.

Ouvi vozes do lado de fora e, momentos depois, James bateu na porta do meu quarto.

— Smith desligou o gerador por causa da tempestade. Não sei que diferença isso faz, mas foi o que ele disse. Durma bem, Amira.

A voz dele sumiu e eu voltei a respirar.

À medida que as horas passavam e a noite avançava, a tempestade ficou mais forte, castigando a velha cabana fazendo-a tremer. As árvores estalavam e gemiam, os galhos mais fracos quebrando-se e voando contra a cabana.

Eu nunca tinha presenciado uma tempestade tão intensa, nunca tinha ouvido o vento arrancar as telhas antes. A força da natureza ameaçando derrubar nosso pequeno abrigo. Não conseguia dormir com o vento gritando de forma tão intensa.

Vestindo o meu *niqab*, fui para a sala escura, passando pela mesa da cozinha.

Gritei quando toquei em algo quente e vivo.

— Não se assuste — disse James. — Eu também não consegui dormir.

— Vou ter que colocar um sino no seu pescoço — comentei, tentando acalmar as batidas do meu coração. — Você me deu um susto.

Ouvi o riso baixo dele enquanto a luz de um raio iluminava brevemente o seu rosto.

— É melhor eu voltar para o meu quarto.

— Tanto faz — respondeu ele de forma abrupta. — Eu realmente não sei como conversar com você quando nem consigo ver o seu rosto.

A frustração dele me impediu de voltar para o meu quarto.

— Por causa do *niqab*? Mas está completamente escuro. Você não ia conseguir ver o meu rosto mesmo! — Ele não respondeu e seu silêncio me derrotou. — Eu ainda sou uma pessoa, James. A mesma pessoa.

Ele resmungou alguma coisa que não consegui ouvir, e esse som me fez desejar o contato humano que eu vinha negando a mim mesma por tanto tempo, as semanas se transformando em meses. Eu queria conversar. Eu queria ouvir mais a minha própria voz ou os ecos da minha mente.

Talvez se Karam me respondesse eu teria voltado para o meu quarto. Talvez não.

Puxei uma das cadeiras de madeira, sentei-me, retirei o *niqab* pela cabeça e coloquei na cadeira ao meu lado.

— Pronto. Tirei o *niqab*. Agora somos apenas duas pessoas. Duas vozes no escuro.

E era isso, mas os raios repentinos tornavam tudo mais excitante quando vislumbrava James olhando para mim.

— Eu sempre amei tempestades — revelei. — Minha irmã tinha medo delas e se escondia dentro do armário, mas eu ia para janela e ficava assistindo à chuva junto com o meu irmão. Você sabia que não há trovão se o raio cair no oceano?

James riu suavemente.

— Sim, eu sabia disso.

— É claro que sim.

Seguiu-se uma pausa.

— Você tem um irmão e uma irmã?

EXPLOSIVO

Ah, não. Por que ele fez essa pergunta?
Eu não respondi porque não sabia o que dizer e fiquei com medo de revelar coisas demais.
— Deve ser legal — continuou ele, pensativo. — Ter uma família.
O tom resignado me tocou.
— Você não tem família?
Pensei que ele não fosse responder porque o silêncio caiu entre nós por tanto tempo, um fio tão fino que poderia arrebentar a qualquer momento.
— Devo ter — disse ele, por fim, a voz sincera na escuridão. — Eu não sei quem é o meu pai. Eu me lembro vagamente da minha mãe, mas ela perdeu a minha guarda quando eu tinha seis anos. Eu nunca mais a vi. Talvez eu tenha meios-irmãos ou irmãs a essa altura. Mas simplesmente não sei. — Ele fez uma pausa. — Eu era bem próximo do meu avô, mesmo só vendo-o uma ou duas vezes por ano. Ele morreu três anos atrás.
Senti meu coração amolecer ao imaginar James como um menininho sentindo-se perdido, solitário e abandonado sem nenhuma constância na vida, nem mesmo os pais.
— Você nunca quis procurar sua mãe? — perguntei com cautela.
— Não. Ela não voltou para me buscar. Então, por que eu deveria procurá-la? — Ele fez uma pausa. — Ela talvez nem esteja mais viva até onde sei.
— Sinto muito.
— Não precisa sentir — resmungou ele. — Não foi você que abandonou um filho.
— Não, mas eu sinto assim mesmo.
Seguiu-se um silêncio antes de ele voltar a falar:
— Eu sei que eu tenho sido duro com você, mais duro do que sou com Clay, mas isso é porque você é a menos treinada. O que você vai fazer é perigoso. Você tem certeza de que quer fazer isso?
— Tenho — respondi.
Era um pouco de verdade e um pouco de mentira.
— Onde você mora?
Ele deu uma risada.
— Eu moro onde o exército me manda. Eu comprei um aparta-

mento em Reading, perto de Londres, para ter para onde ir um dia. Está alugado. Mas isso é tudo. Eu não quero acabar morando em Aldershit.

— Sério que tem um lugar na Inglaterra chamado Aldershit?

Ele riu.

— Não. O nome é Aldershot, uma cidade em que a maioria dos moradores são aposentados do exército e é uma merda de lugar. Então todo mundo a chama de Aldershit.

Aquilo pareceu triste, mas a voz dele se animou de novo.

— Quando você entrou para o exército?

— Quando completei 18 anos.

— Tão novo assim?

— É a melhor época para começar o treinamento. O corpo aguenta. — Ele riu. — Depois dos trinta, tudo fica mais difícil. Carregar sua mochila nas costas é difícil. Ou tente usar a armadura antibombas com mais de 35 quilos feita de Kevlar e chapa de ferro: ficar de pé, ajoelhar, deitar-se, ajoelhar novamente. Isso acaba com os joelhos e as costas. Eu vou estar acabado se chegar aos quarenta anos.

Se.

Odiei ele ter dito aquilo, mas ele estava certo. Não havia garantias na vida. Eu sabia disso melhor do que ninguém.

Mas eu estava fascinada e queria que ele continuasse falando. Agora que começamos a conversar.

— Obviamente você não fica brincando de *João e Maria* na floresta e ensinando pessoas a construírem bombas, então o que você faz da vida?

Ele deu uma risada baixa, o som se perdendo sob o estouro de um trovão que me fez pular de susto.

— A maior parte do meu trabalho é completamente o oposto: neutralizar dispositivos onde quer que sejam encontrados. A nossa equipe recebe alguns chamados por semana.

Fiquei chocada.

— Tanto assim?

— Sim. Mas várias dessas chamadas são sobre dispositivos da Segunda Guerra Mundial, pode acreditar. Sempre que há trabalho de construção civil em Liverpool ou Manchester ou em qualquer cidade portuária, alguém acaba descobrindo uma bomba enferrujada e nós somos chamados. Os alemães bombardearam Londres durante os ataques-relâmpago entre setembro de 1940 e maio de 1941. Milhões de toneladas de explosivos foram lançados sobre a cidade, principalmente nos portos onde os navios chegavam com alimentos e suprimentos pelo Tâmisa até a cidade. Aproximadamente um terço desses dispositivos não explodiu e ficaram enterrados na cidade. Hoje estão com mais de setenta anos de idade. Isso significa que são instáveis por terem ficado enterrados por tanto tempo. Mas o dispositivo mais antigo que já neutralizei foi uma bomba da Primeira Guerra Mundial. Foi encontrada enterrada na lama do lado de fora de uma grande base naval no sul do país e a maré estava subindo. Aquele trabalho foi bem difícil.

Tentei imaginá-lo fazendo aquilo – James com a armadura antibomba, afundando na lama enquanto a maré subia, o nível da água subindo e ele ficando sem tempo, mas sem poder se apressar, enquanto o tempo passava.

— Isso parece bem... perigoso.

Se ele ouviu o tremor na minha voz, não fez comentários.

— Eu não penso sobre isso.

— Como você consegue?

Ele fez uma pausa e achei que tinha ido longe demais. Mas ele acabou respondendo.

— Tenho que me desligar de todas as emoções quando estou trabalhando. Tenho que me concentrar no trabalho. Se eu parar para pensar que posso perder as mãos ou ver a bomba explodir na minha cara, vou perder a concentração. Preciso analisar o trabalho que tenho a fazer. Preciso ver na minha mente cada passo que vai levar à neutralização da bomba. — Ele fez uma pausa. — Disseram-me que é como ser um cirurgião, que se você começar a pensar na pessoa que está operando, que ela tem marido ou uma mulher ou parentes ou filhos esperando por elas, você não vai ser capaz de se concentrar no corte que está fazendo com o bisturi. Eu me concentro em obter o resultado que eu quero e é nisso que penso quando estou fazendo o meu trabalho.

Balancei a cabeça, ideias e medo saindo pela minha boca.

— Achei que você passasse todo o seu tempo lidando com ataques terroristas.

— Tem isso também. Mas você ficaria surpresa de quantas ligações recebemos de escolas ou casas de família porque o Joãozinho resolveu brincar de laboratório de química e alguma coisa explodiu.

Eu ri, surpresa por ver que ele também era capaz de brincar. Ou talvez ele só estivesse desviando do assunto, mas eu não o conhecia bem o suficiente para saber a diferença. Porém não comentei nada, eu estava gostando muito de conversar com ele. Até demais.

— Eu meio que consigo imaginar você quando era pequeno. Tentando ver o tamanho da explosão que conseguiria fazer.

Ele riu de novo e novamente o riso se perdeu no meio do som de um trovão.

— Eu talvez tenha tido uma ou duas experiências com fogos de artifício.

— Ah, disso eu não tenho a menor dúvida — respondi, feliz por ele não conseguir ver que eu estava revirando os olhos.

Ficamos em silêncio enquanto a tempestade sacodia a cabana com seus punhos raivosos e a chuva fustigava as janelas como balas.

— Conte-me sobre suas tatuagens — pedi, de repente. Ele não respondeu. — Desculpe. Eu só queria saber. Sei que isso pode ser bem pessoal. Não é da minha conta.

— Não. Eu só fiquei surpreso... Eu não me lembrava que você as tinha visto.

Fiquei feliz por não poder ver que eu estava vermelha por me lembrar do modo como meus olhos tinham passeado pelas costas dele na penumbra do amanhecer, tentando entender as sombras.

— Eu tenho duas tatuagens, elas são independentes e foram feitas em épocas diferentes, mas também têm uma ligação.

A cadeira dele estalou e me perguntei se ele estava se inclinando para mim.

— A primeira foi a do ombro e diz "O jogo só começa quando você marca um ponto". Eu era jogador de basquete quando estava na escola. Isso era uma coisa que o treinador costumava dizer e eu carreguei a mensagem comigo.

Agora eu entendia.

— Ele era importante pra você?

— Pode-se dizer que sim. Ele foi a primeira pessoa que acreditou em mim. Ele me ensinou que quando o outro time pontua, você tem que contra-atacar, marcar, e precisa de uma estratégia de defesa para que eles não façam mais pontos. É como quando a vida derruba você, é nesse momento que você precisa se levantar e lutar. Eu fiz essa tatuagem em uma época quando a minha vida estava difícil e eu me senti.... Acho que a melhor palavra é "perdido".

Ele bufou e deu uma risada constrangida.

— Uma metáfora. Entendi. E a outra.

— Ela tem a palavra "explorador". Fiz um pouco antes de entrar no exército.

— Então, o exército foi a sua forma de explorar seus caminhos?

Ele parou.

— É, acho que você pode dizer isso.

— Trabalhar no Esquadrão Antibombas?

— Esse não era o meu plano. Foi só uma das especialidades que tinham para oferecer e eu me interessei.

Balancei a cabeça sem acreditar.

— Você arrisca a sua vida porque você se interessou nisso?

— Por que as pessoas fazem o que fazem? Tudo é um risco. Por que você está aqui, Amira?

— Porque eu preciso.

As palavras escaparam da minha boca antes que eu pudesse parar para pensar.

— Você *precisa*?

— Não posso falar sobre isso.

Ele suspirou e a cadeira dele estalou de novo.

— Não, acho que não.

— Eu ouvi você gritando — disse eu baixinho. — Duas vezes agora. Eu fiquei imaginando se...

— Eu não posso falar sobre isso — retrucou ele. Seu tom mudou de surpresa para outra coisa.

— Tudo bem. Desculpe.

Ele deu uma risada seca.

— Será que existe algum assunto no mundo sobre o qual *podemos* falar?

Ficamos em silêncio, ouvindo o vento soprar e a cabana estalar e ranger.

— Você não precisa responder — disse eu, por fim. — Você não precisa responder se não quiser... Mas por que você raspa a cabeça? Sei que não é porque você é careca... então, eu só fiquei imaginando...

Minhas palavras morreram. Outra pergunta pessoal, mas não mais do que ele me contar sobre os pais ou sobre as tatuagens. Mesmo que a conversa fosse unilateral, eu não queria que acabasse.

— Você já teve piolhos? Na cabeça? No corpo? — perguntou ele.

— Hã? Não! É por isso?

— Quando a sua missão é em uma aldeia de merda da época medieval, sem água encanada e esgoto, e você está em um alojamento com duzentas pessoas entulhadas juntas, esse tipo de coisa acontece. Os piolhos se espalham pelo seu cabelo, suas roupas, axilas... e em outros lugares. É horrível. Você não tem como lavar suas coisas porque a água é racionada, então você tem que pendurar o uniforme sobre o fogo e a fumaça mata os filhos da puta. Você tem que esquentar o seu canivete e passar nas dobras e costuras para matar os ovos. Mas no cabelo, a melhor coisa é raspar.

— Uau! Nunca pensei nisso! — Levantei a mão para tocar o cabelo.

Agora que ele falava nisso, imaginei que meu couro cabeludo estava coçando.

— Isso parece horrível! — exclamei, encolhendo-me.

— Pois é. Não é nada bom. — Ele hesitou e ouvi enquanto tamborilava os dedos na mesa. — Mas não é por isso que raspo a minha cabeça. Um monte de soldados raspou a cabeça naquela missão. Um batalhão de carecas.

— Então, se não foi por isso, foi por quê?

Ele deu um riso constrangido.

— Eu raspei quando tinha 17 anos. — Ele hesitou. — Você tem certeza de que quer ouvir isso?

Concordei com a cabeça, mesmo sabendo que ele não podia me ver.

— Com certeza! Já vi que tem uma história aí.

— Está bem, então. — Ele suspirou. — Todo mundo na escola me chamava de gatinho, então raspei a cabeça para parecer durão. Depois ele começou a crescer e eu não gostei mais e continuei raspando.

EXPLOSIVO

Eu comecei a rir.

— Gatinho? Bem, desculpe estragar a sua ilusão, James, mas você ainda é gatinho!

— Ah, que bom ouvir isso — retrucou ele com ironia. — Eu nunca contei isso pra ninguém.

A voz dele parecia pensativa.

— É — concordei baixinho. — É mais fácil dizer a verdade no escuro.

Percebi que estávamos avançando para um território perigoso novamente e eu não podia arriscar contar a verdade para ele.

— E qual foi a reação que as pessoas tiveram assim que você raspou?

— As garotas pareceram se interessar mais por mim. E os garotos não puderam dizer mais nada. Acho que ficaram ainda mais putos da vida comigo.

— Aposto que sim. E isso é comum no exército? Raspar o cabelo? Se o cara for careca...

— Eu meio que consegui me safar. O padrão é estar limpo e com o uniforme impecável. Acho que nenhum comandante se oporia. — Ele fez uma outra pausa. — A não ser que fizesse parte da Frente Nacional.

— Ah, isso é um partido político?

Ele riu.

— Não. Apenas uma organização fascista de extrema direita. E eu não quero ter nada a ver com aqueles babacas.

— Mas isso pode ser um pouco intimidador — declarei. — E agressivo.

— Eu não vejo dessa forma. Monges budistas raspam a cabeça.

— Budismo não é o mesmo que pacifismo — retruquei. — Os ensinamentos budistas não impedem que os seus seguidores lutem em defesa do seu estilo de vida.

Seguiu-se outro silêncio, enquanto eu esperava a reação dele.

— Parece que você conhece bem o budismo.

— Eu tive uma amiga budista... Mas não mais, é claro.

— Você não pode ter amigos budistas?

— Nós éramos colegas de quarto na faculdade, mas perdemos o contato depois da formatura.

— Mas você pode? Você parece levar sua religião muito a sério. Você pode ter amigos que não compartilham da sua fé?

Suspirei, não querendo entrar naquele assunto.

— É sempre mais fácil ter amigos que são como você, fazem parte da sua tribo, sabe?

— Sua tribo?

— Bem, a sua tribo é o exército, não é?

— Ah, tá. Acho que sim. E qual é a sua?

Não posso contar para você. Hesitei sem saber o que responder.

— O Alcorão diz "Ó fiéis, não tomeis por confidentes os judeus nem os cristãos", e esse versículo é bastante citado entre os intolerantes da fé. Mas é necessário ler o livro inteiro para compreender, porque depois ele diz: 'Deus nada vos proíbe, quanto àquelas que não nos combateram por causa da religião e não vos expulsaram dos vossos lares, nem que lideis com eles com gentileza e equidade, porque Deus aprecia os equitativos".

— Você não respondeu à pergunta, Amira. — A voz de James ficou afiada. — Eu perguntei se você pode ter amigos que não sejam muçulmanos. O que você citou diz que você pode ser gentil com eles, mas não faz menção à amizade.

Vesti o meu *niqab* novamente e me levantei. A conversa seguiu o seu rumo.

— Eu não posso ser sua amiga — declarei.

Voltei correndo para o meu quarto, meus passos apressados abafados pelos sons da tempestade.

JANE HARVEY-BERRICK

CAPÍTULO ONZE

JAMES

Ela estava me deixando louco da vida. Calorosa, amigável e engraçada em um instante; fria, distante e hostil, no seguinte.

Eu também ficava puto da vida por ela parecer mais relaxada com Smith e Clay do que comigo. Eu sabia que a culpa era minha, mas parecia estar acontecendo um cabo de guerra entre nós que eu não podia ignorar.

Na escuridão, com a tempestade castigando a cabana, eu me vi conversando com ela de um jeito que não costumava falar com uma mulher, não há muito tempo. Eu contei para ela coisas pessoais, que eram particulares e que eu nunca tinha contado para ninguém e, até onde eu sabia, ela poderia muito bem usar a informação contra mim. Eu permiti que ela entrasse na minha mente, e isso não era nada bom – na verdade, isso era péssimo.

Fiquei sentado ali na mesa bamba da cozinha com a cabeça apoiada nas mãos, frustrado por ter revelado tanta coisa.

Meu Deus, eu até contei sobre a bomba da Primeira Guerra Mundial que tive que desarmar, embora não tenha contado a ela os detalhes. Não contei que passei quase 11 horas com as pernas praticamente enterradas pela lama que tentava me sugar, tentando abrir a bomba enferrujada que estava coberta por conchas sem que ela me explodisse pelos ares. E também não tinha contado que eu tinha sido condecorado com a Medalha de Galanteria da Rainha pelo trabalho.

Não contei sobre as noites em que eu acordava sem conseguir respirar porque tinha sonhado que tinha perdido as mãos ou que elas tinham virado churrasquinho diante dos meus olhos, retorcidas e queimadas, os pesadelos que me perseguiam.

Não contei a ela sobre o treinamento de alto risco com os dispositivos explosivos e as bombas nas estradas que neutralizei no Afeganistão nem sobre as que não cheguei a tempo de neutralizar, nem sobre a demolição que tinha dado incrivelmente errado.

E também não tinha explicado que não tem nada a ver com glória individual nem mesmo com conquistas individuais: cada novo conhecimento era guardado, armazenado e passado para a geração seguinte de agentes antiterroristas. Todo conhecimento acumulado com bombas que não explodiram durante as duas guerras mundiais, os anos vividos sob a ameaça de bombas do IRA na Irlanda do Norte e na Inglaterra também. Tudo era uma soma. Aprendíamos a nos adaptar da mesma forma como os terroristas faziam. Tínhamos até um museu de dispositivos para que os novos recrutas pudessem aprender com material recolhido. Porque embora os terroristas estivessem se tornando mais sofisticados, você poderia muito bem ser chamado para ir a uma escola primária ou ao prédio e estar pronto para enfrentar o que encontrar lá. Do mesmo modo que tarefas convencionais de neutralizar explosivos só aumentavam o nosso conhecimento, as granadas deixadas pela geração dos nossos avós contribuíam muito pouco para nossa especialização antiterrorista.

Mesmo assim, eu revelei mais do que o suficiente para ela.

Pensei sobre todas as pequenas informações que ela me deu: que tinha um irmão e uma irmã; que tinha feito faculdade e sua colega de quarto era budista, então supostamente ela nem sempre tinha sido tão... "devota"? Talvez por isso ela às vezes agia de forma tão esquizofrênica, parecendo ser totalmente normal em algumas situações e, então, totalmente esquisita.

Foi bom conversar com ela esta noite. Ela disse que era mais fácil dizer a verdade no escuro.

E, então, eu me lembrei de outra coisa. Quando perguntei por que ela estava aqui, sua resposta foi: *"porque eu preciso estar"*.

O que ela quis dizer com isso? Que alguma coisa a estimulava a passar por tudo isso ou que alguma força externa a obrigava a fazer isso. Ela certamente me bloqueou totalmente depois disso. O meu palpite era que ela tinha se arrependido de revelar que tinha um irmão e uma irmã.

A CIA ou a NSA ou seja lá para quem Smith trabalhava – deviam tê-la treinado para não revelar nenhuma informação pessoal porque tudo pode ser usado contra você. Ela foi bem melhor em manter seus segredos do que eu.

Mas parecia que havia mais algum motivo para ela não falar sobre a sua família. Eu fiquei imaginando se eles sabiam o que ela estava fazendo.

Então, eu dei por mim: será que eu tinha sido escolhido para essa missão porque não tinha família? Afinal de contas, quem notaria se eu nunca mais voltasse para casa? Noddy ficaria com a minha moto e talvez fizesse algumas perguntas, mas e se toda documentação "se perdesse"? Eu me mudava tanto que dificilmente alguém do meu regimento se daria conta do meu desaparecimento antes de uns seis meses. Depois desse tempo, o meu rastro já teria desaparecido.

Eu estava sendo paranoico. O exército inglês era pequeno, éramos menos de oitenta mil homens. Apenas o suficiente para encher o estádio Wembley, embora o pessoal da marinha fosse ser obrigado a parar os navios de guerra do lado de fora. Mas éramos ainda menos no antiterrorismo, talvez uns 350 ou 400 homens e apenas trinta operadores nas equipes no Reino Unido. Com certeza alguém acabaria notando.

Senti uma onda de inquietação: *que porra é essa que estou fazendo aqui?*

Eu estava cansado e talvez fosse esse o motivo de estar vendo teorias da conspiração por todos os lados. Com a tempestade do lado de fora, eu sabia que não conseguiria dormir, então coloquei o meu cérebro agitado para trabalhar no planejamento da aula de amanhã... ou melhor, de hoje.

De manhã, a tempestade já tinha cedido. O dia estava mais fresco e eu já estava conseguindo enxergar as coisas de forma mais clara.

O primeiro trabalho foi nos livrarmos dos galhos, folhas, plantas e outros fragmentos que encontramos em volta das cabanas, depois, religamos o gerador que engasgou dolorosamente.

Todos nós sabíamos fazer uma fogueira e ferver água em uma chaleira, mas o exército tem um ditado: qualquer idiota pode se adaptar ao desconforto. Fiquei feliz por ligar o gerador e usar a cafeteira.

Preparei duas xícaras e deixei uma do lado de fora da porta da Amira.

Ela comeu sozinha, como sempre, e senti um misto de raiva e tristeza. Era difícil se ligar com a equipe quando você se isolava por longos

EXPLOSIVO

períodos. Mas talvez isso pudesse até ser vantajoso para ela no futuro quando tivesse que seguir adiante.

Clay bateu no meu ombro.

— Perdido em pensamentos, irmão?

— Não, sei exatamente onde minha cabeça está.

Ele riu.

— Duvido muito disso. Então, professor, que pérolas de conhecimento você vai dividir com a gente nesse dia glorioso?

Amira colocou a cabeça para fora da porta, novamente vestida com o *niqab* preto. Eu estava começando a odiar aquilo. Não havia o menor sinal da conversa da noite anterior.

— Temporizadores — respondi. — Como fazer e como usá-los.

Quando limpamos a área do lado de fora, nos acomodamos no chão e eu comecei.

— Tudo bem, a primeira lição para se fazer um dispositivo com temporizador: você vai precisar de um relógio despertador que não seja digital e folhas de papel alumínio. Pegue um dos ponteiros e o envolva com o papel alumínio. Coloque um prego no mostrador. Pegue uma bateria, uma lixa de unha, fio dental, cola, alicates, espingarda de ar comprimido e uma ratoeira.

Coloquei todos os componentes à minha frente – todos muito fáceis de se obter.

— Descasque o fio e cubra com o papel alumínio, dobre o fio para trás e cole no relógio. Pegue as tampas de uma espingarda e cole na ratoeira. Coloque a bateria e o relógio, em seguida, conecte-os. Cole a unidade na ratoeira. Passe o fio dental pela ratoeira. Pode ser algodão, se você não tiver fio dental. Cole na bateria. Levante a ratoeira e o dispositivo está armado. Quando o ponteiro bater no prego, vai disparar as tampas da espingarda de ar comprimido... às quais você terá ligado a uma grande bomba. — Fiz uma pausa. — Fácil. As crianças fazem isso o tempo todo.

Vi Amira apertar os olhos. Aprendi a ler muito naqueles olhos escuros e expressivos, talvez porque era tudo que eu conseguia ver. Percebi que meu comentário a deixou desconfortável.

Smith não tinha se juntado a nós hoje. Pareceu distraído durante o café da manhã e despareceu pela floresta sem dizer para onde estava indo.

Ocorreu-me que, se ele não voltasse, ficaríamos presos ali ou teríamos que ir embora a pé. E ninguém sabia onde estávamos. Bem, a introdução no manual de sobrevivência sempre dizia para seguir a correnteza do rio.

Mas Smith voltou naquela tarde, assim que Clay e eu terminamos o nosso treinamento físico. Amira informou que ia treinar no quarto. Eu não sei se ela estava me evitando. Eu ficava com dor de cabeça ao tentar descobrir o que ela estava pensando o tempo todo. Tudo seria muito mais fácil se eu conseguisse simplesmente ignorá-la.

Mas eu não conseguia. Aqueles olhos, a porra daqueles olhos. Eu sentia que ela me observava e mesmo quando ela não estava por perto eu me via procurando por ela.

Smith fez um sinal com a cabeça, indicando que eu deveria acompanhá-lo. Caminhamos uns duzentos metros floresta adentro e ele se sentou em um tronco.

— Como está indo o treinamento?

— Ainda estamos bem no início de tudo que eles precisam saber. Clay talvez se lembre de algumas coisas, mas Amira... Não tenho certeza. Ela comete erros que vão acabar fazendo com que morra. Mesmo assim, Clay não está nem perto de estar pronto. Por quê? Nós temos mais sete semanas pela frente.

Ele negou com a cabeça.

— Na verdade, não. Será que você consegue prepará-los em dez dias?

Achei que ele estava brincando, mas o sorriso morreu nos meus lábios.

— Você está falando sério?

Ele fez uma careta.

— Acabei de receber uma ordem. Houve um aumento considerável na conversa por rádio na célula terrorista. Meus chefes acham que eles estão prestes a fazer alguma coisa e querem infiltrar os espiões agora. A missão é urgente.

Neguei com a cabeça.

— Não mesmo. Isso não é possível. É cedo demais. Eles não estão prontos.

Ele afastou o olhar.

EXPLOSIVO

— Dez dias. É tudo que você tem.

— Se você fizer isso, mandá-los para lá como construtores de bomba, eles não vão durar nem um dia. É uma missão suicida, e você sabe muito bem disso!

Ele se levantou e me fulminou com o olhar.

— E você acha que eu não sei disso? Mas não *tenho escolha*. Seja lá o que estão planejando fazer, é grande. Não interceptamos ninguém viajando pelos Estados Unidos. Então suspeitamos, na verdade, temos quase certeza a essa altura, mas acreditamos que eles têm uma fábrica de bombas funcionando em solo americano.

— Inferno!

— Exatamente. Você sabe o que isso significa. Precisamos que nossos espiões se infiltrem o mais rápido possível, é a nossa única chance de descobrir quando, onde, quem e como. — Ele apertou os dentes. — Eu posso arriscar os dois espiões, mas não posso arriscar que a célula terrorista escape novamente.

Ele se virou e foi embora, dizendo por sobre o ombro:

— Dez dias, James.

Os espiões tinham nome – e eu tinha dez dias para prepará-los para entrar no inferno.

Naquela noite, estávamos sentados em volta da fogueira, jogando folhas verdes no fogo para fazer o máximo de fumaça possível para espantar os insetos e mosquitos, mesmo que ficássemos fedendo a churrasco. Passei repelente no corpo como sempre, mas os malditos pareciam sempre encontrar um pedacinho de pele para picar.

Smith estava olhando para o fogo, com expressão congelada e a testa franzida. Então ele olhou para mim e eu sabia que tinha chegado a hora.

— Reunião de equipe — declarou ele. — Clay, vá chamar Amira. Ela precisa ouvir o que tenho a dizer.

— Sim, senhor.

Assim que Clay e Amira se sentaram perto da fogueira, Smith se levantou.

— Nosso prazo diminuiu — declarou ele. — Recebemos informações que nos levam a crer que a célula terrorista planeja agir em breve. Precisamos infiltrá-los o mais rápido possível. — Ele fez uma pausa, olhando para os dois recrutas, mas nenhum deles disse nada. — Estou ciente de que os conhecimentos sobre bombas de vocês é rudimentar, na melhor das hipóteses, mas isso significa que vamos ter que mudar um pouco a história de vocês. Talvez seja até melhor assim, uma vez que nenhum terrorista espera que seus construtores de bomba tenham precisão militar.

— Quanto tempo ainda temos? — perguntou Clay com ar solene.

— Dez dias.

Smith se virou para mim e fez um gesto com a cabeça, e eu comecei a falar:

— Vou abreviar o programa, então, muita coisa vai ter que ficar de fora. Mas eu vou ensinar a vocês tudo que eu puder, colocando ênfase na questão da segurança de vocês e vou me certificar de que tenham aprendido. Amanhã, ao alvorecer, vou ensiná-los a localizar dispositivos explosivos improvisados: o que procurar, que tipo de dispositivos vocês podem encontrar e como lidar com eles.

Eu estava olhando para a escuridão, mas na minha mente, eu estava a quilômetros de distância, lembrando-me.

— O que ensinei para vocês até agora é muito pouco: algumas bombas tubo e temporizadores básicos. Vocês serão úteis para os terroristas, mas não indispensáveis. Não posso transformá-los em peritos em dez dias. Mas vocês ainda poderão fazer a diferença. Vamos usar o tempo que temos para cobrir o máximo de conteúdo possível.

Olhei para Clay que me observava em silêncio e os olhos de Amira cintilaram à luz da fogueira.

— A equipe de Smith acredita que a célula tem ligações com uma fábrica de bombas em território americano. Estamos falando de algo grande aqui e não de algumas bombas tubo. Podemos estar diante de um novo onze de setembro. Então vou descrever para vocês a aparência de uma fábrica de bombas para que pelo menos a reconheçam quando a virem e o tipo de trabalho que podem pedir que vocês realizem.

Enfiei a mão na minha mochila e mostrei a eles um tubo de metal liso com fios saindo. Não era mais grosso do um lápis e com a metade do tamanho.

— Este é um típico detonador. São muito sensíveis e é exatamente quando a maioria dos acidentes acontecem. Não os segure por muito tempo, porque o calor do corpo pode ser o suficiente para fazê-lo funcionar. E vocês poderiam acabar perdendo a mão.

Permiti que segurassem o detonador neutralizado, sentindo o peso, analisando os fios que saíam dele.

— Próximo: se eles tiverem C4 do Irã, o material costuma estar embrulhado em plástico verde, mas, por dentro, o material é branco com uma textura de massa grudenta. A maioria dos terroristas prefere usar explosivos militares, mas se quiserem fazer uma bomba maior, vão fabricar o próprio explosivo. Eles terão uma sala que se parece com uma oficina, com ferramentas e equipamentos nas mesas e com alguém conectando fios a lâminas de serrotes, que são usados como comutadores. À medida que cada um deles é concluído, será conectado a uma bateria e a uma lâmpada.

Peguei um fio e uma lâmpada ligada, um pacote de bateria enrolado em uma borracha feita de pneus de bicicleta e passei o fio pelo chão a uma distância curta do fogo.

— Quando o cabo estiver esticado, eles vão conectar um dos lados a um lado da bateria e, dessa forma, todos os fios vão se tocar.

A luz se acendeu e Clay se sobressaltou.

— É assim que você explode um comboio. O momento exato da explosão não é importante com vários veículos como alvo, porque se você perder o primeiro veículo, você acerta o segundo. De qualquer forma, se a carga explosiva for grande, a estrada ficará danificada e você terá imobilizado o comboio que ficará à mercê do seu ataque com armas de fogo.

Eu continuei:

— Mas se o seu alvo for um único veículo, um grupo terrorista profissional vai pedir que vocês treinem o tempo de detonação para que você se acostume com o atraso entre a conexão dos cabos e o momento em que a luz se acender.

O olhar de Amira está se alternando entre Smith e eu.

— Eu... Eu não vou conseguir me lembrar de tudo isso! Eu não consigo, eu...

— Ninguém espera que você consiga. Tudo que quero aqui é que vocês conheçam as possibilidades. Se a célula está organizada da forma que os chefes de Smith acham que estão, eles só usarão pessoas com habilidades em eletrônica para construir o circuito. A probabilidade é que vocês fiquem responsáveis pelo trabalho mundano, como fazer os explosivos caseiros, como colocar fertilizante em moedores de café modificados.

As mãos de Amira estavam trêmulas, mas não havia tempo para parar. Eu ainda tinha muita coisa para dizer, coisas que ela precisava saber para ficar o mais segura possível – cada segundo contava.

Passei a mão na cabeça, sentindo-me frustrado.

— Se você vir um pó de coloração cinzenta uniforme, isso é alumínio. Eles o misturam com fertilizante. É assim.

Smith tinha feito um bom trabalho quando eu pedi meus suprimentos, e mostrei a eles um pacote do pó.

— A maioria das bombas caseiras são colocadas em panelas de pressão ou estojos de metal caseiros feitos com canos de gás, cortados em partes e soldados. Alguns são colocados em grandes contêineres plásticos. Vocês verão o cordão de detonação saindo de buracos abertos.

Eu continuei:

— Coisas para observar: qualquer pessoa trabalhando com peróxido, isso costuma descolorir a pele, deixando-a branca. Isso fica mais claro nas pessoas que têm a pele mais escura e obviamente qualquer passagem por aeroportos seria um risco de passar por exames para detectar traços de explosivos. Esse é um dos motivos por que Smith acredita que os dispositivos estão sendo construídos nos Estados Unidos.

— Agora eu preciso falar sobre armadilhas explosivas, placas de pressão sendo muito comuns e, é claro dispositivos colocados em homens-bomba, nos quais...

Amira desmaiou.

Resmungando consigo mesmo, Clay a pegou no colo e a levou para o quarto.

Lancei um olhar duro e acusador para Smith.

— Se você mandá-la para aquela célula terrorista em dez dias, você a está mandando para a morte certa.

EXPLOSIVO

JANE HARVEY-BERRICK

CAPÍTULO DOZE

AMIRA

Clay ficou perto da minha cama, tentando fazer com que eu bebesse um pouco de água. Ele estava sendo gentil, mas eu não queria companhia. O horror das palavras de James ainda soavam nos meus ouvidos: *homens-bomba*. Porque, de repente, eu soube por que eu tinha sido recrutada. Mulheres levantavam menos suspeitas, as pessoas não acreditavam que fôssemos capazes de cometer atrocidades. Mas nós éramos.

Mesmo assim, diante da realidade nua e crua, aquilo tinha sido demais para mim. Eu estava enojada com a minha fraqueza.

O fato de não ter comido muita coisa durante o dia também contribuiu muito para o meu mergulho constrangedor no chão, mas, mais do que isso, havia aquelas palavras.

— Amira — disse Clay, suavemente. — Você ainda pode desistir. Você não é obrigada a fazer isso.

Ele não compreendia. Como poderia? Eu nunca tinha contado para ninguém por que eu tinha a compulsão de fazer isso. Por que eu *tinha* que continuar.

— Eu estou bem — murmurei.

— Você não está nada bem. — Ele suspirou. — Pelo menos coma alguma coisa. Você vai acabar doente se não comer. Deixei dois enlatados vegetarianos pra você. Estão frios, mas dá para comer. Então coma alguma coisa.

Eu não queria contar para ele que ainda tinha as duas que James tinha deixado para mim.

Ouvi a porta se fechar, mas continuei encolhida na cama. Eu estava cansada. Tão cansada. Se ao menos eu pudesse ficar ali para sempre...

Quando dormi naquela noite, sonhei com a minha família. Zada e meus pais estavam juntos, olhando à distância, o vento fustigando suas roupas. Eu os chamei, mas eles não me ouviram. Continuei chamando, mas a minha voz foi engolida pelo rugido de uma tempestade que se aproximava. Gritei o nome deles, mas eles não se viraram para olhar para mim, eles não me viram nem me ouviram. E, durante todo o sonho, Karam não estava em lugar algum.

Na manhã seguinte, eu estava determinada a mostrar para eles que eu não era fraca, que eu poderia fazer isso.
Comi dois enlatados que foram deixados para mim e fui para a aula de James com vontade e concentração renovados.
Acho que surpreendi a todos, até a mim mesma.
Hoje nós aprenderíamos a localizar dispositivos ocultos.
No amanhecer, James tinha acordado antes de todos nós e espalhou alguns dispositivos de treino para que os localizássemos.
— Em uma estrada, vocês devem estar atentos a montinhos de terra ou algo que foi remexido, buracos incomuns no chão. Às vezes uma pequena elevação onde o solo está macio. Procurem qualquer coisa incomum, principalmente por fios saindo de algum lugar. E onde encontrarem um dispositivo, esperem que haja dois. Se encontrarem dois, procurem um terceiro. Um dispositivo grande pode ter alguma armadilha para impedir que alguém tente desativá-lo. Pode haver mais de uma armadilha, às vezes duas ou até três.
Então ele nos mostrou como fazer uma busca tipo pente-fino na área em volta da cabana, trabalhando a partir de um ponto inicial e avançando. Era um trabalho lento, tedioso e o suor escorria pelo meu rosto, atrapalhando a minha visão. Usei o *niqab* para limpar os olhos porque as minhas mãos estavam imundas por estar mexendo na terra.
— Cara, isso está acabando com as minhas costas — comentou Clay com um suspiro.
James não sorriu.
— É mesmo? Bem, imagine que você tenha que fazer isso em pouco tempo, porque insurgentes vão chegar a qualquer momento para atirar em você. Lembre-se quanto mais você demorar na busca, mais vulnerável fica a equipe que está protegendo a sua retaguarda e dando

cobertura pra você.

Continuamos as buscas pelo resto da manhã, sentindo-nos cada vez mais frustrados.

— Estou começando a achar que você não escondeu nenhum dispositivo aqui — disse Clay, seu bom humor de sempre parecendo estar acabando.

Então, sua expressão mudou.

— Espere! Acho que pisei em alguma coisa.

James assentiu e suspirou.

— Sim. Placa de pressão. Você está morto, cara.

Clay deu um meio-sorriso e tirou os pés de cima de algo que estava enterrado ali.

— Será que posso tirar dez minutos para tomar um chá gelado?

— Você pode tirar cinco minutos para tomar um pouco de água se me disser quais sinais você não notou.

Clay ficou olhando para a terra sob seus pés, enrugando a testa.

— A cor da terra está diferente aqui — disse eu, de repente. — Foi mexida recentemente.

James olhou para mim e vi um brilho de admiração nos olhos de Clay.

— Bem observado. Mas é seguro continuar?

Eu me abaixei, analisando a terra à minha frente, observando os arbustos dos dois lados com cautela. Passaram-se alguns minutos e minha coxa começou a doer. Será que tinha alguma coisa ali? Será que eu estava vendo coisas ou não havia nada ali?

No final, eu suspirei e esfreguei os músculos doloridos. Comecei a me levantar e bati a cabeça em alguma coisa. Esperando ver um galho, fiquei surpresa quando James meneou a cabeça.

— Você está morta. Olhe para cima.

Todos nós olhamos e, no galho de árvore bem acima da minha cabeça, escondido entre as folhagens, havia outro dispositivo. E eu fui direto para ele.

— Não se esqueçam de olhar para cima, não se esqueçam de olhar para baixo. Sempre chequem à volta de vocês em busca de drenos e canos. Olhem para todos os lugares e suspeitem de todos.

Entre James, Smith e algumas visitas ocasionais de Larson, Clay e eu trabalhávamos sem parar.

Éramos acordados no meio da noite, tínhamos o sono interrompido e todos os jogos psicológicos foram usados para nos desestabilizar. Mas quanto mais eles tentavam, mais determinada eu me sentia. Eu estava começando a entender o que James quis dizer quando disse que trancava as emoções para conseguir fazer o trabalho. Como enfermeira, com certeza precisei aprender a trabalhar sem ser emotiva demais e, no final do plantão, eu tirava algumas horas para voltar a ser eu mesma de novo, principalmente depois dos piores dias. Mas o que estava vivendo agora tinha um novo grau de intensidade e não tinha fim. Não havia mais o botão de saída, não tinha mais um fim no plantão. Fiquei imaginando se um dia eu voltaria a me reconectar com os meus sentimentos de novo – eles pareciam distantes demais e tão sem importância.

Os treinos físicos também se intensificaram e eu me sentia exausta o tempo todo. Larson, em particular, tinha um grande prazer ao notar quando eu estava quase dormindo e me deu um chute nas costelas para me acordar.

— Vai se acostumando — sibilou ele. — As coisas vão piorar.

Eu não sei se ele queria dizer aqui no acampamento ou quando eu me tornasse uma espiã, quando fosse enviada para a célula terrorista. Talvez as duas coisas.

Mas ele era ótimo quando estava me ensinando a usar armas, como carregá-las, atirar e limpar. Montar e desmontar um revólver Smith & Wesson e uma AK-47.

Durante essas lições, ele era surpreendentemente paciente, mas a luta mano a mano despertava um monstro dentro dele.

— Meu Deus, Larson — irritou-se James. — Você vai quebrar a porra do braço dela.

— Ela é fraca! — exclamou ele. — Se ela continuar assim vai acabar morta.

— Bem, ela não vai servir de muita coisa se você acabar com ela primeiro!

Eu não era mais uma pessoa. Eu me tornei um brinquedo, uma arma. Estava me tornando uma espiã.

E não me importava.

Mas eu não era fraca. E mostraria para eles como eu podia ser forte. *Karam, dê-me força. Mostre-me como ser forte.*

Uma brisa soprou sobre as folhas acima de mim, e aquilo pareceu uma resposta.

Dessa vez, quando Larson me atacou, revidei com tudo que eu tinha. Ele usou seu peso maior para me prender no chão, mas eu mordi a bochecha dele; mesmo através do *niqab*, deixei uma marca.

— Merda! — exclamou ele, saindo de cima de mim e esfregando o rosto.

Ele estreitou os olhos e fiquei imaginando se ele ia me bater, mas, então, estendeu a mão e me ajudou a levantar.

— Melhor — elogiou ele. — Agora vamos fazer isso de novo.

Olhei para James e Clay, mas eles estavam concentrados na própria luta, cada um usando golpes para dominar o outro.

O suor brilhava no rosto deles e nos braços de James, agora imundos de terra. De repente, ele se agachou fazendo Clay voar por cima dele e cair no chão, sem fôlego.

— Esse golpe foi sorrateiro, cara! — ofegou ele, enquanto James olhava para ele encolhendo os ombros.

Ah, eu sabia tudo sobre ser sorrateira. Eu tinha aprendido nesse último ano: esconder quem eu era de Zada, dos meus pais – aprendi a ser muito sorrateira, mesmo antes de chegar até aqui.

O punho de Larson acertou o meu peito e eu caí.

— Concentre-se — ordenou ele. Tentei recuperar o fôlego depois do ataque. — Nada de distrações. Se você se distrair vai acabar morrendo.

Os olhos dele escureceram de raiva ou talvez de antipatia, eu não tinha como saber, mas algo mudou naquele instante. Um poço profundo de ódio tinha crescido dentro de mim: Larson apenas acendeu o estopim.

Quando me preparei para lutar de novo, vi que James estava me observando outra vez, o rosto era uma máscara sem expressão.

Naquela noite, ele estava sentado na minúscula mesa da cozinha quando passei por ele para ir para o meu quarto.

— Você está se saindo bem — elogiou ele, sem erguer os olhos.

Fiquei surpresa por ele ter dirigido a palavra a mim; nos últimos dias, não tínhamos conversado e só nos falávamos durante o treinamento.

— Isso significa que eu vou ganhar o diploma?

Ele deu uma risada e o som foi tão inesperado depois da seriedade do dia.

— Vai sim, vou fazer um diploma com uma estrela dourada. — Ele sorriu.

— O meu professor deve ser bom.

Ele sorriu, mostrando ruguinhas em volta dos olhos.

— Sou obrigado a concordar.

Curiosa, eu me aproximei.

— Há quanto tempo você trabalha com desarmamento de bombas?

— Levei sete anos para me tornar um soldado que lida com ameaças de alto risco. — Ele suspirou e bocejou, enquanto se espreguiçava.

— Tenho certeza de que seu avô ficaria muito orgulhoso de você.

Não sei por que disse isso, mas eu sentia que era verdade.

— Espero que sim. Eu também acho. Mas eu não estava ao lado dele quando ele precisou de mim. Quando você entra para o exército e jura servir o seu país, seus compromissos familiares ficam em segundo plano.

Ele estava certo e a dor que eu sentia no peito quando pensava na minha família aumentava diariamente.

— Agradecemos por servir ao país — disse eu baixinho.

— Eu digo o mesmo para você.

Assenti e segui para o meu quarto.

CAPÍTULO TREZE

JAMES

Clay tinha muitos conhecimentos de Jiu-Jitsu, mas eu conhecia briga de rua desde os seis anos de idade. Ter sido mandado para um orfanato tão cedo tinha me endurecido – você precisava lutar para sobreviver. Aos seis anos, eu era um menino franzino, então aprendi a lutar sujo. E agora isso estava vindo a calhar. Eu estava ganhando porque Clay não conseguia quebrar uma regra.

Eu o derrubei novamente e estava rindo à beça diante da expressão surpresa no seu rosto. Mas, então, Amira passou por mim, resmungando alguma coisa sobre tirar um cochilo. No instante que afastei os olhos de Clay, ele passou as pernas por baixo das minhas e me derrubou.

Fiquei sem fôlego por uma dor aguda na lateral do corpo.

— Você sempre fala para mantermos a concentração — riu Clay, mas quando viu que eu não me levantei, ele disse: — Merda, cara! Está tudo bem?

Eu gemi enquanto me sentava, levando a mão ao ponto que tinha batido no chão, surpreso quando minha mão ficou molhada de sangue.

— Acho que caí em cima de uma pedra ou algo assim. Está doendo pra cacete.

Clay me ajudou a levantar e olhou o ferimento.

— É pequeno, mas pode ser fundo. Melhor limpar. Melhor ainda deixar Amira dar uma olhada.

— Não. Eu não vou incomodá-la.

— Não seja idiota. Parece que foi feia a coisa e ela é enfermeira.

— Você parece uma mamãezinha falando — resmunguei, enquanto seguia para a cabana.

Mesmo assim, segui sua sugestão e bati na porta do quarto de Amira.

EXPLOSIVO

— O que foi? — perguntou ela com voz cansada.

— Preciso de ajuda com primeiros socorros — respondi, suspirando.

Ouvi enquanto ela se movimentava pelo quarto e, então, a porta se abriu.

— O que houve?

Eu me virei e mostrei as minhas costas.

— Nossa! O que você fez?

Contei a ela sobre o treino de luta com Clay enquanto ela me levava até o banheiro.

— Vai doer quando eu começar a limpar, mas não posso arriscar deixar nenhuma sujeira aí dentro.

Ela lavou as mãos e começou a limpar o ferimento com cuidado, suas mãos escorregando pela minha pele. Quando passou água oxigenada, pressionando bem, senti que minhas costas estavam pegando fogo. Cerrei os dentes enquanto ela terminava.

— Assim está melhor — declarou, por fim. — Mas acho que precisa de um ponto, talvez dois. Vá deitar na sua cama e eu já vou.

Sentindo-me idiota e dolorido, me deitei de bruços na cama e esperei por ela. Não demorou muito para eu ouvir os passos abafados e a voz reconfortante.

— Você vai sentir uma espetadinha quando eu injetar o anestésico.

Eu estava tenso, mas não disse nada.

Quando ela inseriu a agulha, uma sensação fria e dormente se espalhou pela lateral das minhas costas. Seguida por um puxão estranho que significava que eu estava ganhando alguns pontos.

— Você tem muitas cicatrizes — comentou ela, enquanto trabalhava.

— Estou no exército há onze anos. Tenho mais cicatrizes que medalhas.

— Hum... Acho que a troca não é muito justa. Você deveria fazer uma reclamação formal.

Ri das palavras dela.

— Vou dizer isso ao meu comandante de operações.

— Pois deveria mesmo. — Ela ficou em silêncio por alguns minutos antes de perguntar: — Como você conseguiu essas cicatrizes? — Ela traçou a cicatriz que descia até o meu quadril, fazendo-me estremecer.

Eu não queria falar sobre aquilo.

— Já lutei em muitas guerras. Guerras demais.

— Entendi — respondeu ela, baixinho. — Então, terminei aqui, James. Vou fazer o curativo agora, mas vou precisar trocar sempre que você tomar banho durante três ou quatro dias. Depois vamos falar sobre tirar os pontos. Eu costumo usar o fio que é absorvido pelo corpo, mas só tenho esses aqui. Pronto. Você pode ir agora. E, James?

— Hã?

— Tente não fazer nenhuma loucura que arrebente os pontos.

Eu ri.

— Pode deixar. Vou tentar. Obrigado, Amira.

Ela saiu do meu quarto e eu fiquei deitado ali por mais um tempo, antes de me sentar, relutante. Percebi que tínhamos tido nossa primeira conversa de verdade à luz do dia, mesmo que enquanto ela estava me costurando.

Gostei disso, eu gostava de conversar com ela. E gostava do toque dela na minha pele.

Eu ficava dizendo para mim mesmo que era burrice sentir atração por alguém que eu nunca mais veria na vida depois do fim do treinamento, mas não conseguia evitar.

O dia seguinte foi outro longo dia: tarefas de desarmamento de artilharia explosiva pela manhã, combate corpo a corpo à tarde e uma palestra de Smith à noite sobre o impacto psicológico de se infiltrar em uma organização – a pressão de manter a identidade em segredo, o peso para os relacionamentos familiares, o isolamento, a solidão.

Gostaria que ela tivesse mudado de ideia, mas ela parecia mais concentrada do que nunca.

Naquela noite, tomei um banho rápido e Amira refez o curativo.

— O que achou da palestra de Smith? — perguntei.

Ela demorou alguns segundos para responder.

— Estou tentando me preparar — começou ela —, mas é difícil. Tem tantos fatores desconhecidos.

— Você tem certeza de que quer...

— James, por favor — pediu ela com voz suave. — Não questione isso. Já é difícil demais.

— Sinto muito — disse em voz baixa.

— É gentil da sua parte se preocupar, mas isso não é da sua conta.

— Senti quando ela colocou outro curativo sobre a ferida. — Prontinho — disse ela.

Ela se levantou para sair do quarto.

— Amira?

— Sim?

— É da minha conta, sim. Você e Clay.

Ela afastou o olhar.

— Eu agradeço.

Eu não diria que as coisas estavam fáceis entre nós, não com a atração que eu sentia e estava começando a me perguntar se era uma coisa tão unilateral quanto eu achava, mas era definitivamente mais fácil se fosse.

Ela trocava o meu curativo todos os dias, e eu ansiava por nossas breves conversas. No sétimo dia, ela tirou os pontos.

— Parece que você está muito saudável — declarou ela. — O corte curou muito bem.

— Eu tenho uma ótima médica.

As mãos dela pararam sobre a minha pele. Minhas palavras casuais significavam alguma coisa para ela, mas eu não sabia bem o quê.

— Eu sou só uma enfermeira — declarou, por fim.

— Nunca pensou em tentar fazer medicina?

— Não. Isso não é para mim.

Ela pigarreou e afastou as mãos do meu corpo.

— Você pensou em fazer outra coisa a não ser entrar para o exército?

— Não, não tenho inteligência suficiente para fazer mais nada, que não seja isso.

Ela pareceu surpresa.

— É preciso ser muito inteligente para fazer o que você faz. Por que você diz uma coisa dessas?

Senti um calor subir pelo meu rosto.

— Nunca fui muito bem na escola — resmunguei. — Não era muito inteligente.

Seguiu-se um silêncio constrangedor.

— Eu acho que você é inteligente.

Com isso, ela se afastou.

Os dez dias se passaram rapidamente, como grãos de areia escorrendo por entre os meus dedos e nós partiríamos na manhã seguinte.

Clay e Amira entrariam na célula terrorista, Larson seria o contato deles e eu voltaria para casa. Eu não sabia o que Smith faria em seguida – ele não disse, e eu não perguntei.

Não parecia que tinham se passado só duas semanas desde que saí do Reino Unido – parecia muito mais. Eu tinha mudado. Nunca tive problemas com despedidas antes, mas agora não era fácil a indiferença que estava sentindo.

Duas longas semanas, mas não longas o suficiente. O que ensinei a eles, eu esperava que ajudasse, esperava que os protegesse, que os mantivesse em segurança, mas o peso dos prováveis erros que cometeriam eram pesados demais.

Clay se tornou quase um irmão para mim. Nós dividimos o nosso tempo, as nossas refeições, trocamos histórias sobre as nossas missões, conversávamos enquanto trabalhávamos e aprendi muito com ele também, sobre sua filosofia de vida, sua crença de que era sua obrigação fazer alguma diferença no mundo. Ele também tinha dado risada ao dizer isso, porque aparentemente era arrogância achar que ele tinha alguma importância. Ele também era muito calmo sobre para onde estava indo e o que estava prestes a fazer. Dava até para dizer que ele estava em paz com o que quer que acontecesse com ele.

Ele admirava Amira, eu conseguia perceber isso também. Ele prometeu tomar conta dela o máximo possível, mas nós dois sabíamos que os líderes terroristas provavelmente os manteriam separados. Era possível que demorasse muito tempo, meses, para que confiassem neles. De alguma forma, eles teriam que provar que eram confiáveis e valiosos em um período bem curto para conseguirem as informações de que precisavam.

Depois de comer nossos últimos enlatados, aproveitando os últimos momentos de liberdade, eu me sentei com Clay perto da fogueira por mais tempo do que o usual, sabendo que aquela era a nossa última noite juntos como uma equipe, talvez até como amigos. Fiquei decepcionado quando Amira foi para o quarto, como sempre, e a segui com os olhos.

Ela era um mistério que eu ainda não tinha resolvido.

— Ela é uma mulher e tanto — declarou Clay.

— É mesmo.
Olhei para ele.
— Eu não sei nada sobre ela.
Ele abriu um sorriso sábio.
— Mas mesmo assim você se importa.
— E você não?
Ele baixou o olhar.
— Eu não ficaria entre vocês. Sabe? Se você e ela...
— Você está falando besteira, Clay. Não há nada entre nós.

Ele pareceu pensativo, mas dei de ombros porque não havia nada que eu pudesse dizer. Eu sabia que nunca mais a veria de novo, mas era obrigado a admitir que aquilo doía. Não deveria doer, mas doía.

Clay prometeu manter o contato – e nenhum de nós disse os motivos por que aquilo provavelmente não aconteceria – dizendo casualmente que Smith saberia onde me encontrar. Não era seguro trocar endereços de e-mail, nem mesmo sobrenomes, então Smith, que sabia tudo, seria nosso elo.

Fiquei imaginando o que ele sabia sobre Amira, que segredos ele estava guardando.

E o fogo foi morrendo devagar, as chamas diminuindo até virarem brasas, enquanto conversávamos noite adentro.

— Pirulito? — ofereceu Clay, estendendo um negócio colorido para mim.
— Não, cara. Eu quero continuar com dentes saudáveis. A quantidade de açúcar que você consome é incrível.
— Todo homem precisa de um *hobby*. Além disso, eu estou armazenando porque vou dizer uma coisa para você, meu irmão, fazer essa missão sem consumir a minha dose diária de açúcar vai ser a parte mais difícil de todas.

Eu ri.
— Com certeza, a parte mais difícil!

Nós dois sabíamos que ele estava falando besteira, mas rimos e fingimos concordar que era verdade. No dia seguinte, ele teria que se concentrar no trabalho e tentar acreditar que voltaria para casa um dia.

Quando já tinha passado metade da noite e dormir um pouco pareceu uma boa ideia, nós trocamos um aperto de mão. Então, Clay me deu um abraço apertado. Por um instante, fiquei surpreso demais, mas consegui dar uns tapinhas desajeitados nas costas dele.

— Cuide-se, James.

— Você também, Clay.

Ele abriu um sorriso na escuridão.

— Até que você não é tão ruim para um inglês. Lado a lado, irmão.

Eu ri e nós nos despedimos batendo os punhos.

Um cansaço que era parte mental e parte físico tomou conta de mim enquanto eu caminhava para a cabana. Clay riu sozinho enquanto se afastava e me virei para olhar, mas ele já tinha sumido da noite.

Meu quarto estava abafado e úmido como sempre e como íamos embora logo no alvorecer, resolvi tomar um banho.

Tirei o uniforme, peguei uma toalha fina, o meu short de dormir e fui para o banheiro. A água morna estava refrescante enquanto eu fechava os olhos sob os jatos fracos de água.

Bocejando e pronto para dormir, coloquei o short com a pele ainda úmida e abri a porta.

E dei um passo para trás, surpreso, quando vi Amira parada à minha frente.

Ela estava usando uma camiseta fina que chegava ao meio da sua coxa, exatamente como naquela primeira manhã em que eu a vi sem o *niqab* e, exatamente como naquela manhã, meus olhos passearam pelas suas pernas até chegar aos seios.

— Não estou conseguindo dormir — disse ela com voz trêmula e olhos brilhando com lágrimas não derramadas. — Estou com medo.

Assim que as palavras saíram da sua boca, seus ombros começaram a tremer, assim como todo seu corpo. Ela tentou se controlar e não chorar, mas seus punhos estavam cerrados e seus dentes batiam. Ela parecia totalmente indefesa sem o véu, tão vulnerável. Ela fechou os olhos e a respiração ficou mais ofegante. Reconheci o início de um ataque de pânico um segundo antes de ela cair contra o meu peito, seus joelhos cedendo. Minhas roupas e toalha caíram no chão quando a peguei, envolvendo-a automaticamente nos braços para segurá-la.

Eu a coloquei no chão, aninhando-a contra mim, enquanto o pânico a tomava por inteiro. Seu cabelo comprido cobriu a minha pele, enquanto seu peito subia e descia em uma tentativa de respirar.

Eu a abracei, tentando protegê-la dos medos sem nome. Todo soldado tem seus medos – é uma batalha mental que todos temos que lutar sozinhos. Isso era tudo que eu podia fazer para ajudar, tentando tranquilizá-la.

Levou muito tempo até o tremor ceder, mas ela manteve as lágrimas sob controle.

Quando seu corpo relaxou, apoiei o queixo na cabeça dela, desejando poder ajudá-la: fazer mais, ser mais.

Eu sabia o que ela teria que enfrentar e sabia que não estava pronta.

— Psiu — disse eu, balançando-a devagar. — Tudo bem sentir medo.

Ela envolveu o meu pescoço com os braços, tocando levemente os meus braços.

Amira respirou fundo.

— D-d-desculpe.

— Você não precisa se desculpar por nada. Está tudo bem.

Os lábios dela estavam bem próximos dos meus e senti a respiração dela enquanto falava.

— Eu não quero ficar sozinha, James. Será que posso ficar com você? Tipo, só ficar?

Eu sabia o que era desejar contato humano, aquela conexão com outra pessoa. A última noite antes de uma missão sempre deixava a pessoa aberta e vulnerável, uma fraqueza que desaparecia no amanhecer, porque era preciso.

Dei um beijo leve na cabeça dela.

— Claro que pode.

Ela baixou a cabeça enquanto se afastava de mim e se levantava. Então, peguei a mão dela e a levei para o meu quarto.

— Que lado você quer? — brinquei, enquanto olhávamos para a cama estreita.

Ela encolheu os ombros e esfregou os olhos.

— Tanto faz.

— Tudo bem. Você fica no canto da parede, assim, se eu me virar, não esmago você.

Ela deu uma risada trêmula, mas assentiu e deitou na cama, embaixo do lençol.

Eu me espremi atrás dela, deitando-me de lado, imaginando onde eu deveria colocar o meu braço e, no final, acabei apoiando na cintura dela.

Ela hesitou por um momento e depois se aninhou em mim.

Aquilo parecia novo e familiar ao mesmo tempo. Eu queria encontrar palavras para tranquilizá-la, mas meu corpo tinha despertado por causa da mulher bonita com o traseiro pressionado contra a minha virilha.

Afastei-me um pouco. Meu cérebro sabia que ela precisava de conforto e não de sexo, mas meu pau não tinha recebido a mensagem. Típico.

Ela resmungou suavemente, então se virou até estar olhando para mim, nossos joelhos se tocando. Com a cortina aberta, dava para ver o contorno do corpo dela enquanto a luz do luar nos banhava, mostrando-me a pele macia, o cabelo castanho e os olhos ainda mais castanhos.

— Não conte para o Smith — pediu ela.

— Contar o quê? Que você está nervosa? Amira, você não seria humana se não estivesse nervosa agora.

Ela mordeu o lábio.

— Então, por que o Clay não está aqui implorando para você não deixá-lo sozinho?

— Porque ele é grande demais para esta cama — brinquei.

Ela riu e empurrou o meu peito, antes de suspirar.

— Mas é verdade, ele não está nervoso.

Olhei para os olhos castanhos com os quais eu sonhava desde que a conheci.

— Ele está relaxando sozinho agora. Todos nós fazemos isso antes de uma missão. E você está se esquecendo de que ele já é soldado há anos. Smith me contou que você é uma enfermeira de um pronto-socorro. É uma profissão agitada, mas não chega nem perto de prepará-la para uma missão como espiã. Acho que nada pode preparar ninguém para isso.

Ela encostou a cabeça no meu braço e eu não conseguia vê-la de forma clara, mas sabia que ela estava olhando para mim.

— Estou com tanto medo, James. Eu fico pensando em tudo que vai acontecer, que vou morrer e é como olhar para o futuro e não ver nada. Nem o dia nem a noite. Só o nada. Um nada infinito e isso é assustador.

Fechei os olhos com força, porque sabia exatamente o que ela queria dizer. E temia que ela estivesse certa.

Mas eu não podia dizer isso para ela.

— Amira, você é uma mulher forte...

— Não, eu não sou forte — interrompeu-me ela. — Eu me esforcei muito para ser forte, mas sou fraca. Eu deveria estar de joelhos agora rezando para Alá me dar forças, mas em vez disso, estou deitada em uma cama com um estranho, agarrando-me a uma esperança idiota de que se ninguém conseguir me ver no escuro, então eu sou invisível e estou segura. — Ela respirou fundo. — Ou talvez eu nem exista, porque se eu não existir, então morrer não vai doer, não é?

Eu realmente acreditava que morrer devia doer pra cacete, mas viver era ainda mais doloroso. Estar morto era o fim: o fim da dor, o fim das decepções, o fim das lutas.

— Você pensa sobre a morte? — perguntou ela com um sussurro. — Quando você está trabalhando para neutralizar uma bomba. Você pensa no que pode dar errado?

Neguei com a cabeça.

— Tem muita coisa passando na minha cabeça para pensar nisso. É um desafio técnico. Uma mistura de jogo de xadrez com mecânica. No início, eu ficava tentando me lembrar de tudo que o meu professor tinha dito, mas também tentava não entrar em pânico, tentando não permitir que minha mente desmoronasse em uma onda de medo. O que eu faço? Puxo o fio? Atiro na bateria? Explodo? E em um ambiente hostil onde há alguns insurgentes esperando que você fracasse, mas também há alguns homens da sua própria equipe contando com você. Então, você tem que se concentrar e nada mais importa. E eu confio que os meus homens vão me proteger contra qualquer inimigo que esteja por perto porque eu não posso pensar sobre eles.

Ela balançou a cabeça, seu cabelo sedoso acariciando a minha pele.

— Você é tão corajoso.

— Não confunda coragem com treinamento. Eu faço o que sou treinado para fazer. — *E revivo tudo isso nos meus pesadelos.* — Amira, você é corajosa.

Ela deu uma risada seca.

— Sou mesmo? Então é por isso que eu estou tremendo tanto nas últimas horas que nem consegui pegar um copo d'água? O pior cenário possível não parava de passar pela minha cabeça. Então, quando não consegui impedir as imagens, tentei passar pelo nosso treinamento, mas não consegui me lembrar de nada. Nada mesmo. Comecei a entrar em pânico e foi uma sensação que nunca senti antes, eu não conseguia controlar. Aí eu ouvi você entrar. — A voz dela estava trêmula. — As minhas pernas estavam tremendo tanto que mal conseguia ficar de pé, mas eu *tinha* que ver outro ser humano ou ia enlouquecer de vez.

Ela se virou um pouco e consegui ver o brilho dos seus olhos, enquanto olhava para mim.

Senti uma enorme tentação de beijá-la, sentir o gosto dos seus lábios, mas não fiz isso – porque eu não queria ser um daqueles homens que se aproveitam de uma mulher vulnerável. Mas ela não estava facilitando as coisas para mim.

Em vez disso, virei a cabeça e olhei para o teto.

— Todo soldado sente isso. O medo do desconhecido. Mas o nosso treinamento nos ensina a controlar isso ou usar esse medo para sermos um soldado melhor.

— Como assim?

Tentei explicar.

— Em qualquer regimento, sempre haverá um ou dois loucos. Aquela pessoa que assume riscos idiotas porque acha que está em algum jogo de videogame ou algo assim. São eles que vão tentar derrubar o inimigo com um pente de munição apenas. E quando isso funciona, eles viram heróis.

— E quando não funciona?

— Eles são os pobres soldados que morreram por não seguirem o treinamento e por não obedecerem as ordens. Ou os idiotas que provocaram a morte dos amigos.

— Então é o resultado que o torna um herói ou um idiota?

— Exatamente.

Ela hesitou.

— E qual dos dois eu sou?

— Acho que você é incrível — respondi com honestidade. — Eu nunca conheci ninguém como você.

EXPLOSIVO

Sem querer, eu a abracei com mais força e quando ela deslizou as pernas por cima das minhas, parecia que isso era tudo que já tínhamos feito na vida.

Perdi o controle e a beijei, o choque de sentir os lábios dela sob os meus subiu pela minha espinha.

Quando ela gemeu e agarrou os meus ombros, meu pau ficou ainda mais duro e começou a latejar de desejo. Tornou-se uma necessidade premente que aquilo não parasse.

— Ai, meu Deus, eu não devia, mas eu preciso disso! — exclamou ela na escuridão.

Beijei a pele macia do seu pescoço, seu queixo, seu rosto até ela se sentar e tirar a camiseta. Comecei imediatamente a provar seus seios fartos, sentindo o peso deles nas minhas mãos enquanto ela montava em mim.

Enfiei uma das mãos entre nós dois, até tocar o alto das suas pernas, surpreso e excitado ao ver que ela estava sem calcinha; ela também não se depilava, e meu pulso ficou ainda mais acelerado. Senti os pelos úmidos de excitação enquanto meus dedos mergulhavam facilmente para dentro e para fora antes de começar a massagear o seu clitóris. Ela arqueou as costas e se levantou um pouco.

— Assim — pediu ela. — Assim mesmo. Não pare.

Ela suspirou, se retorceu, gemeu e arranhou o meu peito com as unhas curtas de forma agressiva, seus dedos se enrolando nas minhas placas de identificação. Quando ela segurou o meu pau, eu quase levitei da cama. Ela estava tentando enfiar o meu pau pulsante nela, pronta para afundar o corpo em mim.

— Não! — exclamei. — Não tenho camisinha.

— Não me importa — suspirou ela contra o meu peito. — Se esta é a minha última noite na Terra, eu não me importo.

Aquilo foi contra tudo dentro de mim: como uma criança abandonada pelos próprios pais e como um homem que levava as responsabilidades a sério. Mas ela estava me pedindo, dizendo que seria a sua última noite, e eu queria muito aquilo. Naquele momento, naquele segundo, naquele instante, eu precisava dela tanto quanto ela precisava de mim.

E meu cérebro se desligou e eu arremeti para dentro dela com tudo que tinha, enfiando meu pau no corpo quente, gemendo enquanto as unhas dela deixavam marcas nos meus ombros e virando para inverter a posição, deitando-a na cama com o meu peso sobre ela.

Seus pés envolveram minha bunda, estimulando-me a ir mais rápido enquanto ela murmurava palavras que anuviavam meus pensamento: *mais forte, mais rápido, mais...*

Parecia que fagulhas elétricas viajavam pela minha pele, saindo da base da minha espinha, enquanto meus quadris se movimentavam loucamente. Minhas bolas se contraíram e com uma exclamação, saí de dentro dela, gozando na barriga enquanto o orgasmo nos tomava por inteiro.

Seu corpo estremeceu de prazer enquanto eu ofegava em cima dela, meus braços tremendo e o suor escorrendo pelo meu rosto.

A emoção inesperada foi impressionante, mas o que ela disse em seguida me fez rir.

— Uma retirada estratégica? — perguntou ela, ofegante.

— Algo do tipo — gemi, virando de lado e sentindo-a se aconchegar a mim.

Ficamos em silêncio por alguns segundos.

— Isso foi intenso — disse ela suavemente.

Meus olhos já estavam se fechando e eu sorri. Mas, então, ela beijou o meu peito, bem onde meu coração pulsava.

— Eu não deveria ter feito isso.

Abri os olhos, enquanto ficava totalmente ciente de onde estávamos e porque estávamos ali.

— Não faça isso, Amira. Não se torture.

— Eu realmente não deveria ter feito isso. Estou envergonhada... Mas não me arrependo. Como é possível sentir essas duas coisas ao mesmo tempo?

Eu não fazia ideia.

— Eu deveria ter passado a noite de joelhos, rezando.

Eu estava totalmente acordado agora.

— Você não precisa fazer isso. Você não precisa ir amanhã.

— Eu preciso! Smith disse...

— Não é ele que vai estar arriscando a vida.

Ela pousou o indicador nos meus lábios, silenciando-me.

EXPLOSIVO

— Eu fiz a minha escolha, James. Se eu fosse mais forte, eu não estaria com tanto medo, mas isso não significa que eu tenha mudado de ideia.

A resignação na voz dela era difícil de ouvir.

— Eu não entendo. A enfermagem é uma profissão em que você salva vidas. É importante e você pode ajudar tanta gente assim. Eu não entendo porque você está fazendo *isto*.

— E eu não espero que você entenda — declarou ela.

— Que ótimo, porque eu não entendo!

— A gente trepa uma vez e você acha que pode falar o que quiser? Porque você está sendo completamente babaca agora.

Respirei fundo, tentando controlar a minha frustração.

— Achei que muçulmanas direitas não pudessem usar esse linguajar nem ir para a cama com homens que mal conhecem.

Ela suspirou e negou com a cabeça.

— Eu ainda estou trabalhando para ser uma muçulmana direita. Sempre me esforcei — acrescentou ela, mais baixo. — É isso que você acha?

— Desculpe. Eu só estava provocando. Tentando tornar tudo isso...

— Mais fácil?

— É, algo do tipo.

— Mas você está certo — declarou ela com voz suave. — Eu não deveria estar aqui. Sexo fora do casamento é definitivamente um *haram*. Mas você está errado: você não é um estranho e eu conheço você. Eu talvez não saiba o seu sobrenome, mas sei o que existe aqui dentro. — Ela colocou a mão sobre o meu coração. — E é uma coisa boa, James. Você é um homem bom.

Peguei a mão dela e a beijei.

— É só você pedir que eu tiro você daqui. Agora mesmo. É só você pedir, Amira, e podemos ir embora juntos. Podemos ir para muito, muito longe daqui. Esquecer que tudo isso aconteceu.

Senti a respiração quente dela no meu peito.

— É uma oferta tentadora, mas eu não posso. Nem você. Ninguém me obrigou a aceitar isso...

— Não?

— Não.

— Porque eu fiquei imaginando se teria sido isso.

Ela se remexeu na cama.

— Você achou que alguém estava me obrigando a fazer isso?

— Foi uma coisa que passou pela minha cabeça.

— Não. Ninguém está me obrigando a nada.

— Tudo bem. Então, será que você pode me contar por que está fazendo isso? Aqui, no escuro, sem ninguém mais para ouvir? Você pode me contar a verdade?

— Aqui no escuro?

— É. Porque alguém um dia me disse que era mais fácil contar a verdade no escuro.

Ela riu baixinho, o movimento leve fazendo a cama ranger.

— Estou fazendo isso por Karam. E essa é a verdade.

Uma chama de ciúme queimou dentro de mim. *Namorado? Marido?*

Ela continuou falando no escuro:

— Ele era meu irmão.

Era.

— Ele morreu na Síria. Ele nunca deveria ter ido para lá. Ele era um cara tão divertido, sabe? Ele amava surfar e ficar na praia com os amigos. Entrou na faculdade de medicina, mas mesmo assim, vivia na praia, sempre pegando onda. E, então, uma manhã, ele acordou e disse que ia para Síria colocar seus estudos de medicina em prática. Ele ainda nem tinha se formado. Estava ainda no primeiro ano! Tentamos tirar essa ideia da cabeça dele, mas ele tinha tanta... tanta certeza. Ele disse que precisavam dele, que poderia fazer o bem. Ele prometeu que seria só durante o verão e que voltaria para terminar os estudos.

A voz dela falhou.

— Mas ele nunca mais voltou para casa — acrescentei. E não era uma pergunta.

Demorou um pouco para ela voltar a falar.

— Ele voltou para casa em um caixão — contou ela com amargura. — Meus pais ficaram devastados. O único filho.

Eu estava começando a montar as peças do quebra-cabeças.

— Ele foi morto pelo *Daesh*?

— *Daesh*? — Ela deu uma risada fria longa que me fez gelar por dentro. — Você sabia que o Estado Islâmico ameaçou cortar a língua de

EXPLOSIVO

quem se atrevesse a chamá-los de *Daesh*? É um acrônimo da expressão árabe *al-Dawla al-Islamiya al-Iraq al-Sham*, que significa Estado Islâmico do Iraque e do Levante. Mas também é muito parecido com a palavra *daes* que significa "aquele que esmaga ou pisa em qualquer coisa que estiver no caminho". Não, não foi o Estado Islâmico que matou o meu irmão. Foram os *drones* americanos que bombardearam o hospital onde ele trabalhava.

Congelei. Literalmente. Meu sangue esfriou nas veias ao ouvir as palavras dela e senti a pele repuxar enquanto ela se aninhava ao meu corpo.

Será que eu tinha acabado de passar as últimas duas semanas treinando-a para fazer bombas, passando para ela o meu conhecimento e habilidade, quando o irmão dela foi morto por um ataque aéreo norte-americano?

Será que eu estava dormindo com o inimigo? Eu estava errado. Eu devia estar errado.

— Eu os odeio — declarou ela, com a voz cheia de fúria e raiva. — Eu realmente os odeio.

CAPÍTULO CATORZE

AMIRA

O raio de sol nas minhas pálpebras me acordou, mas quando eu me sentei, estava sozinha na cama de James.

Todas as lembranças da noite anterior voltaram à minha mente e senti o rosto queimar de vergonha da forma despudorada como havia me comportado, as coisas que tinha dito, o que tinha feito, como eu tinha implorado para ele.

Eu estava tentando tanto ser boa, ser merecedora, tentando tanto. Mas meus medos me dominaram e a necessidade de sentir alguma coisa além do terror opressor tinham me levado à cama dele. Aquilo era errado em tantos níveis, mesmo que tenha sido incrível. Um calor diferente me inundou e senti uma contração no lugar onde ele me tomou por inteiro.

Mas quando meu olhar passeou lentamente pelo quanto, percebi que não era só a cama que estava vazia, todas as coisas de James tinham desaparecido — suas roupas, sua mochila, o livro que estava lendo, tudo.

Eu me sentei e apertei os olhos enquanto a luz passava pela janela suja. O sol estava subindo no céu e já tinha passado do alvorecer.

Em pânico, saí da cama, encontrei minha camiseta dobrada em uma cadeira. Enfiei pela cabeça e voltei correndo para o meu quarto, caindo de joelhos enquanto a porta do quarto batia atrás de mim.

Karam, perdoe-me! Estou tentando tanto ser forte — foi um momento de fraqueza. Eu serei melhor, prometo. Mas por favor, dê um sinal, qualquer coisa — eu estou fazendo a coisa certa?

Quando o silêncio se tornou doloroso demais, levantei e enxuguei uma lágrima que escorria pelo meu rosto, enojada diante da minha fraqueza, odiando a minha carência patética.

Eu não tinha tempo para ser fraca. Eu precisava ser guerreira.

Vesti-me rapidamente, mas dessa vez, troquei o *niqab* por uma burca – que me escondia ainda mais. A minha visão ficou imediatamente limitada enquanto eu via o mundo através de um véu que cobria o meu rosto e corpo, deixando apenas uma tela através da qual eu podia ver. Era como se estivesse vestindo uma armadura. Senti que poderia enfrentar qualquer um – até mesmo James.

Arrumei a minha mochila e saí do quarto abafado que foi a minha casa durante as duas últimas semanas e fui para o lado de fora.

Eu ainda precisava me acostumar com a burca. A minha visão periférica era inexistente e mesmo olhando para frente, a minha visão era bem limitada, embaçada e indistinta.

Clay e Larson ficaram me olhando, mas eu me sentia protegida, invisível enquanto os olhos deles me acompanhavam.

Cumprimentei-os com um gesto de cabeça, e Clay deu um sorriso gentil, pegando a minha mochila e colocando no caminhão.

Eu não vi James nem Smith.

— Eles já foram — revelou Clay, com a voz estranhamente seca. — Eles pediram para eu dizer tchau e desejar boa sorte.

A decepção que senti foi como uma facada no peito. *Ele nem se despediu.* Depois dos segredos que compartilhamos, dos beijos ardentes, depois do jeito que dividimos nossos corpos, nem ao menos uma palavra. Mas talvez fosse melhor assim – eu não precisava de nenhuma distração. E eu certamente me arrependia da minha ridícula atração por James. Mesmo assim, despedir-se não seria a morte para ele, não é?

Larson não disse uma palavra, seus olhos frios me olhavam com atenção. Eu desejava que Smith fosse o nosso contato – eu me sentia muito mais à vontade com ele. Mas não tinha escolha, e Larson era o homem com quem teria que contar. Estava feliz por saber que Clay estaria comigo. Mesmo que não pudéssemos nos falar, só de saber que ele estava por perto seria o suficiente.

Eu me sentei no banco de trás do caminhão, um turbilhão de pensamentos passando pela minha mente, enquanto observava a estrada interminável, imaginando para onde ela me levaria. E imaginando se um dia eu voltaria.

Eu deveria esquecer todas as lembranças de James, as lembranças das mãos dele no meu corpo, esquecer como ele tinha me penetrado; ignorar o momento de ligação que tinha surgido entre nós. Eu não deveria tê-lo usado daquela forma. Quando ele ofereceu para me levar embora, mesmo que constituísse uma ausência sem permissão, ele teria feito isso. Percebi na voz dele – ele teria desistido de tudo por mim. Eu sentia a consciência pesada por James. Ele deve ter ficado magoado – o fato de não ter ficado para se despedir mostrava isso. Mas já que não o veria novamente, eu precisava esquecer tudo aquilo. Como se a noite anterior não tivesse acontecido.

De certa forma, parecia que tinha perdido aquela vida. O que quer que viesse em seguida, não se pareceria em nada com os primeiros 29 anos da minha vida.

Eu me senti desconectada, à deriva, sozinha.

Seguimos por quatro horas direto e, àquela altura, minha bexiga estava explodindo. Larson não me deixava sair do caminhão em nenhuma das paradas pelas quais passávamos nem mesmo quando ele abastecia o caminhão, dizendo que o meu "lençol" ia chamar muita atenção. Eu sabia que ele estava certo, mas ainda achava que ele era um sádico filho da puta. Que Alá me perdoasse.

Eu nem pude fazer o *salah* de maneira adequada, mas sabia que Clay estava rezando ao mesmo tempo quando o vi baixar a cabeça e movimentar os lábios.

Por fim, Larson parou em uma parte mais isolada da estrada, com muitas árvores e tivemos permissão para sair do caminhão. Eu entrei o mais fundo que me atrevi na floresta, e me abaixei para me aliviar.

Quando voltei, Larson jogou uma caixa de salada para mim que ele tinha comprado mais cedo. Levantei o véu da forma mais discreta que consegui, ignorando os olhares que Larson lançava pelo espelho retrovisor.

Eu tinha muito tempo para pensar, mas meus pensamentos sempre voltavam para o que eu estava prestes a fazer. O pânico ameaçava tomar conta e aquilo acabaria me matando.

Peguei uma garfada de salada, mastigando com tanta força que acabei mordendo a própria língua. Meus olhos se encheram de lágrimas, mas não cedi. Eu nunca cedia. Não enquanto estivesse viva.

EXPLOSIVO

Embora isso talvez não fosse por muito tempo.

Pela posição do sol, percebi que estávamos seguindo para o norte, mas ainda não sabia onde estávamos, os nomes das cidadezinhas pelas quais passávamos não significavam nada para mim, e Larson tinha escolhido evitar as estradas principais.

Eu não sei como ele encontrava o caminho ao longo das trilhas pequenas e empoeiradas no GPS, mas ele dirigia de forma constante, então ou ele tinha uma memória incrível ou já tinha estado ali antes. Talvez as duas coisas.

O telefone dele tocou uma vez durante a viagem, e ele parou no acostamento de cascalho. Quando saiu do caminhão sem falar com nenhum de nós dois, ele tirou as chaves da ignição e se afastou para atender.

Clay se virou para mim e sorriu.

— Ele é bem intenso. Acho que precisa de uma bolinha antiestresse.

Eu ri, porque ele era ridículo, sorri e Clay deu uma piscadinha.

— Como você está?

— Bem.

— Sério?

— Bem, tão bem quanto eu posso. Você?

Ele hesitou.

— Se as coisas forem demais para você, só me procure e eu tiro você de lá, está bem?

— Clay...

— Prometa.

Seus olhos escuros brilharam intensamente.

— Está bem — concordei. — Eu aviso.

Uma expressão de alívio passou pelo seu rosto e ele assentiu.

Mas quando Larson voltou ao caminhão, ele estava com a testa franzida. Seja lá o que aconteceu, ele não gostou muito. Embora ele nunca parecia gostar de nada.

— Mudança de planos — avisou ele. — Vocês vão entrar como se fossem casados.

Clay pareceu preocupado.

— Por quê?

— Mudança de planos — repetiu Larson com expressão vazia.

— Mas a gente mal se conhece. Vai ser estranho viver como se...

— Um casamento arranjado. Amira, seus pais conheceram Clay na Internet.

— Merda, cara! — exclamou Clay. — Não foi isso que planejamos! Nós nem temos alianças de casamento.

— Não precisamos ter — disse eu. — Embora possa parecer um pouco estranho o fato de você não ter me dado nem um anel de noivado. — Tentei sorrir. — Eles provavelmente vão achar que você é pão-duro.

Uma sombra de sorriso apareceu nos lábios de Clay.

— Melhor vocês se conhecerem bem rápido — avisou Larson, sempre sem paciência. — Vá lá para trás com ela para vocês se conhecerem.

Levantando as sobrancelhas, Clay voltou para o banco de trás comigo.

— O que mais eu não sei? — perguntou ele com um sorriso forçado.

— Alianças de casamento significam um tipo de posse da outra pessoa. Mas no Islã não há posse de um companheiro. É por isso que as muçulmanas não mudam necessariamente o sobrenome.

Clay suspirou.

— Melhor começarmos a inventar a nossa história se vamos seguir com isso. Onde nos conhecemos? Onde nos casamos? Em que site da Internet nos conhecemos? Eu já tinha me convertido? Espere, eu já devia ter me convertido, e por isso seus pais me encontraram. Quem é a minha família? Quem é a sua família? Temos muita coisa para inventar, Amira.

A mudança de planos me abalou. Eu tinha que começar a pensar em Clay como meu marido. Acho que isso significava que teríamos que dormir juntos. Eu gostava de Clay, ele era bondoso, então talvez não fosse tão estranho...

Engoli o medo e assenti.

Clay me deu um sorriso encorajador, mas vi a preocupação no seu olhar.

JANE HARVEY-BERRICK

CAPÍTULO QUINZE

JAMES

Chutei a porta do carro com os dois pés com o máximo de força que consegui.

— Meu Deus, James. Fique calmo!

Reconheci a voz de Smith assim que a ouvi e parei.

— Eu usei a trava de segurança para crianças. Você não vai conseguir sair por aí. Mas se continuar me irritando vou fazer você apagar de novo.

Lembranças vagas meio anuviadas giram na minha mente. Eu contei uma coisa importante para ele – o que foi mesmo?

Gradualmente, a confusão se dissipa e tudo volta à minha mente. Eu me lembrei da discussão, da sua insistência de que poderiam confiar em Amira, e Larson me deu um mata-leão até eu desmaiar.

Minha garganta ainda estava doendo.

Filho da puta!

Dei um chute no banco do motorista para completar.

Smith perdeu um pouco o controle e ouvi outro carro buzinar. Teria rido, mas a mordaça na minha boca me impediu de fazer qualquer coisa.

— Meu Deus! Você quer que a gente acabe morrendo? Eu não quero machucar você, James. Eu gosto de você. Só fique calmo por mais algumas horas e vou tirar as algemas e as mordaças. Palavra de honra.

Resmunguei alguma coisa ininteligível por causa da mordaça, prometendo para mim mesmo que ia mostrar para Smith como eu estava puto da vida assim que tivesse a chance.

Por ora, tudo que poderia fazer era me deitar e pensar na Inglaterra.

A reviravolta me pegou completamente de surpresa.

Depois da confissão que Amira fez, eu sabia que precisava contar para Smith tudo que descobri. Esperei até ela dormir e saí da cama para falar com o agente da CIA. Ele ouviu com calma e, depois me disse que ele já sabia como o irmão dela tinha morrido.

Fiquei olhando para ele em estado de choque.

— Então você sabe que a missão já está comprometida! Você não pode mandar Clay para lá com ela. O que está acontecendo aqui?

— Clay tem apenas as informações de que precisa.

— Então, eu vou contar para ele.

E foi quando Larson me fez um estrangulamento e me fez perder os sentidos.

Enjoado e tonto, acordei no assento traseiro de um carro, preso, com uma mordaça e uma venda. Algemas de metal prendiam os meus pulsos atrás das costas, provocando uma dor aguda nos ombros sempre que o carro fazia uma curva. Minha boca estava seca e senti gosto de sangue. Tentei me sentar e bati a cabeça na janela do carro no processo.

— Boa escolha — comentou Smith secamente.

Tentei xingá-lo, mas ele simplesmente me ignorou.

Ele não falou mais nada, mas continuou dirigindo por pelo menos duas horas. Eu não sabia por quanto tempo eu tinha ficado inconsciente antes disso.

Por fim, Smith diminuiu a velocidade, os pneus subindo no meio-fio e ele desligou o motor.

Esforcei-me para ouvir o que se passava à minha volta. Ouvi barulho de trânsito, algumas sirenes de polícia, então eu deveria estar em uma área urbana.

Smith abriu a porta e eu preparei, esperando uma chance de escapar, mas ouvi mais de uma voz, talvez três pessoas. Eu duvidava muito que conseguisse lutar com qualquer pessoa na minha atual condição, certamente não duas pessoas, então não resisti enquanto me tiravam do carro.

— É ele?

— Sim, Sargento James Spears, Exército Britânico, Esquadrão Antibombas, especialista em ameaças de alto risco.

— Quanto tempo?

— O tempo que for necessário.

Mãos agarraram os meus ombros e, então, ouvi o motor do carro ser ligado. Senti cheiro de gasolina e o som me indicou que eu estava em uma garagem. Então, ninguém me veria se eu lutasse. Então, ouvi o ruído de um motor elétrico e a porta da garagem se fechou.

Alguém soltou as amarras nos meus tornozelos e fui empurrado, cambaleando um pouco. Depois me disseram para dar dois passos para frente. O ar era mais frio aqui, então, provavelmente era um prédio com ar-condicionado. Fui levado para o andar de cima.

— Sente-se — ordenou a voz.

Abaixei-me de forma estranha e encontrei um colchão macio sob mim.

Eles tiraram a venda e a mordaça, meus olhos começaram a lacrimejar por causa da forte luz elétrica. Quando consegui me concentrar de novo, apertei os olhos e vi o homem de aparência durona que tinha uma arma na cintura.

— Onde estou?

— Em um esconderijo.

O quê?

— Por que estou aqui? — perguntei com voz rouca e fraca.

— Você vai ficar aqui até quando Smith quiser. Tem um banheiro ali. — Ele fez um gesto com a cabeça, indicando uma porta à direita. — Roupas limpas, material de barbear. Vou pedir comida.

Um segundo homem entrou e soltou as algemas.

— Não cause problemas — disse ele —, e, em algumas semanas, você vai estar livre.

Então, eles fecharam a porta.

Algumas semanas?

Puxei as cortinas, mas grades grossas protegiam as janelas e não havia outra maneira de sair.

O que estava acontecendo?

EXPLOSIVO

JANE HARVEY-BERRICK

CAPÍTULO DEZESSEIS

AMIRA

Achei que fossem nos matar.

Estávamos a mais de um quilômetro do acampamento terrorista, quando um homem com uma metralhadora fez sinal para pararmos o nosso carro.

— Hora do show — sussurrou Clay. — Fique calma e siga as minhas orientações.

Assenti, meu coração trovejando nos ouvidos, o medo subindo pela garganta e tornando impossível dizer qualquer coisa.

— Saiam do carro e joguem as chaves no chão. Mãos na cabeça.

O homem fez um gesto com sua arma.

— Nós viemos para nos unir à luta contra os infiéis — declarou Clay com voz clara e forte, enquanto saíamos do carro. — Queremos nos unir à guerra santa, ao *Jihad*.

O homem não respondeu, mas se aproximou, mantendo a metralhadora apontada para Clay. Então, ele parou bem à minha frente e olhou diretamente para mim.

— Mostre-me seus sapatos.

Com as mãos trêmulas, levantei a minha *burca* um pouco, revelando meu tênis vermelho e branco.

O homem assentiu e soltei o tecido.

Percebi que ele estava verificando se eu era mulher mesmo. A burca podia esconder muitos segredos.

Ele se aproximou de Clay e acertou sua barriga com a ponta da arma, fazendo com que meu colega ficasse sem ar.

Clay caiu no chão, ofegante e segurando a barriga. Eu fiquei congelada, completamente incapaz de me mover, enquanto meu corpo tremia.

O homem falou em um comunicador, olhando friamente para mim durante todo o tempo que Clay estava caído no chão e, um minuto depois, apareceu um Jeep por uma trilha de terra com mais dois homens armados.

Eles colocaram vendas nos nossos olhos e amarraram as nossas mãos, colocando-nos no Jeep e nos empurrando para fora alguns minutos depois.

Caí de joelhos, caindo de cara no chão. Fiquei caída, sentindo o cheiro limpo de terra pela minha burca enquanto o pânico me tomava por inteiro e eu me perguntei se, depois de todo o treinamento, eu ia acabar morta no primeiro minuto.

Mas os minutos se passaram e ouvi vozes cochichando sobre nós, então, me esforcei para me sentar.

— Bem, que interessante — declarou uma voz educada com sotaque britânico. — Disseram-me que vocês querem se juntar ao *Jihad*.

— Isso — respondeu Clay, mantendo a voz servil.

Fiquei ridiculamente aliviada ao ouvi-lo falar.

— Americano?

— Sim, senhor. Minha mulher e eu somos americanos, mas a família dela é da Síria.

Houve uma breve pausa, antes de o homem voltar a falar:

— Estou mais interessado em saber como vocês descobriram sobre nós.

Clay fez a declaração que tinha ensaiado.

— Eu era do exército dos Estados Unidos até dez meses atrás. Fui expulso por me recusar a lutar contra meus irmãos na Síria. — A voz dele ficou amarga, antes de continuar a mentira: — Mandaram-me para um prisão militar por dezoito meses e, depois de onze anos, me expulsaram e tiraram meu direito de pensão. — A voz dele ficou exaltada. — Estão matando crianças lá. Eles mataram o irmão da minha mulher.

Outra pausa e, então, a voz do homem ficou mais próxima de mim.

— O seu irmão era um *Jihadi*?

Ele estava tão próximo de mim que eu conseguia sentir o cheiro do tempero no hálito dele. Eu estava tremendo de medo real.

— Não, senhor — sussurrei. — Ele era aluno de medicina. Foi voluntário em um hospital em Raqqa. Foi morto em um ataque aéreo americano.

— Hum. E qual era o nome dele?

Mesmo que não pudesse ver o meu rosto, meus lábios tremeram.
— K-K-Ka-Karam Kousa.
— E o seu nome?
— Amira Kousa.

Não era o meu nome verdadeiro. Smith criou documentos para mim que mostrariam que Karam Kousa tinha nascido e crescido no sul da Califórnia e que morreu na Síria.

— E você?

Ouvi um gemido abafado de Clay e imaginei que tivessem chutado suas costelas.

— Clay Allen, senhor — ofegou ele. — Eu já me converti há três anos.

— Mas você ainda não contou como nos encontrou — declarou o homem com a voz perigosamente tranquila.

— Conheci um irmão que era amigo de Ali Muhammad Brown.

Prendi a respiração, sabendo que Brown era um extremista convertido, nascido nos Estados Unidos e aliado de Al-Shabaab, o grupo jihadista do leste da África. Ele também tinha assassinado quatro homens alguns anos antes: três em Seattle e um em Nova Jérsei. Sua defesa foi de que os assassinatos eram uma retaliação pelo envolvimento do governo americano no Iraque, Afeganistão e Síria.

Seguiu-se uma pausa ainda mais longa. Então começou um interrogatório intenso: onde nasci, estudei, trabalhei, conheci Clay, há quanto tempo estávamos casados, quem eram meus amigos, os amigos dele e muito mais. As mesmas perguntas sendo feitas várias e várias vezes à medida que o calor do dia aumentava e meu cérebro parecia estar fervendo. Tentei me lembrar de todos os detalhes que Smith tinha me passado, mas às vezes eu tinha que improvisar e isso me assustava, então eu me mantinha o mais próxima da verdade possível.

Disse que tinha planejado me juntar a Karam na Síria, mas que ele morreu antes que eu pudesse ir. Disse que foi Clay que me ensinou o básico para construir bombas, habilidades que ele tinha aprendido no exército.

Então, foi a vez de Clay responder às perguntas: quem era a família dele, quando ele foi recrutado, quem foi o *Iman* dele quando se converteu, onde ele serviu, quem ele conhecia, onde ele tinha conhecido o amigo de Brown, repetindo as perguntas, tentando pegar alguma falha,

EXPLOSIVO

tentando encontrar inconsistências na sua história, mas Clay se manteve controlado, calmo, gentil, como sempre.

Por fim, as perguntas acabaram.

— Leve-os para a cabana e os prenda lá. Vamos checar a história que contaram aqui, se não bater, vamos cortar a língua deles por mentirem.

O homem disse isso em tom casual, e isso me assustou mais do que se ele tivesse gritado.

Eu fui erguida, com os braços presos dolorosamente para trás do corpo, meio caminhando meio cambaleando enquanto me seguravam.

Por fim, fomos atirados no chão, supostamente na cabana que foi mencionada, e largados lá.

Ouvi um farfalhar e, então, o peso do corpo de Clay sobre o meu.

— Como você está? — perguntou baixinho.

Minha boca estava tão seca, que demorei para conseguir responder:

— Com medo.

— Você está se saindo muito bem, *ya amar*.

Uma risada seca, que mais parecia uma tosse, escapou dos meus lábios.

— *Ya amar*? Você está me chamando de "minha lua"?

Ele riu.

Funciona para mim.

Clay estava fazendo o que sempre fazia, facilitando um pouco todo o horror que teríamos pela frente.

— O que vai acontecer com a gente? — sussurrei.

— Eles vão verificar nossa história e, então, vão decidir se nos darão trabalho ou...

— Se livrarão de nós?

Ele hesitou antes de responder:

— Não, eles não vão fazer isso.

Eu não tinha tanta certeza, mas rezei para que Clay estivesse certo.

Karam, eu preciso mais de você do que nunca.

Mas depois de algumas horas de um calor insuportável, o medo foi substituído por sede.

Meus lábios estavam rachados e minha boca e garganta secos como pó.

Durante as horas que ficamos sozinhos, nossas mãos e pés estavam amarrados. Conseguíamos ouvir os sons do campo à nossa volta, um motor de carro sendo ligado, pessoas conversando em diversos sotaques, embora eu não conseguisse entender o que estavam falando.

O ar na cabana estava abafado e dentro da burca estava ficando cada vez mais difícil de respirar.

Concentrei-me em relaxar os músculos, um de cada vez, o máximo que eu podia – tentando ignorar o calor sufocante e a falta de água.

Finalmente, a porta se abriu e o calor intenso diminuiu um pouco, enquanto um ar mais fresco entrava no aposento.

Minha venda foi retirada por um homem de olhos duros com uma cicatriz enorme em uma das bochechas, e minhas mãos foram soltas. Uma garrafa de água foi atirada aos meus pés. Flexionei os dedos, para a circulação voltar, então, desajeitadamente, levantei a garrafa por baixo do véu e tomei longos goles de água tépida com gosto de plástico.

Clay também foi desamarrado, mas o homem armado o considerava uma ameaça muito maior do que eu, observando-o atentamente.

— Umar quer ver vocês — declarou o homem com a cicatriz, brandindo a arma.

Fomos levados para o lado de fora, com o sol forte ferindo nossos olhos, e mandaram que nos ajoelhássemos.

Então, vi Umar pela primeira vez.

Ele era alto, magro, tinha o rosto bonito, cabelo escuro e uma barba preta bem aparada. Sorriu, revelando dentes brancos e retos.

— Bem-vindos, irmão e irmã — declarou ele.

Foi um misto de choque e reconhecimento que ouvi o sotaque britânico educado. Aquele foi o homem que ameaçou cortar a nossa língua.

Estremeci, tremendo como vara verde ao vento e ele continuou sorrindo para mim para mostrar que éramos bem-vindos.

Eles nos deram mais água e pratos com comida requentada, depois entregaram cobertores no lugar que tinha servido como nossa prisão.

— É a melhor acomodação que podemos oferecer para um casal — avisou Umar em tom lamentoso.

Clay agradeceu, nós levamos os cobertores para o barracão e nos acomodamos da melhor forma possível.

Nós tínhamos viajado por muitas horas para o norte, e a temperatura caiu depois que o sol se pôs. Olhei para os cobertores, imaginando quem os tinha usado antes de nós e se estariam limpos.

Clay não pareceu nem um pouco preocupado, mas estremeci me lembrando do que James tinha me contado sobre piolhos. *Ugh*, por favor, não! Fiz uma careta enquanto Clay arrumava os dois cobertores no chão sujo, tirava as sandálias e se esticava na cama.

— Venha descansar, mulher. — Ele sorriu para mim.

Resmungando, tirei a burca e a dobrei caprichosamente, depois coloquei meu tênis, meias e calça jeans em cima dela.

Eu me senti muito exposta, muito ciente de como Clay estava me vendo – era idiota me sentir tão estranha, mas não consegui evitar. Clay era realmente um cara gente boa. Era bonito, forte e gentil. Inteligente também. Eu estava feliz por estarmos juntos naquilo, e meu coração se aquietou um pouco.

Coração idiota. Não sabia o que era bom para ele mesmo. Eu sempre debochei da ideia de um casamento arranjado, mas se você confiasse nos seus pais, talvez houvesse alguma coisa boa nisso, porque, nesse quesito, eu só tinha feito escolhas ruins.

O último cara com quem eu tinha transado nem se despediu.

Babaca.

O barraco ainda estava abafado e meu cabelo estava suado, embaraçado como um ninho de rato e não havia nada que pudesse fazer em relação àquilo, então, deixei solto e me sentei no cobertor ao lado de Clay.

— Isso é tão estranho — sussurrei.

— Ah, não diga isso, *ya amar*, eu estava gostando da visão.

Eu empurrei o seu braço e fingi ofegar.

— Ei, não precisa ficar violenta só por causa disso.

— Eu não tenho a menor intenção de fazer nada com você — avisei.

Ele riu à medida que a escuridão aumentava.

— Não se preocupe. James ia acabar comigo só por ter olhado pra você. Espero que ele nunca descubra que a gente teve que dormir juntos.

Congelei, meus dedos se fecharam no cobertor como se eu estivesse em um barquinho navegando em águas turbulentas.

Clay virou de lado.

— Cedo demais?

Engoli em seco e me obriguei a soltar o cobertor.

— Você sabe?

Ele fez careta.

— Ficou meio óbvio quando...

Ele parou de repente, mas eu sabia para onde a frase ia.

— Eu fiquei com medo. — Encolhi os ombros. — Não foi o meu melhor momento.

— Então... Você e James não...?

— Com certeza, não.

Clay não falou de novo, mas apertei os dedos e deixei o assunto morrer.

Ele dormiu quase imediatamente, mas fiquei acordada, ouvindo passos na escuridão, enquanto tentava esquecer todas as lembranças do homem de olhos azuis.

JANE HARVEY-BERRICK

CAPÍTULO DEZESSETE

JAMES

O tempo se arrastava e eu estava entediado.

Repassei várias vezes a minha última conversa com Amira, de trás para frente e de frente para trás – em um momento eu me convencia de que não tinha entendido direito e, depois, ficava imaginando por que Smith tinha me trazido para cá. Se ela não era uma ameaça, por que precisavam me manter preso? Se eu era uma ameaça, por que me manter vivo? Nada daquilo fazia sentido.

Gostaria de poder falar com ela. Merda, eu gostaria de poder vê-la. Mas agora ela já estava infiltrada na célula terrorista e isso não voltaria a acontecer. Eu estava enlouquecendo de tanto pensar nela, desejando que tivéssemos mais tempo.

Em vez disso, eu ficava me torturando, repassando cada conversa que tivemos e aquela noite surreal que vivemos.

Merda, se um dia eles me soltassem daqui, eu ia procurá-la até no inferno.

Eles me davam comida três vezes por dia e a comida era pedida em restaurantes. A marca das cadeias de lanchonetes e restaurantes confirmaram minhas suspeitas de que eu ainda estava em algum lugar dos Estados Unidos, provavelmente perto de uma cidade grande.

Disseram que era um esconderijo e não tinham me matado. Isso provavelmente significava que eles eram agentes federais, como Smith: CIA, FBI ou NSA. Provavelmente. Eles me deram alguns livros, mas nunca respondiam às minhas perguntas.

Eu marcava o gesso da parede com a minha unha para que pudesse contar a passagem dos dias.

E comecei a planejar uma fuga.

Ficou bem claro, para mim, nos primeiros trinta segundos que o meu quarto era uma cela. As barras nas janelas eram chumbadas em paredes de tijolo e cimento, e não consegui quebrar o vidro com nada que encontrei no quarto. O piso de tábuas era bem firme e arranquei sangue de alguns dedos quando tentei soltar alguns pregos.

As paredes de gesso se soltavam facilmente, mas, atrás delas, a parede era de cimento.

Então comecei a estudar as equipes que me vigiavam. Eram profissionais. Sempre trabalhavam em duplas, nunca abriam a guarda para me dar uma chance de atacá-los para pegar uma arma. Eu estava tentado e criava planos complexos na minha mente, talvez fingir uma doença ou um ferimento, mas acho que eles não cairiam em nada disso.

Tentei fazê-los conversar comigo, mas isso não funcionou. Tentei deixá-los putos da vida comigo sendo um grande babaca para ver se eles reagiriam.

Eu vivia reclamando da comida, do café, da água e tudo mais. Rasguei os lençóis da cama e disse que tinha percevejos ali, mas eles simplesmente deixaram tudo no chão. Atirei comida nas paredes, mas o resultado foi apenas que fiquei sem comer. Tentei ficar sem tomar banho, mas eles não se importaram com o meu fedor e eu era o único que tinha que aguentar aquilo.

Até agora eu estava lá havia três semanas e dois dias.

Eu me perguntei o que eles estavam esperando.

Passei muito tempo pensando em Clay, perguntando-me onde ele estava, onde Amira estava e o que estava acontecendo, torturando-me com ideias de que eles já estavam mortos. Mas, então, eu me convencia de que, se esse fosse o caso, Smith ia me soltar – ou me matar. Manter-me prisioneiro não fazia o menor sentido.

Considerei a ideia de que Smith já sabia que ela tinha todos os motivos para odiar o Governo dos Estados Unidos e mesmo assim eles tinham me trazido para ensiná-la a fabricar bombas. Meu instinto me dizia para confiar nela, mas eu estava longe de conseguir montar aquele quebra-cabeças.

Nós fomos honestos um com o outro, pensei, mas se ela odiava os americanos, por que tinha sido recrutada? Talvez ela só odiasse os militares, mas ela não tinha demonstrado isso com Smith nem com Clay. Nem mesmo comigo naquela última noite. Eu pensava muito nela, até sonhava com ela. Ela foi a única mulher com quem tive uma ligação de verdade em muito tempo. E agora ela estava infiltrada em uma célula terrorista, arriscando a própria vida todos os dias.

Por total falta do que fazer e tédio profundo, eu passava o tempo me exercitando: abdominais, flexões de braço, correr sem sair do lugar, saltos. Eu fazia qualquer coisa que me mantivesse ocupado e em forma.

Eu não fazia ideia do que estava acontecendo no mundo lá fora e vivia na bolha que meus captores criaram para mim.

As equipes mudavam a cada oito horas, mas eu reconhecia os rostos: o tampinha, o cicatriz, o Sr. Armani, Lady Gaga, Lúcifer, Smoky Joe. Eu não sabia o nome verdadeiro deles, é claro, mas eu os categorizava na minha mente. *Conheça seu inimigo.*

Calculei que havia cinco equipes que se revezavam em turnos. Era muita gente para guardar um soldado puto da vida.

E, então, na vigésima quinta noite de confinamento solitário, houve uma mudança de protocolo. Foi entre os turnos e não durante uma refeição, mas ouvi vozes do lado de fora do meu quarto.

Eles se certificaram de que não houvesse nada que eu pudesse usar como arma, a não ser o meu próprio corpo, então, me preparei, imaginando o que aconteceria em seguida.

Mas quando a porta se abriu, não era nenhuma das equipes com as quais eu já tinha me acostumado.

Era Smith.

JANE HARVEY-BERRICK

CAPÍTULO DEZOITO

AMIRA

Nos primeiros dez dias, fomos vigiados por olhos inexpressivos que seguiam todos os nossos movimentos. Recebíamos tarefas domésticas e só podíamos nos juntar aos outros durante as orações ou quando Umar decidia que seus seguidores precisavam de "um pouco de educação", como ele dizia. Aquilo consistia em discursos inflamados sobre a imoralidade do Ocidente, dos governos infiéis e como nós éramos os escolhidos que fazíamos parte de uma grande causa, o poderoso *Jihad* e que seríamos adorados por toda a história.

Além disso, descobrimos muito pouco, mas logo ficou claro que havia um segundo campo na floresta próxima. Às vezes, eu ouvia veículos à noite e homens estranhos entravam e saíam, a maioria dos homens com roupas ocidentais, diferente do restante de nós.

Nesses momentos, quando sentia o olhar frio deles sobre mim, eu me sentia grata pela burca sem forma que me cobria dos pés à cabeça.

Toda a minha existência era uma representação, e eu achava aquilo exaustivo. Eu não sabia como as pessoas conseguiam fazer aquilo durante anos. *Como?* E também perguntava *por quê?* Eu me sentia perdida e amedrontada, com a certeza de que cometeria algum terrível erro. Mas eu estava aqui e precisava ficar.

Eu era menos vigiada do que Clay e como era a única mulher, tinha um pouco mais de liberdade para entrar na floresta já que não havia banheiros dentro do acampamento que eu tivesse permissão para usar.

Isso significava que cabia a mim entrar em contato com Larson, mas, às vezes, Clay também conseguia se esgueirar. Ele queria descobrir onde ficava o segundo campo porque ficou claro que não havia nenhuma fábrica de bombas onde estávamos, então, só poderia estar no segundo acampamento. Até agora, ele não tinha conseguido encontrar.

O nosso acampamento contava com 18 pessoas, embora o número variasse de acordo com quem ia fazer compras. Costumava ser um cara chamado Adam, de Chicago, e ele trocava o *Didashah* por jeans e camiseta, e voltava com sacolas de compras algumas horas depois.

Nunca víamos Larson, mas víamos evidências de que ele estava por perto, evidências que só nós sabíamos onde procurar, e conseguíamos dar informações sobre o número de pessoas no acampamento, o fato de que a cada três dias ouvíamos caminhões e vans cruzando a floresta durante a noite. Duas vezes eu tinha conseguido me aproximar o suficiente para ver o número da placa. Eu logo tentaria novamente.

Larson tinha arrumado lugares em volta do acampamento onde poderíamos deixar informações, ocultas com perícia entre as árvores. Ele nos disse onde havia microfones escondidos, escutas colocadas que poderiam ser ativadas ou desativadas para burlar os detectores de escutas, modos de capturar todas as informações que pudéssemos. Eu me perguntava quem mais poderia estar ouvindo.

Os terroristas cobriam muito bem seus rastros, e Smith tinha nos contado que tinham sido localizados pela primeira vez por uma busca aérea com infravermelho e sensores de calor que localizavam calor do corpo. Se isso tinha sido feito com outras informações ou por sorte, nem Smith nem Larson nos disseram. Não que Larson fosse muito falante, ele só nos informava o que precisávamos saber. Era Clay quem compartilhava suas teorias comigo. Era Clay que confiava em mim.

Nós nos tornamos mais próximos desde que estávamos ali, compartilhando tudo que tínhamos descoberto durante o dia. E, é claro, nós dormíamos juntos à noite. Eu me sentia ridiculamente protegida no nosso barraco, sentindo o corpo dele junto ao meu.

Durante o dia, cumpríamos as nossas obrigações e, à noite, conversávamos aos sussurros. Ele me contou sobre sua família, que ele não era muito próximo deles, e eu contei a ele sobre Karam, Zada e meus pais.

Nós também planejávamos a nossa fuga quando chegasse a hora e como avisaríamos Larson. Clay discutia a "extração", mas aquilo sempre me fazia pensar em um dentista. Clay riu quando eu disse isso.

Treinei para decorar todas as placas que eu visse – até o dia que um dos homens me viu olhando.

Ele apontou a arma para mim, eu me virei e corri, encolhendo-me quando ouvi o som de uma bala cortando pelas árvores. Corri o mais rápido que consegui, a burca atrapalhando os meus movimentos. Eu conseguia ouvir seus gritos, seus pés trovejando atrás de mim.

Se eu conseguir chegar ao campo principal.

O campo estava bem na minha frente quando ele me pegou.

Ele agarrou a minha burca e fui puxada para trás, caindo com um grito.

Meu véu virou e eu não conseguia enxergar nada, mas ouvi vozes distantes. Comecei a gritar o nome de Clay e fiquei chutando com o máximo de força que consegui.

Uma bota acertou a minha barriga e todo o ar fugiu dos meus pulmões. Eu me arrastei pelo chão, enjoada e ofegando para respirar.

— O que está acontecendo, irmão?

Era a voz de Umar.

— Eu vi essa piranha nos espionando! Ela estava observando os caminhões. Eu vi!

Alguém tocou o meu ombro e eu me encolhi.

— Tudo bem, tudo bem. Pare de lutar, *ya amar*.

A voz de Clay estava cheia de preocupação, enquanto tentava me acalmar.

— Na verdade — disse Umar —, eu gostaria muito de saber por que sua mulher se afasta tanto do acampamento.

Clay me ajudou a me sentar, enquanto eu me agarrava a ele.

— Eu... Eu só precisava ir ao banheiro. E... Eu saí para passear. Ouvi o barulho de caminhões e fiquei curiosa. Sinto muito!

— Hum — respondeu Umar, coçando a barba, pensativamente, seus olhos ocultando todas suas emoções. — Avise a sua mulher que não é seguro para ela caminhar pela floresta. Acidentes podem acontecer. E ela poderia ter levado um tiro hoje. Da próxima vez talvez não tenha tanta sorte.

Clay agradeceu e prometeu me controlar melhor. Então, ele me ajudou a me levantar e fomos para o nosso barraco.

— Você está bem? — perguntou com voz suave de preocupação.

— Acho que sim — respondi tentando controlar o tremor na voz.

— O que você viu?

EXPLOSIVO

— Mais caminhões — sussurrei. — Peguei a placa de dois, mas, então, o homem me viu.

Estremeci, os tremores balançando o meu corpo enquanto a adrenalina baixava.

Clay assentiu.

— Eles estão transportando uma grande quantidade de alguma coisa. Acho que é TATP. Eu já senti cheiro de produtos químicos no ar.

Sentei-me esfregando os olhos.

— Eu também! Umas duas vezes, bem fraco, mas achei que era estranho.

— Preciso passar essas informações para Larson. Diga as placas que você viu.

Quando ele decorou os números, Clay me disse para ficar no barraco e não sair novamente.

Mais tarde, quando estávamos deitados na cama, ele me abraçou para acalmar o meu medo na escuridão e espantar a sensação de que tudo estava saindo de controle.

Não foi a primeira vez que ele me abraçou à noite, acariciando o meu cabelo e dizendo que tudo ficaria bem.

Eu adormeci e, depois de um tempo, Clay tocou o meu braço.

— Vou sair agora. Não saia daqui, está bem?

Assenti, desejando que ele não tivesse que sair.

— Fique em segurança!

Ele abriu um sorriso e saiu do barraco.

Não consegui mais dormir, sobressaltando-me a cada barulho, congelando de medo a cada voz e a cada passo dos sentinelas de guarda.

Clay voltou ao amanhecer, dizendo que tinha conseguido chegar a uma das estações de comunicação, mas seu rosto estava sombrio.

— O que houve?

— Amira, acho que você não deve mais se aventurar pela floresta. Fique sempre perto de mim ou no acampamento.

— Por quê? O que houve?

Eu não conseguia ver seu rosto na penumbra, mas senti quando pegou a minha mão.

— Ouvi um dos guardas conversando. Ele disse que Munassar falou que vai seguir você na floresta e... machucar você.

Parei de respirar.

Eu vi o jeito que alguns homens olhavam para mim, estudando o meu corpo como se a burca não escondesse tudo. Mas agora, sendo a única mulher no acampamento as coisas estavam ficando ainda mais perigosas.

— Amira?

— Está bem. Eu vou ter cuidado — respondi, tentando parecer corajosa.

Mas, por dentro, eu estava aterrorizada.

Então, todos os dias, eu lavava as roupas dos homens e, na hora das refeições, eu comia sozinha no barraco. Eu tinha cuidado todas as vezes que precisava ir ao banheiro, e Clay sempre vinha comigo. Toda noite eu dormia ao lado de Clay. Era estranho, mas reconfortante também.

— Você sabe que ele gosta de você, não é?

A voz de Clay estava pensativa na escuridão, e me lembrei do que eu disse tantas noites antes para outro homem, para outra voz na escuridão, sobre ser mais fácil dizer a verdade quando a luz do dia desaparece.

— Quem? — perguntei, tensa.

Clay deu uma risadinha.

— Como se não soubesse sobre quem estou falando.

Encolhi os ombros na escuridão.

— Isso não faz a menor diferença agora. Além disso, eu já disse que foi apenas um momento de conveniência e nada mais.

Clay ficou em silêncio e não mencionou mais o nome de James.

Entrei em um mundo paralelo, onde eu me sentia descartável dos dois lados: Umar ficava me observando, mas nunca falava, e as visitas de Larson pareciam mais esparsas. Até mesmo Clay parecia fraquejar, e eu sabia que ele estava pensando quanto tempo mais precisaríamos ficar ali.

Umar ainda fazia sermões inflamados sobre o *Jihad* – a grande luta contra os governos opressores do Ocidente.

Eu ouvia, mas não reagia.

Ele fazia os sermões, e eu absorvia tudo.

— O que vocês precisam entender — disse ele no seu tom hipnótico com pronúncia correta e sotaque da realeza inglesa — é que o Ocidente não tem o menor senso de moral, nenhuma consciência. O governo americano está nas mãos dos republicanos, mas sua política externa é decidida por Israel. Os Israelitas querem atacar o Irã, mas então

EXPLOSIVO

vocês têm seu grande General Petraeus, o grande filantropo... — Ele riu da própria piada — ...que declarou que a presença do Irã no Iraque é um perigo ainda maior. Isso é uma falácia. — Seus olhos escureceram. — E enquanto essas chamadas potências mundiais lutam entre si, nós surgiremos em triunfo.

Seus discursos intermináveis falavam das injustiças que ocorreram no Oriente Médio, as crianças que foram assassinadas em ataques por gás tóxico pelo governo sírio, os bombardeios russos, os assassinatos dos americanos; e os olhos dele brilhavam de fúria enquanto detalhava os corpos apodrecidos que viu caídos em hospitais, as comunidades devastadas.

Ele brincava com as nossas emoções e como estávamos totalmente isolados do mundo, de qualquer outra perspectiva, seria muito fácil para alguém com raiva e nada a perder cair no feitiço dele.

Smith tentou me alertar logo no início que os terroristas me mostrariam seu rosto mais humano. Sua tristeza e raiva quando eu contasse sobre Karam seriam genuínas e todos teriam histórias semelhantes para contar.

— Meu pai foi prisioneiro em Guantánamo por doze anos — contou uma com voz amarga. — Minha infância acabou quando o prenderam. Ele era professor, mas acabaram com a mente dele com rituais de tortura e humilhação. Ele foi preso com ferro pesado e vendado, tendo que ficar em pé por horas seguidas, sem roupa, sem poder beber água nem dormir. Foi obrigado a beber água do mar até vomitar, e apanhou muito. — Ele apontou o dedo para o céu. — Essa é a justiça americana. Doze anos! Um inocente. Arruinado pela brutalidade ocidental. Eu digo que basta. Nós vamos nos erguer! Nós vamos ensiná-los o significado do medo. E o sangue dos infiéis banhará as ruas!

Enquanto ele falava, eu via tudo aquilo na minha mente, mas também via as imagens da CBS e da Fox News, mostrando os túmulos de homens, mulheres e crianças na Síria que foram assassinados aos montes pelo Estado Islâmico, a tortura, os estupros, os degolamentos no YouTube.

Ninguém ousava questionar Umar, e todos nós ouvíamos seus discursos, enquanto ele nos doutrinava sobre como pensar.

O braço direito de Umar era o homem assustador que Clay ouviu dizer que queria me machucar. Munassar era do Iêmen com a pele esburacada e bem baixinho, mas seu silêncio e olhar duro faziam me lembrar de Larson. Ele também era a única pessoa no acampamento, além de mim e de Umar, que não tinha nascido dos Estados Unidos.

E quando pensei naquilo mais tarde, era uma mistura estranha de pessoas. Exceto por Munassar, que me deixava nervosa, eram pessoas que realmente acreditavam que o governo não falava nem agia por eles e, desse modo, não tinham compromisso com as leis daquele país.

Adam, o antigo professor de Chicago, explicou para mim:

— O que você precisa entender, irmã — disse ele com as sobrancelhas erguidas e olhar apaixonado —, é que a nossa missão é motivo de orgulho e dignidade para essa nação. Chegou o momento de agirmos, eu estou preparado para morrer pelo meu país, para tornar a América um lugar melhor.

Eu ouvia e concordava, mas estava doida para perguntar a ele por que ele achava que tal sacrifício seria melhor do que ficar e continuar sendo um professor, educando mentes.

Fiquei surpresa de ouvir que ele tinha passado os últimos dois anos lutando na Síria e como agora ele queria compartilhar seus "conhecimentos".

Não me atrevi a perguntar que tipo de conhecimento era aquele.

Eu não me atrevia a falar muito, mas eu ouvia. E foi quando percebi a linha comum entre eles: a decisão de que a única forma estratégica de fazer os Estados Unidos ouvirem, como um jeito de conseguirem seus objetivos políticos e religiosos, era através do terrorismo.

Umar deu um sorriso bondoso, como se estivesse contando uma grande piada.

— Mate um, aterrorize dez mil — declarou com uma risada. — Nem fui eu que inventei isso. É um antigo ditado chinês. — Todos se juntaram ao riso dele.

Clay se aproximou mais de mim, talvez reconhecendo como eu estava me sentindo incomodada, ou talvez só se dando conta de como aquelas palavras me afetariam.

Mas foi Umar quem se dirigiu a mim:

— O seu marido tem muito orgulho de você — declarou ele, fazendo um gesto com a cabeça em direção a Clay.

Baixei a cabeça e permaneci em silêncio, imaginando aonde ele queria chegar.

EXPLOSIVO

— Eu conheci seu irmão — declarou Umar. — Na Síria.

Ergui a cabeça, olhei para ele e duvidei.

Ele franziu os lábios como se soubesse o que eu estava pensando.

— Ele estava no hospital nacional, não é?

Assenti, sem nada dizer.

— O seu irmão era um grande soldado. Você deve estar muito feliz por ele estar no Paraíso agora.

Engoli em seco, temendo discordar do nosso grande líder.

— Meu irmão não era um soldado. Ele era voluntário no hospital. Ele era aluno de medicina...

Umar deu um sorriso frio.

— Por certo que ele falaria isso para a *irmã* — explicou ele, com ênfase na palavra irmã que pareceu desdenhosa. — Mas eu conhecia o comandante dele. Disseram que ele lutou de forma honrosa, que era um verdadeiro guerreiro.

Senti o ódio crescer dentro de mim ao ouvi-lo falar sobre o meu irmão daquela forma.

— É claro que eu não o conheci como Karam Kousa naquela época — continuou Umar. — Ele se chamava Karam Soliman na época. — O sorriso dele era glacial, seus olhos brilhavam. — Mas tanta gente usava nomes falsos na nossa grande defesa de Raqqa.

O pânico me tomou por inteiro. Como é que ele sabia o nome verdadeiro de Karam? Será que suspeitava de mim? Será que ele suspeitava de Clay? Será que Clay tinha contado para ele? Ah, Alá, por favor, não permita uma coisa dessas. Ele devia estar mentindo sobre o meu irmão! Só *podia* ser.

O olhar de Umar ficou distante e frio.

— Nossos dias começavam com ataques aéreos cortando os céus logo ao amanhecer. Parecia que o vento aumentava e as bombas caíam. Depois, o mundo ficava em silêncio e o cheiro da morte subia e tomava as ruas, lotadas de corpos sem vida apodrecendo no calor do verão. — Ele se virou para mim. — Por que você mentiu sobre o nome do seu irmão?

O medo roubou o meu ar e prendi a respiração, esperando para ouvir as palavras que selariam o fim da minha vida.

Esperei, passando meus últimos momentos rezando por uma morte rápida.

Esperei pela condenação de Umar, que ele dissesse na minha cara que eu era uma mentirosa, uma infiel e que definisse se a minha morte seria rápida ou lenta, mas que seria logo.

— Sinto muito se menti — gaguejei. — Eu... Eu...

— Você deveria se orgulhar do nome do seu irmão! — admoestou Umar.

O golpe me acertou em cheio.

— Mas eu *sinto* muito orgulho dele!

Umar sorriu e se virou.

— Venham comigo, vocês dois — disse ele.

Nós o seguimos sem questionar o porquê, meus passos vacilantes e estranhos enquanto Clay estendia a mão para mim.

Não, não perguntamos para onde nem por quê, pois qualquer questionamento era proibido. E eu estava assustada demais pelo que Umar tinha dito.

Clay apertou os meus dedos e olhou para mim com um olhar preocupado, mas não disse nada.

Umar parou e gritou com dois subalternos, caminhando na frente e nos deixando para trás.

— Clay! — sibilei. — Ele *sabe*.

— Mantenha a calma, Amira — disse ele com voz firme, mas gentil.

— Mas ele sabe! Se ele sabe o nome verdadeiro de Karam, então, ele também sabe o meu. Como ele poderia não saber? Quem poderia ter contado para ele? Ele vai poder encontrar a minha família. Os meus pais e a minha irmã! Ah, Alá, o que foi que eu fiz? O que foi que eu fiz?

Clay agarrou os meus ombros e me sacudiu.

— Pare já com isso! Isso não significa que ele saiba sobre você, nem sobre nós. Isso só significa que ele sabe que você usou um nome falso. Mas ele também sabe que Karam existiu, então ele sabe que sua história é verdadeira. Isso pode ser bom para nós.

— Mas ele pode encontrar a minha família — choraminguei. — Eles não estarão mais em segurança.

Ele não teve a chance de responder porque Umar fez um gesto para o seguirmos.

EXPLOSIVO

Clay fechou o rosto.

— Aguente firme, Amira. Aguente um pouco mais. Vou dar um jeito de sairmos daqui. Eu juro.

Não acreditei nele.

Tudo que eu podia fazer era continuar, torturando-me com as imagens do que um homem como Umar poderia fazer com a minha família.

— Clay, meu irmão, eu escolhi você para um trabalho especial — declarou ele com um sorriso.

— Estou honrado com isso — respondeu Clay, baixando a cabeça.

Nós o seguimos em silêncio enquanto ele adentrava a floresta.

Eu estava desesperada para perguntar ao Clay para onde ele achava que estávamos sendo levados, mas ele franziu a testa e me lançou um olhar duro.

A trilha estreita era bem gasta, mas oculta por árvores grandes com folhas que estavam ficando avermelhadas enquanto o outono se aproximava.

Por fim a trilha se abriu e chegamos a outro acampamento, um conjunto de casebres, barracos e cabanas.

Já sabíamos que o acampamento era dividido em duas partes, mas, até agora, só tivemos permissão para ver uma parte. Talvez hoje fosse o dia que conseguiríamos descobrir alguma coisa e termos realmente alguma coisa de valor para relatarmos para Larson além dos nomes das outras pessoas que Umar recrutou — supondo que estivessem usando o nome verdadeiro.

Na calada da noite, Clay sussurrou palavras de encorajamento para mim. Disse que estávamos progredindo. Disse para eu continuar, que não tínhamos outra escolha.

Eu queria fugir, esquecer daquela loucura toda de dar um significado para a morte de Karam. Mas agora parecia que eu ia morrer também, no momento que Umar escolhesse.

Eu estava afundando no Inferno e não sabia como subir de volta.

Minha mente girava em várias direções, então fiz o que Clay me disse para fazer, porque eu era idiota, fraca e estava sem opções.

Porque eu tinha escolhido ir até lá e agora tinha que pagar o preço.

Quando entramos no segundo acampamento naquela tarde, notei várias diferenças entre o segundo, o primeiro e os seguidores de Umar nos dois grupos.

Havia nove jovens com menos de vinte anos ou pouco mais de vinte anos, que passavam a maior parte do tempo naquele local. Eu já tinha visto uns dois ou três bem rapidamente, mas nunca tinha falado com nenhum deles e eles ficavam na deles.

Umar regularmente pegava esse grupo e o levava para a floresta para estudarem. Ele disse a Clay que tinham negligenciado os estudos quando eram mais novos e que ele estava ajudando. Nós desconfiávamos que ele estivesse os ensinando a se tornarem mártires. Desconfiei que fôssemos encontrar homens-bomba ali.

Eles pareciam jovens e motivados pela ilusão e pelo ódio. Em Umar, eles encontraram o motivo perfeito para sua existência na Terra.

Era aterrorizante e muito, muito triste.

Descobrimos que Umar tinha treinado no Paquistão e no Iraque, e que tinha lutado no Afeganistão e na Síria. E que ele estava determinado a trazer o *Jihad* para os Estados Unidos.

— Clay, você vai acompanhar esses dois irmãos para comprar suprimentos. — Então, ele se virou para o mais jovem, um garoto pequeno e de porte fraco, que não devia ter mais de 17 anos. — Eiliad, encontre uma calça jeans e uma camiseta para o nosso irmão Clay.

O garoto fez um gesto para que Clay o seguisse e, então, se virou silenciosamente.

Não gostei muito de ver Umar nos separando daquele jeito, mas não havia nada que eu pudesse fazer a respeito.

— Irmã Amira, você também tem um trabalho.

Ele fez um gesto para eu seguir na frente dele, enquanto passávamos por vários barracos no pátio principal, mas, quando ele me levou para dentro de um deles, fiquei boquiaberta.

Mesmo com as janelas e portas totalmente abertas, o primeiro barraco estava tomado pelo cheiro de produtos químicos. Umar deu um sorriso orgulhoso enquanto me mostrou onde os ácidos, acetona e peróxido eram misturados. Observei em silêncio enquanto dois homens com máscaras e luvas empacotavam o pó em sacos do tamanho de um pacote de açúcar.

— Esses são destinados para os dispositivos maiores — explicou em

EXPLOSIVO

tom tranquilo. — Como pode ver, estamos usando esses tubos finos e colocando os cabos necessários para que sejam usados como detonadores.

Os dois trabalhadores ergueram o olhar por um instante, depois nos ignoraram, concentrando-se em silêncio.

Então, Umar me levou para o segundo barraco.

Em contraste com o primeiro, estava fervilhando de atividade, enquanto homens com macacões impermeáveis e máscaras enfiavam grânulos de fertilizante de sacos de uma tonelada em moedores modificados de café. O som da moagem abafava a maior parte das conversas gritadas, enquanto os grânulos viravam um fino pó que caía em sacos posicionados estrategicamente.

Todo mundo estava coberto de poeira dos moedores, mas enquanto eu observava, um deles se esforçou para levantar um saco, mas não aguentou o peso, deixando-o cair, e fazendo uma nuvem de pó se levantar. Ele reapareceu coberto de pó, branco como um fantasma, e todo mundo riu.

Eu estava na fábrica de bombas.

CAPÍTULO DEZENOVE

JAMES

Eu não via Smith desde o dia que ele tinha me largado lá, mas eu tinha passado muito tempo pensando em socar a cara dele se o visse novamente.

Ele deu um sorriso cauteloso e manteve-se afastado.

— Eu sei que você quer quebrar a minha cara agora, mas posso entrar sem correr o risco de brigarmos? Preciso conversar com você.

Eu o observei com cuidado, imaginando que nova merda ele me diria.

— Talvez. Vou decidir depois.

Ele assentiu.

— Beleza.

Ele entrou no quarto e se sentou na beirada da cama.

Vi as marcas de exaustão em volta da sua boca, as olheiras profundas que revelavam poucas horas de sono e muito estresse. Não, não senti nenhuma empatia.

Ele olhou para a minha cara de raiva.

— Precisamos da sua ajuda.

Aquilo foi tão inesperado que eu ri.

— Muito engraçado. Pode esquecer, seu filho da puta. Você me prendeu e me largou aqui há três semanas e...

— Clay desapareceu.

As minhas palavras de raiva morreram imediatamente.

— O que aconteceu? Defina "desaparecer".

Smith esfregou a testa.

— A última comunicação que tivemos foi há setenta e duas horas. Larson disse que Clay deixou o acampamento com dois homens da célula terrorista para comprar suprimentos. Isso geralmente leva entre sete e nove horas, dependendo da cidade que usam, mas, dessa vez...

EXPLOSIVO

— Clay não voltou.

— Não, e não tivemos mais notícias dele desde então. O último relatório de Larson foi que Amira foi levada para um segundo acampamento que ele acredita ser onde a fábrica de bombas está, mas ele não conseguiu se aproximar o suficiente para enxergar lá dentro, porém disse que o cheiro de produtos químicos é forte e quando os caminhões foram seguidos por outros agentes nós sabíamos que ele estava certo. Isso também está de acordo com as informações que recebemos de Clay anteriormente. Mas Larson achou que o seu acampamento tinha sido descoberto. Ele estava dormindo a alguns quilômetros da célula terrorista e caminhando todos os dias. Ele disse que teria que sumir... E foi a última notícia que recebemos dele. — Ele coçou a barba por fazer. — Amira não mandou nenhuma notícia desde que foi enviada para trabalhar na fábrica de bombas.

— O que significa que a última vez que você teve notícia dos seus espiões foi há uns... quatro dias.

Eles assentiu lentamente.

— Isso.

— E você está aqui me dizendo isso porque deve querer alguma coisa. Você é muito cara de pau.

Ele levantou a cabeça e enfrentou o meu olhar de raiva.

— Eu sei que você e Clay ficaram amigos.

Olhei para ele com nojo.

— Ficamos. Mas você o perdeu. Ele pode estar em qualquer lugar agora ou até...

Eu não queria dizer aquilo, mas nós dois sabíamos que as chances de ele estar vivo eram mínimas.

— Amira?

Smith negou com a cabeça.

Eu franzi a testa. Smith estreitou o olhar.

— James, ela está do nosso lado.

Eu olhei friamente para ele.

— "Eu os odeio", foi isso que ela me disse. "Eu os odeio tanto" e ela não estava falando de comida enlatada.

— James, cara...

— Prove. Prove para mim que ela não é a sua informante. Prove que Larson não é o seu informante.

Ele fez uma careta.

— Não é tão simples assim.

— Nunca é com você.

Ele abriu a sombra de um sorriso.

— Justo. Olha só, James, nós não podemos obrigá-lo a ajudar, mas vou contar tudo que eu sei, responder às perguntas que puder e aí você decide.

Fiquei olhando para ele com cautela. Eu não confiava mais nele, e definitivamente não acreditava que fosse me contar tudo, mas me preparei para ouvir a história.

— Nós monitoramos Amira por muito tempo, mais de um ano, desde que seu irmão mais novo, Karam, começou a dar sinais de que iria para a Síria. Para ser sincero, nós achamos que recrutaríamos a irmã dela, mas foi assim que as coisas acabaram.

— Recrutá-la para o quê?

— Exatamente o que lhe contei no avião no dia que nos conhecemos: para se infiltrar em uma célula terrorista que parecia ter uma fábrica de bombas em solo norte-americano, o que sabemos agora que foi exatamente o que fizeram. Clay conhecia a história dela e estava lá para mantê-la em segurança. Ela é a nossa espiã mais valiosa.

— Mas... Isso não faz o menor sentido — disse eu, mais confuso do que nunca. — O irmão dela foi assassinado em um bombardeio cometido por *drones* americanos. Ela odeia vocês, ela mesma me disse. Como você pode confiar nela?

Ele negou com a cabeça.

— Não. Você está errado. Ela odeia o *Daesh* e tudo que eles representam. Você realmente acha que nós recrutaríamos alguém que pudesse ser convertido? Não. Ela odeia a guerra. Ponto. Evitar que atrocidades poderiam ser cometidas aqui nos Estados Unidos é algo que fez com que acreditasse que valeria a pena arriscar sua vida. Ela é para valer mesmo, James. Uma patriota.

A certeza dele me fez parar para pensar e repassei as palavras dela novamente: *eu os odeio, eu realmente os odeio.* Presumi que ela estivesse se referindo aos militares dos Estados Unidos, mas agora que pensava nisso, suas palavras poderiam ter outra interpretação.

E aquilo mudava tudo. Se Smith estivesse falando a verdade.

— Você acha que vou cair nessa? — perguntei. — Você acha que não sei quando alguém está querendo me enganar? Eu não acredito em nenhuma palavra que você acabou de dizer. Você provavelmente nem é da CIA. Eu não faço ideia de quem você é.

Smith me olhou intensamente.

— Eu sei que você e Amira se tornaram... próximos.

As palavras dele despertaram lembranças do corpo dela sob o meu, lembranças que eu lutava para esquecer desde então.

— Ela não teria lhe contado sobre o irmão se não fosse isso. Francamente, ela não deveria ter contado isso para você. Se ela tivesse mantido a boca fechada, não teríamos sido obrigados a detê-lo. — Ele deu um sorriso sombrio. — Mas acontece que isso acabou sendo uma vantagem.

Ele parecia bem convencido, mas eu ignorei o fato.

— Então, solte-me — disse eu, cruzando os braços. — Você não tem motivos para me manter preso.

Ele fez uma careta.

— Eu já disse para você que não é simples assim. Nós realmente precisamos de você, James. Se você não fizer isso por Amira, o que muito me surpreende, faça por Clay.

Ele estava acabando com as minhas defesas. Eu não sabia no que acreditar. Se qualquer um tivesse me dito trinta minutos antes que estaria considerando ajudar Smith, eu teria rido da cara dessa pessoa.

— Vamos repassar o cronograma dos eventos — pedi de má-vontade.

Ele esfregou o rosto e se sentou na cama de novo.

— Clay e Amira conseguiram se infiltrar sem problemas na célula terrorista como marido e mulher três semanas atrás...

Um ciúme estranho pareceu percorrer minhas veias.

— O quê? O que você quer dizer "como marido e mulher"? Esse nunca foi o plano. Eles nem deveriam se conhecer. Por que mudar?

Smith franziu a testa.

— Pelo mesmo motivo que você foi recrutado.

— Por causa do informante?

— Isso. Precisamos mudar as histórias para despistar o informante pelo máximo de tempo possível.

Ele suspirou.

— No início, os relatórios eram regulares, e Larson estava conseguindo muitas informações básicas. Os terroristas estavam certamente conseguindo material para fabricar bombas caseiras, mas, então, Clay sinalizou que algo grande estava acontecendo e que ele estava tentando obter mais detalhes – uma data, um alvo, algo. Ele sumiu no dia seguinte e nós não tivemos mais notícias de Amira. Como eu disse.

— E quanto a Larson?

— Nada.

Eu me encostei na parede e cruzei os braços.

— Você conhece Larson muito bem?

Smith contraiu os lábios com irritação.

— Tão bem quanto eu me conheço. Ele não é o informante.

Esfreguei o queixo.

— Então onde ele está? Ele pode ter sido capturado e estar contando tudo agora.

Smith negou com a cabeça.

— Ele está vivo, mas está escondido.

— Como você sabe?

— Porque ele é duro de pegar ou de matar. E porque ele disse que talvez tenha sido comprometido na última transmissão. Pode acreditar, Larson ainda está por aí.

Aquilo tudo era inacreditável.

— Você quer que eu confie em você? Estou mais propenso a arrancar o meu próprio pé.

Ele riu. Deu a porra de uma gargalhada bem na minha cara.

— Eu não sabia que você era tão rancoroso, James. Mas precisamos de você.

Eu o ignorei.

— Eu não sou das Forças Especiais! Chame uma equipe de SEALs para extraí-los. Alguém treinado para essa merda!

— Não, por dois motivos. Não queremos extraí-los se eles ainda são espiões viáveis e puderem obter informações. E como é uma fábrica

EXPLOSIVO

de bombas, eu quero você lá. — Ele franziu a testa. — Eu não posso obrigá-lo e sei que não sou sua pessoa favorita no momento, mas nós realmente precisamos de você. Seu amigo precisa de você. — Ele pressionou os lábios. — Amira precisa de você.

CAPÍTULO VINTE

AMIRA

— O que você acha? — perguntou Umar, seus olhos escuros brilhando.
— Incrível — consegui responder.
— É mesmo, não é? Nós conseguimos produzir explosivos de alta qualidade aqui. Acho que isso pode funcionar muito bem pra você.

Ele levantou uma das sobrancelhas, como se estivesse esperando uma resposta.

— Obrigada — agradeci com voz fraca, olhando desesperadamente em volta procurando por Clay.

— Ah, você está procurando o seu marido. Temo que ele já tenha partido — declarou Umar com voz branda. — Ele vai ficar longe por alguns dias, mas você logo vai vê-lo.

Achei que eu fosse vomitar. Nas últimas semanas, Clay tinha sido a minha rocha – agora estava sozinha com um assassino de sangue frio, um homem cujos sonhos doentios o faziam querer matar o maior número de pessoas da forma mais eficiente possível. Nunca senti tanto medo.

A burca escondeu a minha expressão, mas fiquei parada ali, sentindo os joelhos tremerem, antes que Umar decretasse o que aconteceria em seguida.

Ele sorriu, eu parecia ser feita de papel de seda e ele conseguia enxergar dentro de mim.

— Bem, agora que isso foi esclarecido — disse ele, batendo as mãos.
— Vejamos se você foi bem-treinada.

A partir daquele momento, comecei a fazer dispositivos explosivos improvisados. Ficava esperando que Umar dissesse alguma coisa sobre Clay, mas era como se ele nunca tivesse existido. Quando reuni coragem para perguntar, recebi uma resposta atravessada de que ele tinha ido bus-

EXPLOSIVO

car suprimentos. Eu sabia que não podia ser aquilo – ele já estava fora havia tempo demais. Eu estava completamente sozinha.

Eu estava presa ali.

Depois disso, ninguém mais falou comigo, a não ser para gritar ordens.

Naquela primeira noite, eu comi sozinha e fiquei acordada a maior parte do tempo, esperando que eles me arrancassem da cama, me interrogassem e, depois, me matassem.

Eu não tinha medo de morrer – não tinha mesmo. Mas ficava aterrorizada ao pensar nos momentos que levariam à minha morte. Eu sentia medo da dor que parecia ser o meu destino.

Quando pensei que todos estavam dormindo, tentei deixar o acampamento para mandar uma mensagem para Larson, mas um guarda de olhos frios me mandou de volta para o meu canto solitário no chão da fábrica de bombas, onde eu dormia todas as noites, encolhida na posição fetal em cima de um colchão no canto, tremendo de frio e de medo.

Na manhã seguinte, fui até a floresta para fazer as minhas necessidades, percebi que estava sendo vigiada e, depois disso, nunca mais fiquei completamente sozinha. Larson disse que não podíamos deixar nenhuma mensagem por escrito, nada que pudesse ser incriminador e não conseguia ver nenhum sinal dele – mas eu não esperava nada de diferente.

No terceiro dia, deixei uma mensagem na areia: o nome de Clay com um coração partido em volta. Eu esperava que Larson entendesse como se eu estivesse preocupada.

Mas nada mudou, nada aconteceu e eu passava os dias trabalhando na fábrica de bombas. Eu tinha muito tempo para pensar.

Hora após hora, eu mergulhava mais fundo no medo e na paranoia. Não havia ninguém em quem confiar e nenhuma escapatória.

Onde Clay estava? O que estava acontecendo com ele? Será que ele tinha me abandonado? Eu estava ali sozinha? Onde Larson estava? Será que ele viria quando eu precisasse dele?

Nos dias bons, eu me convencia de que poderia confiar neles, que tudo daria certo. Nos ruins, tinha certeza absoluta que os dois estavam mortos e que não demoraria muito para eu ter o mesmo destino.

Fiquei pensando constantemente na informação de que Karam poderia ter se envolvido em mais do que serviço voluntário no hospital, como

Umar insinuara. Na minha cabeça, repassei todos os e-mails que meu irmão tinha enviado, procurando alguma pista, qualquer dica que Umar estivesse falando a verdade sobre ele. Eu não conseguia acreditar – mesmo assim, ele sabia o nome do meu irmão. O nome verdadeiro. Não parecia possível que o meu irmão bom e gentil poderia ser um aliado do Estado Islâmico. Ou, para ser sincera, eu não conseguia acreditar. Talvez isso fosse só uma forma de Umar retorcer a verdade para se encaixar em seus planos. Eu queria descobrir o que era verdade e o que era mentira. Eu queria muitas coisas, mas não chegava a nenhuma conclusão.

Então, eu trabalhava.

Como as minhas mãos eram pequenas, eu era a responsável por colocar os detonadores nos finos tubos. Eu rapidamente fiquei bastante apta, usando tudo que me lembrava do treinamento. Umar ficou muito satisfeito comigo.

Ele me deu uma própria bancada para trabalhar e concordou que poderia usar o meu *niqab* ao invés da burca para que eu enxergasse melhor.

Achei isso irônico.

Trabalhávamos 15 horas por dia, parando apenas para comer e fazer as orações. Minhas costas e mãos doíam, meus olhos ardiam por causa do cheiro dos produtos químicos e eu sentia uma dor de cabeça constante.

Os outros homens ignoravam completamente a minha presença. Conversavam abertamente na minha frente sobre os planos grandiosos de Umar, sobre o "grande ajuste de contas" ou "Dia do Julgamento" que estava chegando e me preocupava o fato de eles falarem tudo na minha frente. Eu claramente não era considerada uma ameaça para eles – eu era insignificante.

Eu ainda não sabia o que Umar estava planejando, quando e nem qual seria o alvo. Parecia que fariam vários ataques, provavelmente simultâneos.

Eu rezava para estar errada.

Eu sabia que estava certa.

Então, uma noite, quando a minha roupa e o meu cabelo fediam a produtos químicos, a exaustão me deixou fraca e o sofrimento me deixou sem esperança, Umar veio me buscar.

JANE HARVEY-BERRICK

CAPÍTULO VINTE E UM

JAMES

Eu sabia que estava sendo manipulado – e aquilo estava funcionando.

— Alguém já disse que você é um grandíssimo filho da puta?

Smith encolheu os ombros.

— Não importa o que você pensa de mim. Você quer ajudar os seus amigos ou não?

Quando ele sentiu que eu estava cedendo, seus olhos brilharam, mas ele teve que enfiar o dedo na ferida.

— A missão de resgate vai seguir com você ou sem você, acredite em mim ou não. Nossas chances são... razoáveis, mas as nossas chances de sairmos vivos aumentam consideravelmente se você vier com a gente.

Ele sabia que aquele era um golpe baixo. Cedi.

— Qual é o plano?

Ele assentiu e um sorrisinho apareceu na sua boca, mas vi alívio na sua expressão também.

Um dos homens parados perto da porta para o caso de Smith precisar de apoio entregou a ele um laptop. Smith o colocou em cima da mesa e mostrou um mapa.

— Esse é o último local conhecido. Uma lugar remoto na zona rural da Pensilvânia, mas a uma distância de apenas noventa minutos de carro para Pittsburgh ou para Filadélfia. Fica a duas horas daqui.

— E onde é aqui, agora que somos todos amiguinhos de novo?

Smith deu um sorriso.

— Você está em um dos nossos esconderijos nos arredores de Nova York. Bem-vindo!

— Porra.

Ele riu e voltou a atenção para o computador.

— Tudo indica que o ataque será aqui, em Pittsburgh ou Filadélfia. Talvez as três cidades simultaneamente. Mas estamos supondo que eles não vão querer transportar uma grande quantidade de explosivos para muito longe. Além disso, estão fazendo estoques nesses locais. — Ele apontou para vários bairros nas cidades que mencionou. — Estamos vigiando todos esses lugares, mas pode haver outros que não sabemos.

Sua frustração ficou bem óbvia e eu entendia bem. Eu já fui responsável por ficar recebendo relatórios em uma missão em Londres quando uma célula terrorista foi descoberta. Algumas informações foram boas, outras não, e tão erradas que vidas foram perdidas no processo.

— Nós sabemos alguma coisa sobre esse grupo? Sobre que tipo de ataque eles devem escolher?

— Um pouco, mas não o suficiente. Conseguimos identificar o líder como um britânico chamado Umar Khalidi. Ele estudou em Oxford e fez pós-graduação em Harvard. O pai dele foi preso em Guantánamo, e ele já estava na lista de atenção do MI5/MI6. Ele tem um ódio particular por instituições de ensino, então o alvo poderia ser uma escola ou uma faculdade, mas também poderia muito bem ser um shopping ou algum ponto simbólico como o Sino da Liberdade, o WTC, o Museu do 11 de setembro. Enfim, qualquer lugar.

— Isso não facilita muito as coisas. Merda.

Ele fez uma careta.

— Já alertamos as agências dessas cidades. O nosso trabalho é descobrir o que está acontecendo nos dois acampamentos. Eu tenho pensado muito em como podemos fazer uma operação aqui. Normalmente envolveriam três homens: um motorista, uma pessoa para dar cobertura e um comandante. Nós entramos como uma força de reação rápida, fazendo as Forças Especiais entrarem em ação se tudo der errado, pois precisamos impedir que a célula se divida e as pessoas fujam.

— Você se esquece que os três caras da equipe vão ter uma vida bem curta se forem pegos sem a força de reação rápida.

— Eu vou ser o comandante da equipe — declarou ele. — Clay é seu amigo e Amira é... Mas Larson, salvou a minha vida. — Ele fez uma pausa. — Você está dentro?

Algo dentro de mim gritou que aquela era uma péssima ideia em uma carreira de oficiais de comando e vários anos escolhendo o lado errado de discussões.

A última vez que tive um pressentimento tão ruim, acabei no hospital por um mês com estilhaço do osso do meu melhor amigo no meu braço.

Esfreguei a cicatriz esbranquiçada no meu braço.

— Pode contar comigo. Agora conte tudo o que eu não sei.

Smith assentiu e pediu para os outros homens trazerem comida e café. Aquela seria uma noite bem longa.

— Primeiro de tudo — começou ele. — Eu não sou do FBI. Essa operação está fora da jurisdição deles.

Levantei as sobrancelhas.

— Você quer dizer que não é autorizada? — Smith ficou olhando para mim. — Puta merda! Você tem autorização para fazer essa operação?

Ele pensou antes de responder:

— Os agentes federais estão com medo. Estão preocupados com questões legais.

Que merda. Eu era um soldado e dar direitos aos futuros terroristas era difícil de engolir.

— Então, você é da CIA?

Smith sorriu.

— Algo do tipo. As pessoas para quem eu trabalho preferem ficar longe do radar...

— O que significa que é uma Operação Secreta?

Ele encolheu os ombros.

— Se você quer dar um nome.

Eu sabia que ele não me daria mais informações sobre quem estava no comando da operação.

— E onde Amira entra nisso tudo?

— Ah, a linda Amira.

Ele riu, o que me deixou puto da vida.

— A história que criamos para ela é bem perto da vida real. Ela realmente é uma enfermeira de emergência e o irmão dela realmente morreu na Síria. Ele era um aluno de medicina da UCSD e foi quando ele chamou a nossa atenção. Havia um grupo na universidade trabalhando para radicalizar os alunos. Vários alunos que andavam com ele foram para a

Síria para lutar do lado do *Daesh* naquele verão. Karam foi com eles, mas achamos que a intenção dele era trabalhar com medicina. Foi o que ele contou para a família e parecia estar sendo sincero.

Smith suspirou.

— Quando ele chegou à Síria, as coisas ficaram difíceis. Ele com certeza era um voluntário no principal hospital de Raqqa, mas não está claro que ele também foi recrutado pelo *Daesh* naquele ponto. Suspeitamos que tenha sido coagido a entrar para o grupo. Para eles é sempre um grande golpe quando conseguem estrangeiros para lutar, principalmente da Europa e dos Estados Unidos. Nós perdemos o rastro dele depois disso até a sua morte. Nós certamente teríamos começado a vigiá-lo se ele tivesse voltado.

— Então, quando ele morreu, sua atenção se voltou para a família dele?

— Exatamente. Achamos que a irmã mais nova seria mais suscetível a uma abordagem, mas, na verdade, foi Amira que nos procurou.

Fechei os olhos, parte de mim não queria ouvir o que viria a seguir.

— Você ficaria surpreso de ver como ela era, na época, James. Sem burca, nem *niqab*, nem mesmo um lenço no cabelo. Ela era exatamente como muitas muçulmanas modernas nos Estados Unidos. Respeitosa em relação à fé e à família, mas querendo ter uma vida e uma carreira além disso. Ela é uma mulher forte e muito corajosa. Largou toda a sua vida para nos ajudar. Ela queria dar um significado à morte do irmão. E nós lhe demos um jeito de fazer isso.

Eu ri, sem me impressionar.

— É, você pegou alguém de luto pela morte do irmão, alguém vulnerável para manipular para servir aos seus propósitos.

Smith nem se deu ao trabalho de negar.

— Exatamente.

— Filho da puta.

Ele lançou um olhar sério.

— Essa célula terrorista quer plantar diversas bombas nos Estados Unidos. Então, nossa obrigação é fazermos o nosso trabalho. Custe o que custar.

Discutir àquela altura não ia nos levar a nada.

— O que mais você sabe sobre a célula terrorista?

Ele abriu um mapa do laptop.

— Dois campos, a cerca de cinco quilômetros de distância. O primeiro é onde dormem, comem e rezam; o segundo é a fábrica de bombas. Clay nos contou que um caminhão chega a cada três dias e remove um quarto de tonelada de bombas caseiras assim como detonadores.

Meu Deus.

— Mas graças a essas informações, conseguimos rastrear cada entrega e estamos de olho. Sabemos onde os explosivos estão sendo armazenados e as pessoas que estão envolvidas, mas pode existir algum local que não descobrimos. Entregas feitas antes dos espiões entrarem no acampamento. Estamos esperando o momento certo, quando tivermos certeza de que não deixamos nada escapar. Ainda não sabemos quais são os alvos nem quando os ataques vão ocorrer. Mas a gente já estava achando que seria logo pelo jeito que estão armazenando as bombas. E, então, o fluxo de informações foi interrompido, o que significa que ficamos sem tempo. Os explosivos estão sendo guardados em lojas e casas nos arredores da capital do país, outro agrupamento em torno de Nova York, e um terceiro perto de Pittsburgh. Parece bem claro que essas cidades são os alvos.

Ele me mostrou mais três mapas no laptop, indicando onde as bombas estavam sendo armazenadas. Era um alívio saber que o Esquadrão Antibombas sabia disso e tinha os meios para tirá-las das ruas.

Eu me virei para olhar para Smith.

— Então essas são as informações que você conseguiu com Clay e Amira?

— Isso. Quando soubemos do segundo campo, teríamos seguido os caminhões saídos de lá, mas só sabemos das bombas e dos detonadores porque eles nos contaram. Nunca estivemos tão próximos assim.

Esse foi o jeito de Smith me dizer que a operação estava valendo a pena na opinião dele.

— Então você acha que Amira e Clay ainda estão vivos?

Ele olhou nos meus olhos, enfrentando a dureza do meu olhar.

— Para ser sincero? Eu não sei, mas se estiverem, cada segundo é crucial para os tirarmos de lá.

Soltei a respiração que eu nem sabia que estava prendendo.

— Então o que nós estamos esperando?

Smith fez um gesto para mim.

— Só estou me certificando de que podemos contar com você. Vamos nos arrumar. Do que você precisa?

Então, o bipe chamou sua atenção e ele pegou um *pager* no bolso do casaco.

— Merda! É o Larson! Ele encontrou o Clay. Isso não é nada bom. Ele está mandando as coordenadas e está dizendo que vai atrás de Amira.

Senti como se tivesse levado um choque no corpo inteiro.

Se Clay tinha sido comprometido e agora Larson estava indo atrás de Amira, então as chances dele eram mínimas. Olhei para Smith – sabíamos que Larson estava sem saída. Nosso tempo tinha se esgotado.

Eu me levantei rapidamente, mas, então, fiquei me perguntando qual seria o significado da mensagem. Larson ia atrás de Amira para salvá-la?

Ou para matá-la?

CAPÍTULO VINTE E DOIS

AMIRA

Mãos duras me agarraram, levantando-me. Eu gritei e lutei, mas a mão do homem atingiu o meu rosto com tanta força que vi estrelas, enquanto a dor se espalhava pelo meu rosto.

— Pare de lutar, Amira — disse Umar com voz suave e sibilante, sussurrando contra a minha pele. — Você foi escolhida para um feito de grande honra. Você está prestes a se tornar uma verdadeira soldada do Estado Islâmico.

Ele riu e o som me provocou um frio na espinha.

Foi quando eu soube que morreria.

Eu chutei e gritei, lutando com todas as minhas forças, mordendo e esperneando, mas quando um punho ou um coturno acertou o meu peito, fiquei sem ar. Eu me encolhi e mais golpes acertaram as minhas costas, quadris e braços, enquanto eu tentava proteger a cabeça.

Não sei por quanto tempo aquilo durou antes de eu quase perder a consciência. Então, eles amarraram as minhas mãos bem apertadas, a corda cortando a minha pele e um pano foi enfiado em minha boca, provocando ânsias de vômito.

Tonta e enjoada, fechei os olhos e rezei.

Karam, meu lindo irmão. Sinto muito. Nós provocamos muita confusão. Eu fiquei com tanta raiva quando você morreu, e estou zangada há muito tempo agora. Eu queria tanto fazer alguma coisa para ajudar, dar um significado à sua morte — mas não há nenhum significado em nada disso. Sinto muito, sinto muito mesmo! Eu não sei o que isso vai fazer com os nossos pais, com Zada. Não foi assim que imaginei que seria. Eu perdoo você, Karam. E espero que você me perdoe.

E, então, pela primeira vez, desde a morte do meu irmão, eu rezei para Alá, tentando encontrar um pouco de paz dentro do som da guerra.

Não sei se as minhas palavras chegariam tão longe, mas eu esperava que sim.

Gostaria de poder ver James uma última vez. Eu já o tinha perdoado havia muito tempo por ter partido sem se despedir. Ele tinha sido gentil e bondoso quando precisei de gentileza e bondade, e o perdoei por ter sido o homem errado no momento errado. Talvez também pudesse me desculpar.

Eu fui puxada para cima, sendo levantada pelos dois braços enquanto era arrastada em direção a um caminhão com janelas cobertas.

De repente, quatro tiros soaram e os homens que me carregavam se jogaram no chão.

Clay? Larson?

No meu medo e confusão, vagamente me lembrei do meu treinamento com armas: os quatro tiros pareciam ter saído do cano duplo de uma 45, a arma que Larson usava. Caí de joelhos no chão enquanto o sangue deles empoçava à minha volta. Gritos e berros, e, então, os disparos rápidos de uma metralhadora automática e o som de cartuchos caindo no chão.

Consegui me arrasar para longe, seguindo para a floresta, mas estava me movendo devagar, tão devagar.

Então, a figura enorme de Larson surgiu do bosque ao meu lado, o rosto dele pintado com lama e sujo de sangue seco.

Tentei acelerar o passo, pedras e pinhas ferindo as minhas mãos e meus joelhos nus enquanto cambaleava, mas eu me movia dolorosamente devagar, cada centímetro custando muito tempo. Eu quase o tinha alcançado quando o rosto dele endureceu e uma enorme pistola preta pareceu apontar diretamente para mim, mas as balas passaram por sobre a minha cabeça, acertando quem quer que fosse que estava atrás de mim com um baque.

— Venha logo! — berrou ele para mim, frustrado com o meu avanço lento.

E, então, ele estava voando de trás da moita, suas coxas imensas, impulsionando-o enquanto ele mergulhava para frente, forçando o meu corpo contra o chão com um golpe pesado. Senti o corpo dele tremer duas vezes, mas eu mal conseguia respirar, sufocando com o peso morto que cobria o meu corpo.

Quando ele saiu de cima de mim, tentei gritar, mas o pano na minha boca abafou o som.

Senti ânsia e o vômito começou a encharcar o trapo e a sair pelo meu nariz.

Larson tinha sido mortalmente ferido. Estava caído no chão, enquanto o sangue jorrava de dois buracos de bala que coloriam sua camiseta. Seus olhos estavam abertos e ele piscou lentamente.

Vi quando seus olhos se abriram, a poça de sangue ficando mais escura à sua volta.

Engatinhei até ele e tentei pegar a mão dele. Queria dizer que sentia muito por ter duvidado dele, que sentia muito por tudo que o tinha levado até aquele momento, que eu sentia muito por tudo.

Mas, então... ele simplesmente morreu, e eu vi o instante em que o seu espírito deixou seu corpo.

Umar estava furioso.

— Quem é este? De onde ele veio? Alguém me diga quem ele é! Onde estão nossos sentinelas? Vou esfolá-los vivos por isso.

Ele descontou a raiva chutando o corpo sem vida de Larson. Fechei os olhos quando o coturno acertou o rosto de Larson, quebrando o nariz.

Não acho que tenha sido com a perda dos seus "soldados" que Umar se preocupava, mas com o fato de não poder interrogá-lo.

— Quem é ele? — berrou na minha cara, enquanto o cuspe acompanhava cada palavra raivosa.

Ele agarrou os meus ombros brutalmente, sacudindo meu corpo até meus dentes baterem.

— Quem é ele?

Ele me deu uma bofetada com tanta força que eu caí no chão.

Ele puxou o trapo da minha boca e apontou a arma para mim.

— Quem. É. Ele?

E, então, eu vomitei de novo, bem em cima dos coturnos dele.

Ele xingou e me deu um soco na cara e, quando cuspi o sangue, um dos meus dentes caiu na terra bem na minha frente.

EXPLOSIVO

Eu estava machucada e desorientada, provavelmente com alguma concussão, e eu não ia dizer nada para eles.

Umar mandou que um dos seus homens cobrisse a minha cabeça com um saco e me jogasse no banco de trás do caminhão e minha cabeça bateu com força na porta.

Meus joelhos foram empurrados para trás e um homem se acomodou do meu lado, suas mãos grossas passando pela parte interna da minha coxa e beliscando a pele fina até eu gritar. Isso o fez rir. Reconheci a voz de Munassar.

Ele puxou a minha calcinha e enfiou os dedos em mim, forçando e causando dor, gostando dos gritos que arrancava da minha garganta.

Gritei quando senti o corpo dele em cima de mim. Sua ereção forte pressionando o meu estômago.

Foi quando eu quis morrer.

CAPÍTULO VINTE E TRÊS

JAMES

Eu saí da minha prisão pela primeira vez em quase um mês, sentindo-me embevecido com a liberdade, mas o medo abafou a sensação.

Eu era obrigado a dar crédito ao Smith e sua equipe porque estávamos equipados e a caminho em menos de meia hora. Eles eram bons – ou Smith sabia que eu iria concordar em ajudar e já tinha vindo preparado, o que era mais provável.

Quando atravessamos as ruas iluminadas com luzes de neon dos subúrbios de Nova York, Smith recebeu uma série de ligações com informações atualizadas.

Ele franziu a testa e olhou para mim.

— O que mudou?

— Tivemos notícias de Clay. Ele está ferido, mas consegue se comunicar. — Ele fez uma pausa. — Ele foi torturado.

— Puta merda!

— Isso resume bem o sentimento. Pelo que disse, era para ele ter sido morto, mas se descuidaram. Larson conseguiu acabar com eles, mas teve que deixar Clay para trás e ir atrás de Amira. Vamos pegar um helicóptero. Não precisamos correr porque estavam desmontando o acampamento quando Larson foi pegar a sua garota.

— Os terroristas já devem ter sumido há muito tempo agora!

Ele me lançou um olhar sério.

— Nós vamos trazer nossa equipe para casa.

— Você está colocando muita fé em Larson — disse eu, pronunciando as palavras que estavam na minha cabeça.

— Estou mesmo.

Dez minutos depois, chegamos a uma pista particular para pousos e decolagens onde um helicóptero tático nos aguardava junto com uma equipe reforçada das Forças Especiais.

Recebi uma armadura, um capacete, uma nove milímetros e um fuzil M4.

Smith apertou a mão do líder da equipe e, então, partimos, subindo rapidamente enquanto a cidade de Nova York ficava para trás.

Percebi que Smith estava preocupado. Clay estava vivo, mas parecia bem mal e não tínhamos recebido nenhuma notícia de Larson nem de Amira.

Mas nós tínhamos que tratar isso como qualquer outra operação: deixar os sentimentos de lado e fazer o trabalho. Então foi o que fiz. Passei o voo pensando no que eu poderia encontrar na fábrica de bombas com base nas informações que tinha recebido até agora, e que passos precisava tomar para torná-la segura. Mais cinco técnicos em munição teria sido um ótimo começo.

Enquanto sobrevoávamos o interior, as cidades iam ficando menores e havia menos carros na estrada. Não demorou muito para estarmos sobrevoando copas de árvores, quando o helicóptero de repente tombou para a esquerda para podermos descer por rapel.

Segui a equipe enquanto eles cercavam uma cabana pequena, mas não havia resistência e a porta agora estava aberta. Eu vi Clay.

— Por que vocês demoraram tanto? — perguntou ele com voz fraca, mas o sorriso era o mesmo.

— Estava assistindo a umas reprises na TV, cara — respondi, agachando-me do lado dele.

Ele deu uma risada rouca quando passei uma garrafa de água para ele.

As mãos dele tremiam, e precisei ajudá-lo a segurar a garrafa contra os lábios.

Havia queimaduras de cigarro por todo o seu corpo e, considerando as outras marcas de queimadura que vi, ele também levou choques elétricos.

O rosto dele estava ensanguentado e ferido, seus olhos quase fechados pelo inchaço, com sangue escorrendo de um corte no supercílio.

— Eu sei — disse ele, olhando de lado através das pálpebras inchadas. — Você sempre sentiu inveja da minha beleza.

— Muita inveja. — Dei um sorriso triste.

Ele tentou retribuir, mas fez uma expressão de dor.

— Estamos seguros, não há inimigos aqui — disse o líder da equipe de Operações Especiais para Smith.

— Alguma notícia de Larson? — perguntou Clay, cheio de esperança, sua voz ficando mais forte. — Ele foi um colírio para os meus olhos quando entrou aqui. Ele derrubou três homens com três tiros. Os corpos devem estar lá fora.

O líder da equipe assentiu e levantou quatro dedos.

— Merda! Quatro? O seu homem é bom mesmo, Smith.

Smith deu um sorriso seco antes de se abaixar ao lado de Clay.

— Larson me disse que teve que mover o acampamento há quatro ou cinco dias. Não sei há quanto tempo estou aqui, mas me trouxeram para cá no dia em que me separaram de Amira. Ele me disse que teve que ficar em movimento, mas falou que eles estavam usando medidas eletrônicas de defesa para impedir que ele reportasse informações. Ele não queria sair daqui deixando Amira e eu para trás em uma situação ruim. — Ele suspirou. — Os terroristas só se distraíram ontem à noite quando começaram a arrumar as coisas para irem embora.

Smith assentiu, então, levantou-se para ouvir o relato do líder da equipe.

— As equipes B e C não relataram atividades nem no primeiro nem no segundo acampamento terroristas. Só um corpo. Um homem IC1 não identificado, dois tiros no peito. Eles o estão trazendo para cá agora. De contrário, os campos estão completamente vazios, senhor.

Smith praguejou e eu vi um brilho de sofrimento nos seus olhos.

— Você acha que foi o Larson?

Ele não respondeu, mas ficou olhando pela janelinha.

— Chegamos tarde demais — declarou em tom amargo.

— Eles estão com Amira?

— Parece que sim. Conte-nos tudo, Clay.

Ele assentiu bem devagar.

— Isso é o que eu sei: diversos alvos. Eles vão começar com universidades da Ivy League hoje, então não temos muito tempo. Eles reclamam de privilégios dos brancos e racismo institucionalizado. Definitivamente odeiam essas instituições. — Ele franziu a testa. — As equipes

EXPLOSIVO

precisam procurar dispositivos que caibam em uma mala ou mochila, mas maiores do que uma pasta masculina. Pelo que eles estavam falando, não apreciam ser carros-bomba, mas algo menor, fácil de ser levado para o campus. Eu não sei se seriam todas as universidades da Ivy League, mas poderia ser.

— OK — disse Smith, começando a falar no seu comunicador.

— Espere! Tem mais coisas. — Clay olhou para mim. — Eles estão falando sobre "a mulher" e eu presumi que fosse Amira, mesmo que nunca tenham dito o nome dela. Vão mandá-la para Nova York com um colete-bomba.

Clay olhou para a minha expressão horrorizada.

— Eu sei, James. Eu sei. — Ele se virou para Smith. — Eles ficavam dizendo "ela vai para Square" e eu imagino que seja para a Times Square, mas eu posso estar errado.

— Quando?

Ele balançou a cabeça, seus olhos se anuviando com o esforço.

— Hoje.

Olhei para o Smith.

— Ela não vai fazer isso porque quer — disse ele, a voz cheia de certeza. — E agora, Nova York está prestes a ter um problemão.

Clay assentiu em concordância.

— Vou mandar a descrição dela para a polícia e dar o alerta — disse Smith. — Mas também vou dizer para eles ficarem alertas para mulheres usando burcas. Seria um ótimo jeito de se esconder uma bomba. E vou dizer para priorizarem a Times Square, mas também para verificarem outras praças na cidade. Merda, são dezenas. — Ele se virou para Clay. — Mais alguma coisa? Qualquer coisa, por mais insignificante que pareça? Se eles estavam querendo se exibir para você, talvez tenham sido descuidados, mencionado mais alguma coisa, alguma pista subconsciente.

Clay fechou os olhos e esperamos, mal contendo a impaciência.

— Não consigo pensar em mais nada — disse ele, por fim. — Eu definitivamente ouvi quando eles disseram Ivy League... — Ele balançou a cabeça. — Eles querem fazer uma declaração com esses atos. Uma coisa muito específica: atacar instituições americanas. Não sei... Talvez um museu? Uma galeria de arte? Eles riram e disseram que mostrariam para o nosso governo do Mickey Mouse o que eles pensavam deles e...

— Espere, repita isso.

Clay olhou, inseguro.

— Que parte?

— Sobre o Mickey Mouse. Eles disseram mais alguma coisa sobre isso?

— Hum... Não.

O olhar intenso de Smith pousou em mim.

— James, o que você está pensando?

— Não sei... Nada. Foi só o jeito que ele disse.

— Você tem alguma intuição?

— Deve ser loucura...

— Diga de qualquer forma, estamos no escuro aqui.

— Eu não tenho certeza... Eu poderia estar errado...

— Mas?

Respirei fundo.

— Tem alguma loja da Disney na Times Square?

Smith arregalou os olhos.

— Tem, sim! Mandou bem, James.

JANE HARVEY-BERRICK

CAPÍTULO VINTE E QUATRO

AMIRA

Minha mente foi para longe, muito longe, para um lugar onde não havia medo, nem dor, nem guerra, nem pobreza. Minha mente vagava, sonhava, sem saber se eu estava consciente ou não, suspensa em um lugar entre a vida e a morte.

Era um lugar tranquilo, desconectado do meu corpo, calmo e seguro. Havia algo que eu deveria fazer, algo que precisava me lembrar, mas estava tão confortável ali, tão tranquilo. Eu não queria me lembrar de nada daquilo.

Olhos azuis.

Por que eu estava me lembrando de olhos azuis?

Voltei à consciência, sentindo uma dor que ameaçava me afogar, e o meu corpo se sobressaltou quando a lembrança de tudo voltou como um rio que arrebentou suas margens, trazendo toda a dor e medo que me atingiam e me esmagavam.

Aqueles homens.

Eles me usaram, eles me deixaram amarrada no banco traseiro do caminhão no escuro. Cada pedaço de mim estava dilacerado de dor, mas a minha mente tinha se separado do meu corpo havia muito tempo.

Bloqueei todas as partes daquela viagem e do que aqueles homens fizeram comigo. Eu não queria me lembrar. Mas eles se certificaram de deixar muitas marcas no meu corpo que virou um livro de dor.

Eles me deixaram nua e tremendo nas horas mais escuras antes do alvorecer.

Fiquei lá por um longo tempo, esperando a morte chegar, mas a luz estava voltando ao mundo e eu a odiei. Eu queria que a escuridão me consumisse, porque viver daquele jeito, tão quebrada, tão destruída – isso sim seria insuportável.

A vergonha surgiu enquanto eu me esforçava para me mexer. Foi quando vi as marcas de mordida nas minhas coxas, nos meus seios, um dos mamilos estava sangrando. Marcas roxas por toda a minha pele e toda a parte inferior do meu corpo que doía. Eles tinham se alternado, estuprando-me repetidas vezes, sentindo um prazer especial ao me verem sangrar. Eu tinha ficado imune aos tapas e socos, às vezes que eles cuspiram em mim e me xingaram de prostituta, mas queria arrancar o riso do rosto nojento deles quando eles usaram o meu corpo, quando violaram o meu corpo.

A morte seria preferível.

Foi Munassar que veio me pegar. Eu olhei para ele com olhos vazios, mortos, mas desafiadores. Ele contraiu os lábios como se o meu corpo nu, machucado e sangrando o ofendesse. Ele agarrou os meus tornozelos e me arrastou para fora do caminhão, rindo quando meus ombros nus bateram no concreto e minha cabeça quicou duas vezes.

A escuridão começou a me abraçar novamente, e eu estava livre novamente, flutuando para longe.

Não sei quanto tempo fiquei desacordada da segunda vez, mas enquanto o meu corpo lutava para continuar dormindo, uma bofetada forte atingiu o meu rosto e despertei sobressaltada.

Enquanto meus olhos tentavam entrar em foco, percebi que estava em um grande depósito, cheio de caixas.

Aperteis os olhos, tremendo de medo enquanto sentia o olhar frio de Umar me observando. Ele poderia estar olhando para uma pedra considerando toda emoção ou humanidade que vi nos seus olhos.

Tentei me mexer, mas meus braços e pernas ainda estavam amarrados e quando tentei falar, Munassar colocou uma fita pesada na minha boca.

Percebi que estava vestida, e isso me surpreendeu. Pisquei, olhando para a calça de ginástica e uma camiseta que eu não conhecia, confusa ao ver o meu tênis vermelho e branco nos pés.

Então, com uma expressão de regozijo, Munassar cuidadosamente vestiu o colete-bomba sobre os meus ombros.

Arregalei os olhos e emiti um gemido baixo enquanto o meu corpo começava a tremer e lágrimas escorriam dos meus olhos.

— É hora de parar de lutar — disse Umar com sua voz educada e calma, sempre tão controlada. — É hora de se tornar uma soldada do Estado Islâmico.

JANE HARVEY-BERRICK

CAPÍTULO VINTE CINCO

JAMES

Nós corremos por Manhattan e entramos na Times Square, espantando pombos e pedestres ao sairmos das vans, procurando freneticamente por alguma pista.

Em toda a costa leste dos Estados Unidos, equipes das Forças Especiais foram enviadas para cada uma das universidades da Ivy League e todos os homens do Esquadrão Antibombas em um raio de quinhentos quilômetros foi chamado.

Mas a Times Square era a nossa missão.

— Vamos nos dividir — decidiu Smith. — Todos nós sabemos o que estamos procurando.

As pessoas se viraram para olhar, algumas tirando fotos enquanto passávamos pela multidão. Smith tinha pedido reforço policial – alguns policiais já estavam lá e muitos outros estavam a caminho.

Frustração e medo formavam um nó na minha garganta, enquanto eu olhava para todos os rostos.

Foi a imobilidade que chamou a minha atenção. A maioria das pessoas não fica parada – elas verificam mensagens no telefone, ficam olhando os outros passarem, olham para o relógio, se coçam, viram e se movem.

E quando estão diante da vitrine de uma loja da Disney na Times Square, a maioria das pessoas pelo menos olharia a vitrine.

Aquela mulher não se movia. Estava completamente parada.

Era uma grávida bem barriguda.

E usando uma burca.

Mas, então, eu vi aquele tênis vermelho e branco e soube que era Amira. Como ela definitivamente não estava grávida de nove meses, aquele barrigão só podia significar uma coisa.

Comecei a suar.

Ela ainda não tinha me visto, então, me comuniquei com Smith e a equipe.

— Eu a encontrei. No lado de fora da loja da Disney. Tenho quase certeza de que ela está usando um colete-bomba.

— Merda!

— Pois é. Liberar a área vai ser quase impossível, mas peça aos policiais para começarem a fazer isso logo. Se o dispositivo tiver um temporizador, estamos fodidos, mas se estiverem usando um celular para verem o trabalho de perto, talvez eu tenha uma chance de neutralizar primeiro. Precisamos usar um dispositivo de medidas contra ataques eletrônicos e começar a evacuação.

— Pode deixar.

Eu não era um homem religioso, mas talvez eu devesse ser. A equipe de Smith tinha acesso a medidas contra ataques eletrônicos, um dispositivo que interrompia uma detonação eletrônica a partir de vinte metros. Um dispositivo especial militar ampliaria a bolha de Amira para cem metros.

Eu esperava que o cordão policial de isolamento não fizesse Umar fugir – precisávamos que ele estivesse por perto.

Clay ficou olhando em volta do caos.

— Umar deve estar por aqui.

Quando Smith tentou mandá-lo para o hospital, ele recusou na hora. Em vez disso, o médico da equipe dos SEALs fez alguns curativos da melhor forma que conseguiu enquanto ainda estávamos no helicóptero.

— Eu também acho — concordei. — Ele vai querer estar a uma distância segura, mas perto o suficiente para ver a bomba explodir.

Clay fez uma careta e olhou para uma esquina cheia de gente perto de prédios altos.

— Se ele estiver usando um celular para explodir a bomba, os prédios poderiam bloquear o sinal?

Neguei com a cabeça.

— Não, ele poderia mandar uma mensagem de texto e o sistema

continuaria tentando enviar essa mensagem até encontrar o mais fraco sinal, então o dispositivo funcionaria assim mesmo.

— Merda! Então assim que ele vir a sua aproximação, ele vai tentar explodir a bomba.

— Exatamente. Espero que as medidas contra ataques eletrônicos estejam funcionando.

Olhei para as minhas mãos e quase me surpreendi por não estarem tremendo. Comecei a caminhar em direção a Amira, mas Clay segurou o meu ombro.

— É perigoso demais. Espere até os policiais isolarem a área.

— Umar vai vê-los. Eu não posso esperar, *não há tempo*.

Ele agarrou o meu bíceps e me fez olhar para ele.

— Você realmente acha que Umar não tem um plano B? Nem sabemos se o dispositivo tem um temporizador. Coloque a armadura e se dê uma chance. — Ele contraiu o maxilar. — Você é a melhor chance que temos de salvar Amira. Ela... eu...

Surpreso, olhei para ele.

— Você e Amira?

Senti um aperto no peito.

— Eu gosto dela, cara. Você sabe disso.

Eu sabia, mas será que ele estava apaixonado por ela? Será que eu estava? Percebi que Clay ainda estava falando:

— Você é o único aqui que tem como neutralizar o dispositivo. Não sou eu, nem Smith. Só você. Você é a nossa melhor chance de impedir o plano de Umar. Então, coloque a porra da armadura e vá salvar a nossa garota.

Eu me obriguei a me concentrar.

— Você viu o que ela está usando? Se um dispositivo daquele tamanho explodir, a armadura não vai servir de nada — respondi, sombriamente, afastando-me dele.

— *Se* a carga principal explodir. *Se*. Mas você tem uma boa chance de tirar o detonador antes que isso aconteça. E a armadura vai proteger você se isso funcionar.

— Mas não vai salvar Amira — respondi, sério. — E não temos tempo para esperar Smith chegar com a armadura antibomba.

Ele fez uma careta.

EXPLOSIVO

— Eu sei. Eu sei. Mas você é a nossa única esperança. Tem muita gente contando com você. — Ele olhou por sobre o ombro enquanto uma van se aproximava de nós, assustando alguns turistas. — Smith chegou. Beleza?

Assenti e corri em direção à van. Eu já conseguia ver a polícia fechando as ruas que levavam até a Times Square, mas ainda havia centenas de pessoas dentro do perímetro, talvez milhares.

Smith já estava saindo da van, arrastando a armadura e o kit antibomba.

Era uma armadura de 35 quilos com proteção reforçada contra impacto na virilha e no peito além de um capacete que pesava mais cinco quilos.

— Esqueça a armadura — gritei. — Não temos tempo.

Smith agarrou o meu braço enquanto eu abria o kit antibomba.

— Ouça bem o que vou dizer, James! A célula terrorista ainda está ativa. Você *não* quer que eles vejam o seu rosto agora. Talvez a gente precise de você de novo. Além disso, você é um britânico agindo ilegalmente nos Estados Unidos. Então, você tem que usar a porra da armadura.

Clay já estava arrumando tudo, então, não havia sentido em discutir e era mais fácil aceitar.

— O dispositivo de medidas contra ataques eletrônicos já está funcionando — disse Smith com expressão séria. — Não é o de uso militar. É o que eu uso em reuniões para isolar uma sala. A bateria também não tem uma longa duração. Estou tentando trazer outro...

Ele não precisava terminar a frase, mas entregou para mim o pequeno dispositivo que tinha o tamanho de um maço de cigarro.

Que bom que eu tinha parado de fumar – cigarros eram muito perigosos.

Smith olhou para mim.

— Umar vai tentar detonar a explosão, então vai ficar na área por um tempo, mas quando ele não conseguir, ele vai tentar fugir. Tenho pessoas aqui procurando por ele.

Àquela altura, os civis já tinham percebido que havia alguma coisa de errada. É claro que isso não significava que ficariam fora do caminho. Os idiotas estavam tirando fotos. Mais policiais estavam chegando à área, tentando tirar o máximo de pedestres possível além de bloquear todas as entradas para a Times Square.

Uma equipe de jornalismo estava chegando.

Que bom. Se eu morresse seria em rede nacional.

Respirei fundo e coloquei o capacete.

O meu mundo imediatamente encolheu. A minha própria respiração soava alta nos meus ouvidos, era como estar embaixo d'água, e a minha visão periférica ficou bem limitada. Eu estava longe, protegido e sozinho.

Operadores do Esquadrão Antibombas chamavam isso de longa caminhada. É como se parecesse maior do que realmente era. Sempre. Era o momento mais solitário da vida.

Tudo se resumia àquele instante: eu, as minhas habilidades, a minha capacidade de manter Amira viva, e impedir que outras pessoas morressem. *Danos colaterais.*

Meus sentidos estavam limitados, mas mais intensos também. Eu me sentia sozinho, afastado de tudo, mas concentrado em uma tarefa – a última tarefa.

Dei um passo e fiquei visível para o público. O pânico se espalhou e ouvi gritos distantes. Os civis estavam correndo para as esquinas, pulando uns sobre os outros, passando por cima de quem ficasse no caminho.

Enquanto eu andava na direção de Amira o tempo pareceu passar mais devagar.

Vi um pedaço de papel voando em algum lugar acima, e uma mulher boquiaberta enquanto um policial a levava para a barreira. Eu estava ciente de rostos nas centenas de janelas que cercavam a Times Square – janelas que se transformariam em facas letais capazes de partir um ser-humano ao meio se o dispositivo explodisse. Ouvi o som abafado de policiais gritando em megafones:

— *Fiquem longe das janelas! Fiquem atrás das barreiras.*

E os civis que não tinham noção de nada tentavam arrumar um lugar para ver melhor.

Vi o plano B sendo executado: barreiras anti-impacto sendo colocadas em volta de Amira. Isso ajudaria, um pouco.

Amira ainda não tinha se mexido. Devia estar ciente da nossa presença a essa altura.

O que eu descobriria quando chegasse até ela? Um detonador preso a um dispositivo maior? Esperava que não houvesse um temporizador.

A distância foi ficando cada vez menor e o calor dentro da armadura

EXPLOSIVO 195

começou a aumentar. O sistema de resfriamento do macacão deveria manter o ar fresco e a água circulando dentro da armadura tinha parado de funcionar. Dei uns tapas na cabeça, o sistema voltou a funcionar por um segundo, antes de parar de vez. Merda de baterias. O suor já estava escorrendo pelo meu rosto. Eu levantei a viseira para pegar um pouco de ar.

E lentamente a cabeça dela se virou para mim.

Era assustador o jeito que ela se mexia com uma lentidão tão incomum. E atrás do véu eu vi os olhos dela, aqueles olhos que me assombravam todas as noites.

Bloqueei toda a emoção. A emoção não podia atrapalhar. A emoção podia nos matar.

— Amira, diga o que temos aqui.

Atrás do véu, ela arregalou os olhos e meneou a cabeça devagar.

— É só falar devagar. Concentre-se. Diga tudo que você sabe, o que você viu, o que você ouviu.

Novamente, ela arregalou os olhos. Novamente ela meneou a cabeça.

— Amira, fale comigo!

Pensei ter ouvido um choramingo, mas não podia ter certeza por causa da porra do capacete.

Priorize! Eu sabia que a posição dela como espiã provavelmente tinha sido comprometida antes do ataque, o que significava que eu poderia esperar armadilhas – provavelmente várias.

Tentei novamente.

— Você pode me dizer qualquer coisa?

Ela fechou os olhos e negou com a cabeça. Frustrado, contraí o maxilar.

— O dispositivo tem um temporizador?

Ela assentiu imperceptivelmente, um movimento bem discreto. Então, negou com a cabeça. Sim e não? O que aquilo significava?

Eu me comuniquei por rádio:

— Smith, acho que a bomba tem um temporizador. Não sei quanto tempo nós temos. Os terroristas já podem estar bem longe daqui. — Eu me virei para Amira. — Tem um detonador por movimento?

Achei improvável uma vez que ela devia ter vindo de carro. Mesmo assim...

Ela negou com a cabeça. Mais progresso.

E, então, percebi uma coisa.

— Você pode falar comigo?

Ela negou com a cabeça.

— Tem alguma coisa física que a impede de falar?

Ela assentiu rapidamente, seus olhos cheios de pavor.

— Tudo bem, eis o que vou fazer. Eu vou cortar a burca de você. Entendeu?

Ela assentiu.

— Fique completamente imóvel. Não se mexa. Tudo vai ficar bem.

Será?

Peguei uma faca e abaixei com dificuldade para pegar a bainha da burca, passei a lâmina para tirar aquela capa que cobria o corpo dela. O tecido caiu aos seus pés, mas meus olhos estavam grudados no dispositivo imenso preso à cintura dela – um contêiner que eu sabia estar cheio de explosivos.

O dispositivo tinha múltiplos circuitos independentes com obstáculos para dificultar o acesso e neutralizá-los.

Eu estava praticamente sem equipamento, não havia raios-x e eu não tinha tempo.

Eu conseguia ver caixas coladas com fita adesiva, caroços suspeitos, circuitos que não podiam ser explorados sem risco.

As mãos e os pés de Amira estavam algemados, então ela não poderia ter se mexido nem se quisesse, e um fita adesiva preta cobria os seus lábios.

Seus olhos se moviam de um lado para o outro e vi o medo refletido ali.

Uma onda de raiva passou por mim, mas afastei o sentimento enquanto avaliava o equipamento.

Eu precisava ser frio e calculista.

A frieza poderia salvar as nossas vidas.

Emoções, não.

Movendo-me bem devagar, inseri a faca no contêiner para descobrir o dispositivo que eu teria que neutralizar.

Detonador. *OK.*

Explosivos. *OK.*

Várias armadilhas para impedir a remoção do detonador e controle remoto. Merda.

Pelo menos as armadilhas não eram com base em movimento, mas sim remoção. Aquilo teria tornado o trabalho muito mais difícil.

Mais letal.

Mas o detonador parecia estar firmemente preso ao cabo, enrolado diversas vezes com a mesma fita adesiva para serviço pesado que cobria a boca de Amira. Pior ainda, o cabo de detecção estava ligado a uma armadilha. Isso significava que eu não poderia entregar o detonador a alguém para colocar uma luva especial para reduzir a explosão e impedir que ela explodisse a carga principal, caso isso funcionasse.

Merda!

Teria que ser uma neutralização não invasiva – se eu conseguisse chegar aos detonadores e cortá-los do resto do explosivo, poderia reduzir a capacidade letal para ferimento e, sim, ainda haveria uma explosão. Eu estaria bem protegido, embora talvez perdesse as mãos, mas Amira não sobreviveria.

Pensei em todos os processos e tomei algumas decisões.

A primeira coisa que eu precisava fazer era cortar o comando de rádio. Eu o localizei facilmente, verifiquei se não havia nenhuma armadilha e o cortei.

Amira fechou os olhos com força, mas quando olhei para ela, ela os abriu novamente.

Eu ia precisar da ajuda dela para aquilo dar certo.

— Você está se saindo muito bem. Eu vou usar um alicate para soltar as suas mãos e vou tirar a fita da sua boca. Mas ouça bem. É muito importante que você não se mexa, está bem? Mesmo que sinta vontade de se mexer, não faça isso. Entendeu?

Peguei o alicate no cinto de ferramentas preso na minha cintura e tirei as algemas, vendo o sangue e os machucados provocados quando ela tentou se libertar. Os braços dela tremeram, mas ela não se mexeu.

— Muito bem — elogiei com voz suave, mas não sei se ela ouviu.

Eu deliberadamente não soltei os pés dela porque não podia correr o risco de ela tentar fugir. Eu não conseguiria alcançá-la com os quarenta quilos da armadura.

Com o máximo de cuidado possível, tirei a fita da boca de Amira, sentindo-me péssimo quando ela gritou.

— James! Eles colocaram um temporizador e um detonador que pode ser ativado por celular. Está embaixo da carga principal. Umar o escondeu. — As palavras saíram ofegantes e com esforço. — Sinto muito! Sinto muito mesmo!

Eu precisava ignorar o sofrimento dela; eu precisava me concentrar no trabalho que tinha pela frente.

— Quanto tempo eu tenho?

— Eu não sei! Não sei mesmo! Ele só riu e disse que eu logo encontraria o meu irmão.

Sem noção do tempo.

— Tudo bem, tente não pensar nisso.

Passei as informações para Smith.

Eu sabia que precisava encontrar o temporizador, que poderia ser tão pequeno quanto um cubo de gelo escondido no meio da carga principal.

— Amira, vou precisar que você pegue o circuito porque eu não consigo alcançar, mas você sim. Você está vendo onde os cabos estão perto da sua barriga?

— Estou... Eu acho... Eu acho... Se você conseguir cortar um pouco da fita adesiva, eu vou conseguir chegar. — A voz dela virou um sussurro. — As minhas mãos são menores do que as suas.

— Tudo bem, vamos tentar isso, mas não mexa até eu dizer para você.

Cortei a primeira camada de fita com cuidado, totalmente ciente que Amira estava suando muito e o calor do corpo dela poderia ser suficiente para ativar o detonador.

O suor escorria pelo meu rosto e eu tive que enxugar os olhos com um pedaço da burca.

Um segundo pedaço de fita foi tirado do saco de explosivos preso à cintura dela. Devia ser uma bomba de uns trinta quilos. Se ela explodisse, o que sobraria do corpo de Amira não encheria um suporte para ovos quentes. E, se eu sobrevivesse, eu desejaria não ter sobrevivido.

— Está mais frouxa — sussurrou ela. — Acho... eu consigo chegar ao detonador... Eu só preciso... Ah, não... Eu acho que é o temporizador, mas...

— Espere!

A minha voz congelou os movimentos dela.

— Há uma armadilha perto do detonador. Não se mexa.

O corpo dela começou a tremer, dificultando ainda mais o meu trabalho.

— Amira, você precisa se acalmar.

Percebi que ela estava prestes a ter um ataque de pânico. Fiquei feliz por não ter soltado as algemas dos pés dela.

Os dentes dela estavam batendo, mas de repente seu olhar se fixou em algo atrás de mim. Eu me virei, amaldiçoando o peso da armadura.

Clay! Seu doido filho da puta! Ele estava usando um colete à prova de bala, um capacete da SWAT e um revólver no coldre enquanto mancava até nós.

— Meu Deus, o que você está fazendo aqui?

— Achei melhor ver como você está se saindo aqui — respondeu ele, tentando sorrir. O olhar dele se suavizou. — Oi, Amira. Que bom ver você de novo. Você está se saindo muito bem, querida. James aqui vai ajudar você, mas você precisa ficar calma e deixá-lo trabalhar. Você acha que consegue fazer isso?

O tremor diminuiu visivelmente e ela assentiu, enquanto lágrimas apareciam em seus olhos.

— Você está p-péssimo — gaguejou ela.

— Mas ainda sou mais bonito que ele, não é? — provocou Clay.

— Continue falando com ela — pedi. — Ajude-a a manter a calma.

— Pode deixar, cara. — Então, ele cochichou pelo canto da boca. — Smith pediu para você verificar o dispositivo de medidas contra ataques eletrônicos. Tem uma a caminho que deve chegar em 15 minutos.

Peguei a caixinha do bolso e mostrei para ele: *13 minutos.*

Merda!

Olhei para Clay, e ele recebeu a mensagem que eu não disse. Eu esperava que Smith conseguisse fazer um milagre, depois me perguntei se Deus tinha um número limitado de milagres por dia. Porque agora precisávamos de pelo menos dois. Três seria melhor.

Os circuitos pareciam suspeitos. Havia uma carga de detonação, um nó de cabos do tamanho de um punho. Eu poderia cortar a maior parte disso, mas ainda haveria alguns ligados aos detonadores.

— Clay, afaste os cabos do dispositivo.

— Pode deixar.

Será que aquilo seria o suficiente para impedir a explosão? Com certeza não seria muito bom para Amira nem para Clay.

Continuei trabalhando na fita, tirando camada por camada criando um espaço por onde eu poderia alcançar o detonador.

Foi fácil encontrar os fragmentos – pregos de cinco centímetros, provavelmente uns dois mil, envolvidos com resina e cobertos com fita adesiva, seria muito trabalhoso cortar tudo aquilo.

— Amira, eu preciso que você comece a cortar a fita aqui, enquanto eu trabalho para chegar ao temporizador, está bem?

Ela engoliu em seco.

— Eu estou tremendo.

— Tudo bem, você não vai causar nenhum estrago. É só não me furar com a faca.

Ela arregalou os olhos e assentiu quando entreguei a minha faca para ela mostrando onde deveria começar a cortar.

Então, entreguei o dispositivo de medidas contra ataques eletrônicos para que ele ficasse de olho no tempo que ainda tínhamos e em Amira.

Onze minutos.

— Como é que uma boa-moça como você fica com esse perdedor? — perguntou Clay para Amira.

Eu não conseguia ver o rosto dela, mas ouvi um som suave e estrangulado.

— Bem, gosto não se discute. Acho que vou ter que me contentar em ser o melhor amigo. Agora, quando é que você vai me apresentar à sua irmã?

— N-n-nunca — respondeu Amira, trêmula, concentrada demais no bolo de resina e fita adesiva. — Ela é boa demais para você.

— Ah, que maldade — disse ele, parecendo triste, enquanto me observa cortar mais uma camada de fita. — Melhor você queimar no inferno. Hum, acho que isso não foi muito adequado.

Amira riu de um jeito que quase beirava a histeria.

Dez minutos.

— Como é que você está, querida? — perguntou Clay, tentando fazer com que Amira se concentrasse nele.

— Estou tentando — afirmou ela. — Que Alá me guie.

EXPLOSIVO

— Isso mesmo. Vá direto a quem manda. Muito bem. Como o Cara Lá de Cima disse: "nós criamos as pessoas em pares".

A voz de Amira era suave e eu mal a ouvi.

— Que s-s-sorte.

Mas eu não sabia o que ela queria dizer com aquilo.

Por fim, cortei a última camada de fita e o detonador foi exposto. Ainda estava bem apertado. Eu esperava que ela conseguisse alcançá-lo.

Nove minutos.

— Tudo bem, Amira, ouça com muita atenção. Eu quero que você enfie os dedos aqui, onde estou segurando esse espaço, e puxe o detonador do dispositivo. Bem devagar.

Ela lambeu os lábios e assentiu.

Acho que todos estávamos prendendo a respiração enquanto ela trabalhava para pegar o detonador.

— Eu não consigo alcançar! — exclamou, trêmula. — Não consigo. Eu não...

— Calma. Olhe para baixo. Está vendo o espaço ali à esquerda? Tente por ali.

Por fim, o detonador se soltou e eu poderia trabalhar em tirar o próximo. Amira ficou olhando para aquilo como se fosse uma cobra prestes a picá-la.

— Até agora tudo bem. — Eu respirei fundo.

Oito minutos.

Agora que eu tinha tirado o segundo detonador, era mais seguro tirar as baterias... Mas um olhar me mostrou que elas não estavam acessíveis.

Eu nunca tinha uma folga quando precisava de uma.

Umar tinha pensado em tudo. Devia estar morrendo de rir ao ver que mandaram a espiã perfeita para os seus planos.

Eu tive que me desviar da armadilha de explosivos. Eu sabia que cortar era um cenário de altíssimo estresse, uma falha... Bem, e nós três voaríamos pelos ares.

Seguindo um raciocínio lógico, tentei avaliar os lugares certos para me concentrar. Não levei muito tempo para isolar dois fios verdes, mas eu tinha que cortá-los usando o alicate.

Sete minutos.

Estamos ficando sem tempo.

— James — chamou Clay com cuidado. — Talvez seja um bom momento para dar um passeio.

Ele estava tentando me avisar que o tempo estava acabando, mas sem estressar Amira.

— Estou trabalhando nisso — respondi.

De repente, Clay olhou para cima.

— Merda — disse ele suavemente apertando os dentes. — Estou vendo atiradores de elite no telhado.

Amira gemeu e estremeceu.

— Diga para não atirarem.

Clay bateu no comunicador de ouvido.

— Smith, diga para os atiradores não atirarem. NÃO ATIREM! Ela está cooperando!

Seis minutos.

Qualquer um que já teve que ir tirando o plástico de um cabo sabe como é fácil cortá-lo por acidente.

E isso seria muito ruim nesse momento.

Finalmente, consegui tirar a capa plástica.

Cinco minutos.

O suor escorria do meu rosto e tive que gastar segundos preciosos para enxugar a testa.

Pense! PENSE!

Os cabos estavam descascados agora e eu tinha que testar eletronicamente os cabos usando um aparelho, fazer umas contas e desviar ou cortar...

Quatro minutos.

Desviar ou cortar? Desviar ou cortar? Eu precisava tomar uma decisão.

— James, só temos três minutos, cara.

Havia um tom de urgência no tom de Clay.

— Por Alá! Vocês precisam ir embora agora! Vão! É melhor eu ficar sozinha. — A voz dela saiu aguda.

— É melhor você ir agora, Clay — concordei com voz séria. — Vá até uma distância segura.

Amira chorou.

— Clay, vá agora! — ordenei.

EXPLOSIVO

— Não, não vou deixar vocês sozinhos — disse ele em voz baixa.

— Esse colete à prova de balas não vai ser o suficiente para proteger você!

Amira estendeu a mão, tentando empurrá-lo.

— Vá! — exclamou ela. — Em nome de Alá, salve-se enquanto pode.

— Isso não vai acontecer, querida!

A voz dela tremeu.

— James! Faça o Clay ir embora! Vocês dois têm que ir. Vocês têm que se salvar!

Dois minutos.

— Estamos quase conseguindo, Amira. Eu não vou deixar você. Eu nunca vou deixar você.

— James, por favor! Não morra comigo. Não morra por mim!

Um minuto.

Olhei bem nos olhos castanhos e suaves, tão assombrados pelo sofrimento e tão corajosos.

Clay segurou a mão dela.

— Reze comigo, Amira.

Ela segurou a mão dele, enquanto eu trabalhava com o alicate. Minhas mãos escorregadias de suor, e a voz de Clay se elevou, tão forte e segura:

— Oh, meu Senhor, ninguém mais é digno de adoração a não ser por Vós. Eu confio em Vós e Vós sois o Grande Senhor dos Céus. O que Deus quiser há de acontecer e o que não quiser não há de acontecer. Oh, Deus, Vós sois o meu refúgio...

Eu finalmente consegui a tração que precisava para contar o cabo.

— Isso! Agora só precisamos tirar o colete.

Comecei a cortar o velcro que mantinha o colete no lugar, usando a minha faca com vigor. Por fim, ele se soltou e eu me virei para jogá-lo para longe de nós.

Mas foi um segundo tarde demais.

Tique-taque.

O tempo acabou.

A bola de chamas se ergueu quando o detonador se ativou, o calor queimando o meu ombro, a explosão forte como uma granada.

Instintivamente, eu me joguei na frente de Amira, enquanto eu ouvia o som dos estilhaços voando pelos ares e atingindo a armadura.

Meus ouvidos estavam zunindo e o meu cérebro parecia geleia dentro da minha cabeça, mas percebi que a carga principal não foi detonada. Isso e o fato de eu não ter morrido.

Amira estava ofegante, os olhos arregalados enquanto eu a esmagava sob o meu peso. Acho que ela tentou falar, mas eu estava completamente surdo. Os lábios dela se mexeram e eu vi o sangue escorrer de um corte profundo no seu rosto; e havia marcas de fogo nas suas roupas e sua mão estava pintada de vermelho quando ela apontou.

Eu virei a cabeça, o movimento causando uma onda de dor.

E eu vi Clay.

Juntos, nós protegemos Amira do maior impacto da bomba: mas eu estava usando uma armadura antibomba, ele não.

Clay estava caído no chão, coberto de sangue. Tanto sangue em volta dele. Seus olhos piscavam sem parar. As mãos seguravam a coxa. E o resto da perna estava a três metros de distância, ainda na calça jeans que ele estava usando de manhã.

Como em câmera lenta, vi Smith correndo na nossa direção, gritando alguma coisa.

Dei um sinal para dizer que a carga principal estava segura, mas ele continuou correndo para nós, derrapando no sangue de Clay quando se ajoelhou ao lado dele.

Ele estava dizendo alguma coisa. Mas os olhos de Clay já estavam se fechando.

A polícia e os paramédicos seguiram Smith, e eu me lembro de pensar em como o sangue de Clay era vermelho e a quantidade que banhava a calçada em frente à loja da Disney na Times Square.

A vitrine gigante se estilhaçou e os cacos de vidro letais estavam espalhados por todos os lados. O Mickey Mouse tinha explodido pelos ares.

Mas Amira estava viva.

E eu estava vivo.

Clay estava... Eu não sabia.

EXPLOSIVO

JANE HARVEY-BERRICK

CAPÍTULO VINTE E SEIS

AMIRA

Quando finalmente vi e explosão, achei que tudo tinha acabado. Que a morte tinha vindo finalmente me buscar. A morte tinha vencido.

O impacto me atingiu no peito, tirando todo o ar dos meus pulmões, e o calor me queimou me lançando para trás.

Eu não conseguia respirar. Não conseguia me mexer, não conseguia fazer os meus pulmões funcionarem.

E esperei. Esperei o momento que a minha alma deixaria o meu corpo. E, por um momento, acho que foi o que aconteceu. Eu me senti leve, leve como uma pluma e não senti nenhuma dor.

Eu fui girando para cima, calma e em paz. Feliz. O fio fino que ainda me prendia ao meu corpo surrado logo se romperia, e eu ficaria livre para sempre.

Amira, você precisa acordar agora.

Karam?

Então, senti como se tivesse caído pesadamente de volta à Terra.

Ofeguei quando alguém pegou um ferro em brasa e marcou o meu corpo. O grito ficou preso na minha garganta. Ou talvez eu tenha gritado e não consegui ouvir. Meu ouvido estava zunindo e todo o meu corpo estava sendo esmagado, sufocado.

De repente, o peso saiu de cima de mim e foi só então que percebi que James estava ajoelhado ao meu lado. Ele tinha tirado o capacete e estava dizendo alguma coisa. Parecia ser importante, mas não consegui entender.

Então, ele levou a mão à lateral do meu corpo. Causando muita dor.

Eu berrei, berrei, berrei... E, então, eu apaguei, flutuando na escuridão. Flutuando... Flutuando.

Alguém furou a minha mão, eu acordei e vi uma agulha intravenosa ligada ao soro.

Estava em uma ambulância, amarrada em uma maca, enquanto uma paramédica pressionava facas brancas em brasa no meu corpo.

Não, isso não estava certo.

Os lábios dela estavam se movendo e seus olhos olhavam nos meus, mas eu não vi crueldade ali, só compaixão. Acho que ela estava me ajudando, tentando me dizer alguma coisa, mas o meu cérebro não estava funcionando e eu parecia estar embaixo d'água, porque a voz dela vinha de muito, muito longe. Tentei me concentrar nos lábios dela. Estavam formando arcos e suas sobrancelhas subiram. Ah, uma pergunta. O que ela estava perguntando?

Tentei falar, mas a minha garganta estava seca demais e a minha língua parecia enorme na boca. Murmurei coisas incoerentes, mas aquilo pareceu agradá-la. Ela deu um sorriso para me acalmar e tentei retribuir, mas meus lábios não me obedeciam. Eu tinha uma pergunta importante para fazer, mas não conseguia me lembrar qual era.

Algo gelado e agradável começou a correr pelas minhas veias, levando a dor embora. Aquilo era bom. Mas eu tinha que me lembrar... eu tinha que me lembrar...

Quando acordei de novo, meu corpo estava todo tomado pela dor e eu gemi.

— Isso mesmo, Amira. Acorde agora. Você está indo muito bem. Isso. Abra os seus olhos. Eu sou o Dr. Walden. Você sabe onde está?

Minha cabeça estava girando e as pálpebras pesadas, mas consegui entreabri-los um pouco. Meus olhos pousaram na pessoa diante de mim.

Os olhos daquele homem eram da cor errada – eram castanhos, não azuis como um lago.

— Você sabe onde está?

— Hospital? — respondi com dificuldade.

— Isso, muito bem. Você se lembra o que aconteceu com você?

Meus olhos se encheram de lágrimas.

— Bomba.

Ele falou alguma coisa para alguém atrás dele.

— As lembranças dela parecem intactas.

— James? Onde? — murmurei. — Clay?

— Oi. Você nos assustou muito hoje, mas você está indo muito bem. Você está no hospital. Você sofreu uma perfuração no pulmão e, hum... um corte no rosto, então você vai ficar com uma cicatriz, além de algumas queimaduras. Ficou muito quente lá. — Ele pigarreou. — O James está bem, foi atingindo por alguns fragmentos nas mãos, mas está bem. Está fazendo um relatório agora.

James. Olhos como uma manhã de verão.

— Ele salvou a minha vida.

Smith apertou a minha mão com gentileza.

— Eu sei. Ele salvou muita gente hoje. Ele é um herói. Não diga a ele que eu disse isso. — Ele deu uma risada.

— Clay?

— Bem, eu não vou mentir pra você. Ele não está tão bem. Perdeu muito sangue. Está sendo operado agora.

Ah, não.

Meus olhos se encheram de lágrimas.

— Durma agora, Amira.

E foi o que eu fiz.

JANE HARVEY-BERRICK

CAPÍTULO VINTE E SETE

JAMES

Quando abri a porta do quarto de hospital de Amira, ela deu um grito tão alto que eu quase me joguei no chão procurando de onde vinha o perigo e estendi a mão para pegar uma arma que eu não tinha. Foi então que percebi que ela estava gritando por minha causa.

O berro histérico acabou tão de repente quanto começou, e ela ofegou, sua mão voando para o rosto ferido.

— Ah... É você.

Não eram as palavras que eu esperava ouvir, mas era um começo. Esfregando o joelho machucado, entrei devagar.

— Como você está? — perguntei, mantendo a distância.

Ela contraiu o rosto e vi que estava lutando para segurar o choro.

— Tudo isso é uma ilusão! — exclamou ela.

As palavras dela eram confusas. Smith não tinha mencionado nada sobre algum traumatismo craniano, embora isso sempre fosse uma possibilidade depois de uma explosão.

— Como assim?

Eu me aproximei mais, mas ela virou a cabeça e ficou olhando para a parede.

— A ideia de que tudo vai ficar bem um dia.

Fiquei em silêncio, avaliando as palavras dela. Finalmente, ela olhou para mim.

— Eu nunca mais vou conseguir relaxar, desligar-me de tudo. A minha mente, o meu corpo. Eu tenho todas essas lembranças dentro de mim. E é como se eu fosse... explodir... por elas estarem dentro de mim.

— Ela fechou os olhos. — Eu sonho que estou explodindo.

Eu me sentei na cadeira ao lado dela e, devagar, peguei sua mão. Os dedos dela estavam frios e moles, mas ela não se afastou do meu toque.

— Eu sei.

Ela fez uma careta.

— É isso? *Você sabe?* Nenhum conselho sábio para mim, James?

A voz dela estava dura e afiada, como facas atiradas em mim. Eu me encolhi.

— Bem que eu gostaria de ter.

Ela curvou os ombros.

— Desculpe. Eu estou fora de mim. Não sei o que estou dizendo. Na metade do tempo nem sei o que estou pensando. Oh, você está ferido!

A tipoia branca quase não aparecia sobre a camiseta branca que Smith conseguiu para mim.

— Tiveram que tirar alguns estilhaços de metal, mas estou bem. Acham que não sofri danos em nenhum nervo. Vou ter que esperar o inchaço ceder para ter certeza. — Dei de ombros, incomodado. — Eu estou bem.

Ela mordeu o lábio e lágrimas escorreram dos seus olhos, mas ela enxugou-as com raiva.

— Disseram que vou ficar com uma cicatriz — anunciou ela, seus olhos escuros olhando no meus, antes de ela os desviar. — Eles conseguiram um cirurgião plástico para dar os pontos, mas...

O curativo no seu rosto contrastava com a pele cor de caramelo, e manchas roxas cobriam o seu rosto, pescoço e braços.

Smith me contou o que eles tinham feito com ela. Só de pensar em como ela tinha sido violentada lançava ondas de raiva por todo o meu corpo, soltando adrenalina o suficiente para me fazer tremer de ódio. Filhos da puta. Monstros sem coração. Eu queria matá-los. Eu queria ficar na frente deles e ver o sangue esvair dos seus corpos deles.

Mas não era da minha raiva que Amira precisava agora. Eu nem sabia o que fazer para ajudá-la com tudo o que ela estava enfrentando, mas eu tinha que tentar.

Porque eu me importava. Com ela. E, no meio de toda aquela loucura, o pensamento de salvá-la, vê-la de novo, ver o seu sorriso, talvez até vê-la relaxada e feliz depois de fazermos amor...

Mas era idiotice pensar naquilo.

Eu me contentaria com o que ela me desse, mesmo que fossem apenas sobras.

— Os médicos disseram que você vai ficar bem...

Ela não respondeu por muito tempo, e foi uma tortura ficar sentado lá, esperando para ela falar, mesmo quando não me deu uma resposta.

— Você acha que as coisas acontecem por um motivo?

— Como assim? Tipo... Destino?

— Eu não sei, James — respondeu ela, com a voz distante. — Talvez tudo aconteça por um motivo. O objetivo de Deus para todos nós, *Inshallah*.

A minha resposta foi imediata e firme.

— Você acha que a existência de um fanático como o Umar acontece por um motivo? Você acha que Clay perdeu a perna porque era a vontade de Deus?

Ela franziu a testa. Talvez tenha sido a raiva na minha voz ou talvez só o tom.

Minha voz tremeu.

— Você acha que você foi violentada *por um motivo*?

Ela assentiu devagar.

— Sim, eles me violentaram por um motivo. Para me envergonhar e me diminuir. Para me mostrar que eu não era nada, que era menos do que um ser humano. Para mostrar que eles tinham todo o poder e eu não tinha nenhum. Existem muitos motivos. — Ela fez uma pausa. — A questão é: qual é o objetivo de Deus para mim?

Fiquei olhando para ela, boquiaberto.

— Amira! Você não pode achar...

— Porque aquilo os atrasou — disse ela baixinho. — O que fizeram comigo... Aquilo levou tempo. E, nesse meio tempo, você apareceu. Você me encontrou, salvou a mim e a todas aquelas pessoas. Centenas, talvez milhares. — Ela inclinou a cabeça. — A vaidade deles, a necessidade de me reduzir a nada. Foi isso que levou ao fracasso deles.

Engoli em seco. Era disso que ela precisava? Acreditar que o seu estupro teve um objetivo maior? O pensamento me enojava, e senti a

EXPLOSIVO

bile subir pela garganta, quase me sufocando.

— Eu acredito que aqueles filhos da puta mereciam morrer.

— Todos nós vamos morrer um dia — declarou ela com voz cansada, virando-se para a parede.

— Amira, havia mães com seus filhos naquela loja da Disney, você sabia? O pessoal de Smith conseguiu levá-las para um lugar seguro, longe das vitrines.

Ela deu um sorriso.

— Viu? O objetivo de Deus. Você os salvou, James. Você me salvou. Eu ainda não agradeci. O que você fez foi incrivelmente corajoso. — Ela franziu o rosto. — Mas e Clay? Como ele está?

— Ele vai sobreviver — respondi. — Mas perdeu uma perna. Estão considerando mais algumas operações...

— Você conversou com ele?

— Conversei — respondi, suavizando a voz. — Ele perguntou por você.

— O que ele disse?

Eu me virei, as palavras queimando a minha língua.

— Ele me pediu para dizer para você ter fé. Foi isso que ele disse.

Amira sorriu.

Eu nunca tive muita fé. Mas agora, eu não tinha nenhuma. As palavras de Clay pareciam podres na minha boca, mas ela perguntou e prometi a mim mesmo que diria a verdade se ela perguntasse.

De repente, a porta do quarto de Amira se abriu, mas não era Smith. Eu não conhecia aquelas pessoas, mas fazia ideia de quem poderiam ser.

— *Ya aynee!*

O rosto de Amira ficou sem expressão por meio segundo e, então, um sorriso se abriu devagar no seu rosto enquanto seus olhos ficavam marejados.

— Pai! Mãe! Zada! Como...? Quando...?

Eles se reuniram em volta da cama dela, conversando em inglês, em árabe e, depois, em inglês de novo. As palavras pausadas e quebradas enquanto a mãe e a irmã choravam, o pai se sentava com a cabeça curvada e as lágrimas escorriam pelo rosto enrugado, segurando a mão dela.

Observei por alguns segundos e, depois, me virei para sair. Eles eram a família dela, e eu não era... ninguém. Mas Amira chamou o meu nome.

— James! — Ela olhou para os pais. — Esse é o James.

Eles olharam para mim, surpresos e desconfiados.

— Ele salvou a minha vida.

O pai dela se levantou devagar.

— Foi você? Foi você que a salvou?

Eu assenti.

Ele estendeu a mão, apertando com formalidade, então a pegou com as duas mãos com uma força surpreendente.

— Obrigado — agradeceu ele, com voz entrecortada. — Obrigado por salvar a minha filha.

Eu me senti desconfortável com aquele agradecimento, e o jeito como a mãe e a irmã de Amira me olharam, com os olhos marejados.

— Não precisa agradecer — disse eu como um idiota. *Caramba, será que dava para eu ser mais ridículo?* — Hum, eu volto mais tarde.

Amira nem notou quando saí.

JANE HARVEY-BERRICK

CAPÍTULO VINTE E OITO

AMIRA

Era um consolo ter a minha família comigo, mas houve tantas lágrimas, tantas verdades para desenrolar o emaranhado de mentiras que eu tinha contado para eles. Eles estavam magoados, zangados e com tanto medo por mim.

Senti como se estivesse carregando o peso da tristeza deles nos meus ombros, junto com as minhas próprias tristezas.

Eles estavam hospedados em um hotel próximo e me visitavam todos os dias. Meus pais pareciam confusos, pois não conseguiam compreender o que eu tinha feito nem o porquê. Então, eles se concentraram na minha recuperação física, falando sobre a minha volta para o trabalho, a minha volta para a Califórnia. Qualquer coisa que estivesse no futuro.

Zada mantinha o silêncio, e eu sabia que ela estava chateada e zangada – ela não compreendia as minhas escolhas. Eu a peguei me olhando como se não soubesse mais quem eu era. Eu não a culpava, porque sentia exatamente a mesma coisa. Eu não era mais a mesma pessoa que era antes da morte de Karam, e também não era mais a mulher de quando eu tinha conhecido Smith. Mas eu não sabia o que essa nova versão de Amira seria. E ninguém poderia me dizer.

Assim que consegui, fui visitar Clay.

Achei que ele estivesse dormindo logo que o vi, e absorvi a estrutura sobre a cama que mantinha os lençóis afastados da perna ferida. Os olhos dele estavam cobertos com gaze e eu sabia que ele tinha sofrido queimaduras nas pálpebras, que estavam sendo tratadas. Mas a sua voz sonolenta me fez erguer o olhar.

— Oi?

— Sou eu, Amira.

— E aí, garota? — A voz estava um pouco mais fraca do que eu me lembrava. — Que bom ver você. Bem, não é bem ver. Mas obrigado por vir.

Eu sorri e me sentei ao lado dele, pegando sua mão.

— É tão bom ver você. Como você está?

— Já estive melhor. E você?

— Eu também já estive melhor, mas vai ficar tudo bem.

Ficamos em silêncio, de mãos dadas, com tantas coisas a serem ditas, mas sem saber por onde começar.

— Você não me deixou — disse eu com voz trêmula.

— *Ya amar*, eu jamais deixaria você. Eu avisei.

— O que você fez, o que aconteceu com você... Eu nem sei como...

— Não — pediu ele com voz calma. — Eu faria tudo de novo. Eu não me arrependo de nada, Amira. Juro pra você. Eu não me arrependo de nada.

As lágrimas começaram a escorrer pelo meu rosto enquanto ele apertava a minha mão.

— Obrigada por salvar a minha vida — solucei.

— Não, você precisa agradecer àquele inglês maluco — argumentou ele com um sorriso forçado. — É ele que é apaixonado por você.

— O quê? Não! — Neguei veementemente com a cabeça. — Você está errado, Clay.

— Hum, acho que não. Dê uma chance pra ele, Amira. Ele é um cara legal. Agora fale-me sobre sua irmã. Ela é solteira?

Fiquei boquiaberta, enquanto meus pensamentos giravam na minha mente.

— Zada?

— É, ela pareceu ser bonita. — Ele sorriu.

— E como você a conhece?

Ele ficou sério.

— Ela veio me ver. Queria me conhecer, sabe? Agradecer e tudo mais. Nós conversamos. — Ele sorriu. — Então, ela é solteira?

— Ela é boa demais para você. — Dei uma risada.

— Ah, não fique com ciúme — provocou ele.

De repente, a porta do quarto se abriu e James estava parado ali, com uma expressão surpresa no rosto.

— Oi — disse ele em voz baixa.

— E chegou o nosso herói — brincou Clay. — Que bom que você veio.

— É melhor eu ir — disse eu, me levantando. — Vejo você depois, Clay.

— Estou contando com isso — respondeu ele.

James ficou observando enquanto eu me retirava.

Eu não conseguia pensar nele. Simplesmente não conseguia.

Eu quase corri até o meu quarto, determinada a pensar em qualquer coisa que não fosse nele.

Não que eu tivesse muito tempo para introspecção, e talvez aquilo fosse deliberado.

Por exemplo, eu tinha reuniões diárias com a equipe de Smith, seja lá para quem ele trabalhava – eu nunca descobri –, eles continuavam fazendo perguntas. Queriam saber cada informação, por menor que fosse, sobre mim e sobre quem eu tinha visto nos acampamentos, o que tinham dito, o que tinham feito, quando tinham feito, o nome deles, os lugares que mencionavam, que tipo de roupa usavam, o que nós comíamos, onde dormíamos, como era o banheiro e os chuveiros, e tantos outros detalhes que pareciam irrelevantes para mim. Então, pediram que eu descrevesse o método que usavam para fazer os explosivos e detonadores, como eles armazenavam o material, empacotavam e transportavam.

Precisei descrever a morte de Larson várias vezes, o que era exaustivo e aterrorizante, até que percebi que talvez estivessem me testando para ver se conseguiam encontrar qualquer discrepância que pudesse indicar que eu estava mentindo. Isso me magoou, me deixou com raiva. Eu quase morri tentando ser uma superagente, quando, na realidade, era só eu mesmo, uma espiã terrível e patética. E eu sabia, sabia que era a responsável pela morte de Larson. Se tivesse sido mais forte, mais inteligente, mais consciente, eu teria escapado e, então, Larson estaria vivo.

Eu ficava enlouquecida por ter que ficar repetindo as mesmas histórias diversas vezes, principalmente porque eu só dava informações, mas não recebia nenhuma. Eu sempre perguntava se eles tinham capturado

Umar, Munassar e os outros, mas eles nunca respondiam.

Também me encorajavam a conversar todos os dias com um terapeuta: algumas sessões eram longas, outras eram curtas, e nós conversávamos sobre tudo pelo que eu tinha passado – não só os estupros, mas o estresse do último ano. Ela era uma médica do exército, bem como uma psiquiatra, então tinha muita experiência com estresse de combate. Foi o que ela me disse. Pareceu estranho no início que os pesadelos que eu tinha fossem considerados estresse de combate, mas ela estava certa. Eu estive em combate. Eu fui uma soldada.

Estremeci quando ela disse isso. Aquilo me fez lembrar das últimas palavras de Umar para mim: *Hora de se tornar uma verdadeira soldada do Estado Islâmico.*

Eles também trouxeram um Imame para me ver. Foi um consolo conversar com ele. Ele tinha quase noventa anos de idade, era calmo e sábio.

— Você passou por muita coisa, filha — disse ele, com as bochechas fundas e as mãos frágeis como as asas de um passarinho. — Eu vou rezar por você, mas quero lhe dar um conselho. Eu sou um velho e uma coisa certa que todos esses anos me ensinaram é que você não pode guardar tanto ódio no coração, porque o ódio destrói. Amor, minha filha, o amor é a verdadeira força deste mundo. Como o Livro Sagrado diz. *"E que o ódio para com um povo não vos induza a se afastardes da justiça. Sede justo, porque isso está mais próximo da virtude..."*

Conversamos sobre o que tinha acontecido comigo e com Karam. Ele conversou comigo, rezou comigo e até mesmo chorou comigo. Achei que eu já tivesse chorado o suficiente, mas aquelas lágrimas eram preciosas.

E ainda havia James.

Ele vinha me visitar todos os dias no hospital, desajeitado, triste, lindo e perdido, sem conseguir dizer o que queria dizer, mas eu o pegava me olhando, seus olhos estavam sempre em mim.

— Oi, Amira.

Ele estava de volta, e eu não sabia bem por quê.

Fechei o livro que estava lendo e, por um segundo, ele ficou parado, cheio de incerteza, até puxar uma cadeira para se sentar ao meu lado.

— Como está tudo?

Eu quase dei uma risada. Como é que eu poderia responder àquela pergunta? Então, dei a resposta mais simples:

— Estou me curando. E você? Como vai?

Ele deu um sorriso triste e fez um gesto para a tipoia.

— Em dois dias eu me livro disso. — Então ele franziu a testa. — Eu logo serei enviado de volta para casa.

— Eu também.

Ele assentiu lentamente, então respirou fundo, mas eu falei primeiro:

— Meus pais não veem a hora de me levar para casa. Ficam falando que "as coisas voltarão ao normal", mas não sei mais o que é isso.

James concordou com a cabeça, como se compreendesse o que eu estava falando.

— Acho que todos nós nos sentimos assim, nós que já estivemos em combate. A vida civil parece... sem foco, de alguma forma. Menos real. Eu não sei explicar.

Pensei no que ele disse e fez sentido. A intensidade absoluta das últimas semanas foi um foco agudo, tão claro na minha mente, todos aqueles detalhezinhos gravados na minha mente. Em comparação, a minha vida como enfermeira parecia ter sido há tanto tempo.

— Eu não sei como voltar — declarei, simplesmente.

— Talvez você precise de algo novo — declarou ele, falando devagar, como se estivesse escolhendo suas palavras bem devagar.

— Talvez, mas não sei o quê.

— Eu pensei muito durante o tempo que Smith me manteve prisioneiro e...

— Como é que é? O Smith fez o quê?

As palavras dele me surpreenderam, e acho que ele não queria me contar aquilo porque vi como ele contraiu o rosto.

— Hum, acho que você não sabia dessa parte.

— E por quê, cargas d'água, o Smith ia prender você?

O rosto dele ficou vermelho e ele pareceu constrangido.

— Depois daquela última noite... — Ele pigarreou e desviou o olhar. — ... Quando nós estivemos juntos. Depois que você me contou sobre o seu irmão, você disse "eu os odeio muito".

— Eu me lembro — respondi com voz suave, totalmente consciente do olhar dele em mim.

EXPLOSIVO

— Bem, eu achei que você estava se referindo aos americanos, porque foram eles que lançaram as bombas usando *drones*. Eu fiquei preocupado...

— Você achou que eu era uma traidora?!

Ele fez uma careta, mas não desviou o olhar.

— Achei que era uma possibilidade. E achei que Clay deveria saber o que tinha acontecido com o seu irmão, então tentei discutir isso com Smith...

— Presumo que isso não tenha sido bom...

Ele deu um sorriso sombrio.

— Exatamente. Larson me apagou com um golpe, me amarrou e me colocou na caminhonete de Smith. Quando acordei, eu estava em um esconderijo em Nova York. Eles me mantiveram preso em um quarto por três semanas. Eu não sabia o que estava acontecendo. Não sabia se você estava bem, se Clay estava bem, se o mundo tinha acabado... Nada. Quando Smith finalmente voltou, ele me pediu ajuda para impedir os ataques.

Eu estava com dificuldade para absorver tudo que ele estava dizendo.

— Você veio me ajudar, mesmo achando que eu era uma agente dupla?

Ele negou com a cabeça, diante das palavras duras.

— Sinto muito por isso, sinto muito mais do que você pode imaginar. Depois de três semanas preso, eu já tinha passado do ponto de acreditar em qualquer um, mas quando eu pensava em você... — A voz dele ficou mais baixa. — ... eu não tinha a história completa, mas Smith me contou tudo. Finalmente. — Ele olhou nos meus olhos. — Sinto muito por ter duvidado de você. Isso me deixa doente agora.

— Eu não consigo acreditar que você pensou isso de mim — declarei, confusa e chateada.

— Eu também não acredito — respondeu ele, demonstrando todo o sofrimento. — Depois do que vivemos...

Se ele queria conversar sobre a noite que passamos juntos, ele não foi muito claro, e eu definitivamente não ia começar aquela conversa. Era demais para mim. Eu não poderia carregar o sofrimento dele, além do meu.

— Não, James. Eu não posso pensar nisso agora.

Ele suspirou e ficamos ali em silêncio por vários minutos.

— Quando você vai voltar para casa? — perguntei, por fim.

— Não sei exatamente. Embora não faça muito sentido partir antes de estar em forma — disse ele, apontando para a tipoia. — Mas acho que não vai demorar muito. — Ele olhou pela janela, perdido em pensamentos. — Vai ser estranho voltar. — Ele voltou a olhar para mim.

— Talvez eu possa telefonar?

Eu não conseguia lidar com aquilo agora. Eu precisava mudar o rumo da conversa.

— Talvez você possa mandar e-mails — disse eu, animada. — Afinal nós somos amigos.

— Amigos?

Ele pronunciou a palavra devagar, e vi uma luz se apagar nos seus olhos.

— Claro — disse ele, por fim. — Amigos. Sim, eu vou escrever pra você.

Ele foi embora um pouco depois disso, mas todas as manhãs ele voltava ao hospital, porém, a cada dia que passava, a distância entre nós aumentava.

Às vezes, parecia que ele queria dizer mais alguma coisa, mas as palavras não passavam pelos seus lábios e, quando ele ia embora, parecia mais triste e derrotado.

Às vezes, eu gostaria que ele dissesse o que realmente estava passando por sua cabeça, mas eu sempre me afastava dele.

Minha terapeuta disse que eu deveria falar com ele quando estivesse pronta. Mas eu nunca estava. Nem tinha certeza se estava pronta para falar sobre aquela noite. Talvez se não me sentisse tão feia, tão suja.

Toquei a cicatriz no meu rosto. Eu já a tinha visto no espelho e quase vomitei. Era feia, em forma de U onde um estilhaço de metal rasgou a pele, removendo um pouco de músculo e gordura dali. A boca estava ligeiramente caída de um lado, e minha bochecha parecia granulosa e irregular. O cirurgião disse que implantes e injeções de colágeno poderiam ajudar no futuro, mas eu primeiro precisava me curar.

Também havia um buraco nos meus dentes de baixo onde um deles tinha sido arrancado com um soco.

O meu corpo também estava se curando internamente, onde os monstros tinham me dilacerado por dentro.

EXPLOSIVO

Eu tinha vergonha que James visse as minhas cicatrizes, e sempre procurava manter o lado da cicatriz escondido dele. Eu sabia que era bobeira, porque ele já tinha visto as cicatrizes, todas elas, mas era difícil encará-lo quando eu estava tão desfigurada e ele era tão perfeitamente lindo.

Eu via as enfermeira flertando com ele, sorrindo para ele, querendo aqueles olhos azuis só para elas, mas quando ele olhava para elas, parecia nem vê-las, pois seus olhos sempre estavam me procurando. Mesmo agora, ele me observava, exatamente quando estávamos na cabana. Estava me treinando e me observava.

Ele tinha arriscado a própria vida para salvar a minha. E eu precisava conversar com ele.

Talvez amanhã.

Ou depois.

Ou na próxima semana.

Como ele sempre visitava Clay de manhã, eu o visitava à tarde.

— Você o está evitando? — perguntou Clay abruptamente um dia. — Eu sei que ele sempre visita você, mas ele me disse que você parece nunca querer conversar.

Nem tentei fingir que não estava entendendo.

— É tão óbvio assim?

— Bastante. Mas não sei o motivo, e ele também não.

Eu suspirei.

— É complicado. Eu só quero que sejamos amigos.

— Hum. Bem, se é isso que você realmente quer. — Ele fez uma pausa para dar ênfase. — Então, é melhor dizer isso para ele. Só certifique-se de que é realmente isso que você quer.

Eu sabia que ele estava certo. Que estava sendo injusta, mas conversar com James era mais do que eu conseguia lidar agora. Eu tinha muitos pensamentos e muitos sentimentos na cabeça.

Um dia, Smith veio me visitar, e implorei para que ele me contasse a verdade, tudo que tinha sido mantido em segredo por tanto tempo.

Ele encolheu os ombros.

— Umar foi contido, a rede dele acabou.

— O que você quer dizer com "contido"? Você quer dizer que vocês o pegaram, não é? Ele não vai vir atrás da minha família.

Ele tentou colocar a mão no meu ombro, mas me encolhi. Eu não conseguia suportar o toque de ninguém – nem das enfermeiras e médicos. Eu realmente não queria que ninguém me tocasse.

Ele puxou uma cadeira para se sentar ao meu lado, mas não perto demais. Mesmo assim, eu me afastei um pouco. Eu sabia que teoricamente eu não tinha nada a temer de Smith, mas o meu corpo parecia não saber disso.

— Juro pra você, Amira. Ele nunca mais vai tocar em você. Nenhum deles vai.

— Eles estão presos? Ele vai ser julgado por tudo que fizeram?

Ele coçou a barba por fazer que cobria o seu queixo e foi só naquele momento que percebi como parecia cansado, e sua expressão, assombrada. Eu me lembrei que Larson era amigo dele. Fechei os olhos – todos nós tínhamos perdido tanta coisa.

— Eu não posso responder às suas perguntas — disse ele, por fim. — Digamos que eles nunca mais vão poder ferir ninguém de novo.

Eu não sabia o que aquilo significava. Será que estavam todos mortos? Ou presos em alguma prisão secreta? Sendo reprogramados? Ou talvez torturados?

Estremeci.

— Com certeza os seguidores dele ficarão mais desesperados?

Smith deu a resposta incompleta de sempre.

— Ele só tem poder quando as pessoas sentem medo dele. Ele não tem mais esse poder.

Mas isso torna os seguidores dele ainda mais perigosos, pensei. Quando um homem não tem nada a perder...

Fui obrigada a aceitar que nunca saberia toda a verdade, que nunca veria a justiça ser feita contra os homens que me violentaram e tentaram me matar, que planejaram que a minha morte fosse responsável pela de muitas outras pessoas. Mas só porque eu não podia ver, não significava que não tinha acontecido. Certo ou errado, tolice ou não, eu ainda confiava em Smith. Ele disse que os homens estavam "contidos", e aquilo tinha que ser o suficiente para mim. Talvez fosse melhor assim. Talvez.

— Você encontrou o espião do seu departamento? — perguntei, mesmo sem saber se ele daria uma resposta honesta. — Foi ele que contou para Umar sobre o meu irmão e o meu nome verdadeiro? A minha família corre algum risco?

Ele deu um sorriso sombrio.

— Por causa de tudo que descobrimos — disse ele, apontando para mim —, conseguimos cercá-lo.

— E prendê-lo?

Ele inclinou a cabeça.

— Não é assim que nós agimos, Amira, você sabe disso. Mas pode acreditar quando digo que descobrir quem estava fornecendo informações para o inimigo foi inestimável. Estamos fazendo um bom uso disso.

Suspirei, derrotada, porque eu sabia daquilo. Se o espião pudesse ser útil, ele ou ela seriam de grande utilidade. Como eu tinha sido.

Uma batida na porta afastou meus pensamentos e o meu médico entrou, com sua postura segura e cabelo grisalho.

— Trago boas notícias, Amira. Você está se saindo muito bem. Então, vamos mandá-la para casa. Agora, vamos tirar esse curativo do seu rosto e dar uma olhada. Muito bom. Está cicatrizando muito bem.

As palavras do Dr. Walden me assustaram. Eu não estava pronta para voltar para casa.

— O seu pulmão está completamente curado, então é totalmente seguro viajar de avião. — Ele deu um sorriso bondoso. — E sei que seus pais querem vê-la em casa.

Assenti, sem saber o que dizer ou como expressar que eu não me sentia nem um pouco preparada para enfrenar o mundo real de novo.

Smith estava me observando atentamente, mas não sorriu. Quando o médico saiu, ele se inclinou para mim, com olhar intenso e sério.

— Eu não vou dizer que vai ficar tudo bem, porque sei que você precisa lidar com muita merda, mas você vai *conseguir* — afirmou ele com firmeza. — Você não está acabada, Amira. Longe disso, e você ainda tem uma longa vida pela frente.

Ele parecia ter tanta certeza. E ele devia saber dessas coisas, não é?

— Venha — chamou ele, levantando-se e dando um sorriso. — Vamos visitar o Clay.

Eu já tinha visitado Clay muitas vezes durante aquelas semanas. Quase todo dia, para dizer a verdade, mas ele parecia sempre estar muito medicado por causa da dor, então não conversamos muito. Eu ficava sentada ali, segurando a sua mão porque ele era a única pessoa, o único homem, que eu conseguia tocar sem me encolher.

Mas quando chegamos, Clay estava sentado na cama com um sorriso cansado no rosto e todas as bandagens que cobriam seus olhos tinham sido retiradas.

Ele estava conversando com James.

— Oi, garota! — exclamou Clay, animado. — Você é uma visão do paraíso para esses olhos cansados.

Eu congelei na hora, horrorizada com o comentário dele, e ele fez careta, seu constrangimento bem claro.

— Ah, merda. Eu diria que acabei metendo os pés pelas mãos, mas agora eu só tenho um pé. Então, também não é uma boa ideia.

Eu dei uma risada repentina, arrancada do meu estupor e Clay sorriu para mim.

— Eu tenho um monte de piadas para homens de uma perna só. Quer ouvir?

— Não — respondi com sinceridade.

Mas Clay me ignorou e continuou:

— O que você diz quando quer chamar um homem que só tem uma perna? *Dá um pulinho aqui!* Ah, pode rir. Foi muito engraçada!

Comecei a rir, mesmo que isso fizesse os pontos do meu rosto se repuxarem. Mas não consegui parar.

— Que piada ruim, parece que falta alguma coisa! — exclamei, antes de levar a mão à boca, sentindo-me horrorizada.

Clay ficou olhando para mim e, então, deu um tapa na cama e caiu na gargalhada. James sorriu para ele e Smith balançou a cabeça, um sorriso aparecendo nos seus lábios.

E, de repente, éramos apenas nós, de volta à cabana, nós quatro, rindo das bobeiras de Clay.

O riso foi morrendo, e Clay pegou a minha mão. Eu não me encolhi, apenas aceitei o toque carinhoso.

— Estou muito feliz de ver você hoje. Eu estava sempre muito medicado para dizer isso antes. — Ele então apertou a minha mão. — Você está linda. Eu não sabia que você tinha cabelo. Achei que fosse careca

EXPLOSIVO

como esse cara. — Ele fez um gesto para James.

Toquei o meu cabelo, constrangida. Aquele era um dos primeiros dias que eu não cobria a cabeça. Eu me sentia muito exposta, mas estava começando a me acostumar, mesmo que as pessoas ficassem olhando para a minha cicatriz. Eu até tinha chegado a considerar voltar a usar o *niqab* para evitar aquilo. Mas não, aquela não era eu.

James estava olhando para mim, e desviei o olhar diante da intensidade que vi nos seus olhos.

Clay suspirou e puxou o meu cabelo, atraindo a minha atenção de volta para ele.

— É muito bom ver vocês.

— Como você está? Quero saber de verdade.

Ele encolheu os ombros, a mão pousou no lençol como se qualquer movimento o exaurisse.

— Bem, a minha perna não vai brotar de novo, mas eles disseram que vão tentar uma prótese. Uma coisa legal, tipo Steve Austin.

Eu pisquei, sem entender.

— Tipo quem?

Foi James que respondeu:

— É um personagem de uma antiga série de TV. Steve Austin era o Homem de Seis Milhões de Dólares.

— Isso mesmo. Mark Wahlberg vai fazer um *remake*! — exclamou Clay. — Coisa moderna, cara.

Nós todos ficamos olhando para ele.

— O quê?

Era tão normal, tão estranhamente normal. Meu coração se partiu e as lágrimas começaram a escorrer – uma torrente feia e salgada, fazendo meus olhos ficarem vermelhos e o meu nariz escorrer. Smith me entregou um lenço.

— Ah, querida, as minhas piadas não são tão ruins assim — declarou Clay com voz gentil e triste.

— Sinto muito — solucei. — Sinto muito mesmo.

Ele contraiu o rosto.

— Merda! Eu abraçaria você agora mesmo, mas eu meio que ainda não posso me mexer. James! Cara, dê um abraço nessa garota agora mesmo!

Eu afastei o olhar porque não conseguia suportar ver o rosto de James, mas, então, senti o toque dele, leve e suave. Com um pranto incontrolável, caí contra o seu peito, enquanto soluços rasgavam o meu peito.

Ele me abraçou com o braço que ainda estava bom e murmurou palavras suaves no meu cabelo.

Eu não conseguia ouvir o que ele estava falando e não me importava. Ele estava me abraçando, e eu não estava com medo.

JANE HARVEY-BERRICK

CAPÍTULO VINTE E NOVE

JAMES

Foi a primeira emoção verdadeira que vi em Amira.

Eu a abracei enquanto os soluços rasgavam o corpo magro. Ela tinha perdido muito peso desde que a conheci, e eu conseguia sentir suas costelas nos meus braços. Eu a abracei mais apertado, enquanto lançava um olhar de preocupação para Clay, até que ele tossiu e afastou o olhar, enquanto Smith saía discretamente do quarto.

Ela chorou por excruciantes dez minutos, colocando tudo para fora, enquanto eu me sentia um completo inútil por não poder ajudar.

Por fim, ela tinha chorado tudo que tinha para chorar e seu corpo ficou fraco e mole.

Eu sabia o que ela estava enfrentando — eu já tinha passado por isso e ainda precisava lidar com tudo aquilo. O termo técnico era *síndrome do sobrevivente.*

Larson foi assassinado na frente dela e Clay tinha perdido uma das pernas. Outros civis foram feridos por estilhaços de vidro e um policial ficou cego de um olho. Eu sabia bem o que ela estava enfrentando. Muita gente morria de medo, passaria a ter pesadelos e fazer terapia depois de ver uma bomba ser detonada e Clay sendo atingido.

Isso não é uma coisa que dê para superar — não é possível. Você tem que encontrar uma forma de continuar. Os que não conseguem são os que acabam em garagens com mangueiras presas no cano de descarga do carro.

Smith me disse que Amira estava se consultando com um terapeuta.

Ofereceram-me um também e até tentei fazer uma vez; mas, para mim, ficar repassando os acontecimentos várias vezes, nunca me ajudou em nada. Na verdade, eu diria até que piorou as coisas. Mas isso era para mim. Eu sabia que falar sobre o assunto poderia ajudar outras pessoas. Eu era diferente.

Então, eu a abracei, porque às vezes o toque humano é a única realidade que nos resta, e eu quis fazer isso por tanto tempo. Abraçá-la acalmava alguma coisa dentro de mim, alguma coisa feia e feroz que estava gritando no meu sangue.

Por fim, ela parou de chorar e começou a se afastar. Ela olhou para o meu peito e fez uma careta. Vi que ela tinha deixado uma marca molhada na minha camiseta.

— Bem, isso é constrangedor — disse ela com voz trêmula enquanto enxugava os olhos.

— É mesmo, eu nem sabia para onde olhar — concordou Clay em tom alegre.

Eu o fulminei com o olhar e disse *Cale a boca* com os lábios enquanto Amira estava de costas para mim. Clay me ignorou, dando um sorriso.

Eu fiquei sentado por horas a fio com aquele filho da puta desde o dia que ele veio para o hospital. E eu sabia que ele estava com muitos problemas. Ele estava fazendo um show para a Amira, mas também estava passando por muita coisa. Ele não sabia como seria a vida como amputado nem o que isso significaria para ele. Ele sabia que não teria muita ajuda da família e estava com medo, mas tentava não demonstrar. Eu não o culpava. Mas também não sabia como ajudá-lo. Eu não tinha como ajudá-lo nem como ajudar Amira – eu nem conseguia ajudar a mim mesmo.

— Eu não queria ter chorado tanto em cima de você — disse ela, limpando o nariz com um lenço de papel.

— Ah, não precisa se desculpar — interveio Clay. — Ele ama ser o seu cavaleiro de armadura brilhante. Presumindo que toda essa água salgada não tenha enferrujado a armadura.

— Que parte de "cale a boca" você não entendeu? — reclamei, mas ele abriu um sorriso ainda maior.

— Nós somos o Time Destemido! Nós rimos diante do perigo. Depois comemos sorvete e choramos assistindo *Call of the Wild*[5].

— Do que você está falando? — perguntei.

— Só estou dizendo que nós criamos uma ligação especial por causa do que vivemos — explicou ele em tom mais sério. — Então, Amira chorou nos seus braços. Eu já vi coisa pior.

As palavras deles eram sinceras e, infelizmente faziam sentido. Não que eu fosse dar o braço a torcer.

— Eu amo você, Clay — declarou Amira. — Mesmo quando você está sendo babaca.

Lutei contra a onda de ciúme enquanto ele dava risada.

— Cara, eu acho um sarro quando você me xinga. E esse negócio de ver o seu cabelo está me assustando.

Ela deu um sorriso tímido, enquanto levava a mão à cicatriz no seu rosto.

— É estranho — admitiu ela. — Eu rejeitei a ideia de usar véu a vida inteira, mas existe um tipo de liberdade no seu uso também. Sobressaindo, mas continuando anônima. É difícil de explicar. — Ela balançou a cabeça. — Mas eu sentia muito calor, mesmo tendo me acostumado.

— Você usaria de novo? — perguntei, surpreso ao ouvir suas palavras.

— Não a burca. É muito difícil de enxergar e ouvir. Além disso, aquilo fazia parte da minha identidade de espiã. Eu nunca tinha usado aquilo na vida. Minha irmã, Zada, começou a usar um *hijab* aos quinze anos. Ela diz que é importante para ela, parte da sua identidade. Eu nunca tinha entendido antes, mas agora entendo. — Ela suspirou. — Mas eu também odeio aquilo. Eu odeio que *aquelas pessoas* tenham pego tudo de bom do Islamismo e retorcido de forma que fica além de qualquer reconhecimento, transformando em algo tão ruim. — Ela ergueu o olhar. — Mas o que é mais assustador é que eles realmente acreditam que estão fazendo o que é certo, o que é necessário. — Ela estremeceu. — Mas eu não conseguiria fazer uma coisa dessas de novo. Eu não voltaria a ser espiã. Eu não sou uma agente muito boa.

Ela meneou a cabeça devagar.

— É — comentou Clay em tom sério. — Uma experiência dessa muda você. Nem sempre de uma forma ruim, mas nem sempre de uma

---

5 Filme de 1972, adaptado do livro homônimo, dirigido por Ken Annakin e estrelado por Charlton Heston.

forma boa.

Todos nós olhamos para o lugar onde deveria estar a sua perna.

Fiquei sentado ali ouvindo enquanto conversavam sobre a época que passaram com a célula terrorista, e senti novamente uma distância entre nós. Eles tinham compartilhado uma coisa sem mim, e me senti excluído de novo.

Mais tarde, a conversa seguiu para como eram diferentes de civis agora, e olhei para Amira – todos nós éramos veteranos combatentes agora.

— Por mais quanto tempo você vai ficar por aqui, cara? — perguntou Clay em tom casual.

— Cinco dias. Depois disso eu vou embora.

A expressão no rosto dele se entristeceu, e Amira olhou para o chão. A reação deles fez com que eu me sentisse mal. Mas será que isso significava que iam sentir a minha falta?

— Smith poderia dizer para o seu comandante que você ainda não está bem — sugeriu Clay, esperançoso, fazendo um gesto com a mão. — Ele sabe mexer os pauzinhos. Na verdade, o cara é PhD em ser um filho da puta manipulador.

Olhei para a minha mão, estudando a pele rosada. Os ferimentos cicatrizaram bem e parecia que eu não ia perder nenhum movimento fino. O que era muito bom, porque um agente do Esquadrão Antibombas com mãos trêmulas era tão bom quanto um homem de uma perna só em uma competição de chute no rabo. Merda. *Foi mal, Clay.*

Então, Amira falou:

— O médico disse que eu logo vou poder ir para casa também.

Ficamos em silêncio, e senti outro prego entrar no caixão de um relacionamento que nós nunca tivemos de verdade.

Qual seria o objetivo de eu ficar? Amira estava voltando para sua casa na Califórnia, e Clay seria enviado para um hospital de veteranos perto da casa da sua família em Ohio, querendo ele ou não. As chances eram que ele fosse exonerado como inválido.

— Não, está tudo bem. Mas vou ficar por aqui até o meu voo — eu disse, antes de apontar para Clay. — Para me certificar que esse banana volte para sua terra.

— Isso é alguma referência cultural ou algo assim? — perguntou Clay, levantando uma das sobrancelhas.

— Não, cara. Eu sou mestiço: inglês e escocês.

Ele riu, antes de ficar sério de novo.

— Eu vou sentir muita falta de vocês. Amigos até o fim.

Amira deu um sorriso triste e olhou para mim.

— Sim, somos todos amigos.

Smith voltou para conversar com Clay sobre o programa de reabilitação, e eu voltei com Amira para o quarto dela para ela começar a arrumar a mala.

Eu definitivamente não esperava ser atingido bem no meio da cara pelo que ela falou enquanto arrumava as coisas em uma pequena mala de mão.

— Eu quero pedir uma coisa pra você, como amigo. É importante... mas eu não sei como dizer.

— Você pode me pedir qualquer coisa, Amira. Se estiver ao meu alcance, pode contar que eu vou fazer.

— Eu achei que você fosse ficar mais tempo porque... bem, de qualquer forma. Acho que o nosso tempo está se esgotando.

Ela ainda não estava olhando para mim, então, eu não fazia ideia do rumo que a conversa tomaria.

— Amira, pode pedir.

— Você pode mudar de ideia... E isso não é nada fácil para mim.

Sem saber o que ela queria, eu não sabia como reagir.

— Pode pedir.

Ela respirou fundo e notei que as mãos dela estavam trêmulas.

— Você poderia dormir comigo?

— O quê?

Engoli em seco várias vezes, olhando para ela, totalmente em choque. Era tudo que eu queria, era tudo que sonhava, mas a hora estava errada.

— Amira...

— Eu quero que você durma comigo, James.

— Você está falando sério? Você não pode estar falando sério! Depois de tudo que aqueles filhos da p... Depois de tudo que aconteceu!

EXPLOSIVO

— Tudo bem, eu entendi — disse ela, virando de costas.

Fiquei completamente confuso, meu cérebro parecia prestes a derreter.

— Entendeu o quê? O que há para entender? Meu Deus, Amira!

Os olhos dela ficaram marejados e a voz dela tremeu.

— Eu entendi. Pode deixar. Eu sou *feia*!

Ouvi as palavras, mas não as registrei. Fiquei olhando para a nuca dela, enquanto ela se sentava pesadamente na cama, com os ombros tremendo.

— O quê? Não, você não é. — A minha voz estava emotiva. — Você é tão corajosa e linda. Eu estou meio apaixonado por você e... você é incrível.

Eu fiz uma careta diante da minha péssima escolha de palavras.

Ela deu uma risada estrangulada.

— Meio apaixonado? O que isso significa? Que você é apaixonado pela metade que é bonita?

Engoli em seco e passei a mão na cabeça, notando, distraído, que estava na época de raspar novamente

— Não é nada disso. Eu não sei — admiti. — Eu nunca me senti assim antes, então eu não sei o que significa. Mas pensar que você vai voltar para... eu nem sei onde você mora!

Ela ainda não estava olhando para mim.

— Chula Vista — respondeu ela, em tom tranquilo. — É uma cidade no sul da Califórnia, a pouco mais de dez quilômetros de San Diego e pouco mais de dez quilômetros da fronteira com o México.

Sentei-me na cadeira perto da cama e afundei a cabeça nas mãos.

— Eu gostaria que você não morasse lá e que eu não morasse onde moro. Eu odeio o fato de estarmos a quase dez mil quilômetros de distância. — Minha respiração estava ofegante. — E não fale merda sobre ser feia.

Acho que as minhas palavras a chocaram porque ela se virou e apontou para a cicatriz.

— Isso não é feio? — perguntou ela. — Eu já vi as pessoas olhando para mim, mesmo aqui no hospital. Eu vi que estavam com pena de mim.

— Mas você nunca me viu olhando assim para você.

Ela arregalou os olhos.

— Não — disse ela com voz suave. — Eu não vi. Por que você não me olha assim?

A minha resposta foi simples:

— Porque eu não vejo isso. Amira, quando eu te conheci, você estava coberta por um *niqab* e eu não fazia ideia de como você era. Tudo que eu conseguia ver eram seus olhos. Eu gosto dos seus olhos. Sei que é uma coisa idiota. Mas eles me assombram. Eu os vejo nos meus sonhos. Estou falando a verdade. Eu não vejo a sua cicatriz.

Eu me levantei e fiquei à sua frente, enquanto passava suavemente os dedos na linha vermelha pontilhada.

— Mas estou olhando agora. E o que vejo é uma mulher incrivelmente corajosa que estava disposta a dar a própria vida pelo seu país. Na verdade, quase deu. Você sempre será linda para mim.

Ela me olhou com altivez.

— Se eu sou *bonita*, então, por que você não quer dormir comigo?

As palavras dela eram duras e firmes.

— Eu nunca disse que não queria dormir com você.

— Não minta pra mim, James! — exclamou ela.

— Eu não estou mentindo!

— "Você não pode estar falando sério!". Essas foram as suas palavras! Tentei segurar a mão dela, mas ela a puxou.

— Sim, eu disse isso, mas não significa que eu não queira... Significa que eu não quero machucar você! — A minha voz saiu aguda, quase como se eu estivesse gritando de frustração. — Merda, Amira! Olhe para mim!

Ela se virou devagar, a respiração acelerada, e eu não sabia se era de raiva ou porque ela ia chorar de novo. Eu não queria nenhuma das duas coisas.

— Então, passe essa noite comigo — sussurrou ela. — Smith reservou um quarto para mim no mesmo hotel que os meus pais. Fique comigo.

Eu fiz uma careta.

— Com os seus pais no quarto do lado?

Ela lançou um olhar desafiador.

— Isso.

— E eles vão aceitar isso?

— Não.

Meneei a cabeça.

— Ótimo.

EXPLOSIVO

— Por favor — pediu ela em voz baixa. — Por favor. Eu não quero que a minha última lembrança de... de ser... eu não quero que a minha última lembrança seja *deles*. Eu quero... Ou melhor: eu *preciso* substituir isso com alguma coisa boa. Eu preciso fazer isso, e eu quero fazer com um amigo. Eu preciso recuperar o meu corpo. Por favor, James. Eu preciso disso. Eu preciso de *você*.

CAPÍTULO TRINTA

AMIRA

Eu estava muito nervosa. Eu tinha insistido para conseguir isso, o encurralei até ele ceder. E agora estava sentada em um quarto de hotel, meus pais e minha irmã estavam em um quarto no fim do corredor, enquanto eu esperava que James batesse na minha porta.

Vi meu rosto no espelho e senti as lágrimas queimarem os meus olhos quando deparei com a cicatriz. Eu era feia. *Eu* era feia. As marcas roxas tinham sumido do meu corpo e tudo dentro de mim tinha se curado – não havia mais nada, disse o médico. Mas como ele podia saber?

E era uma loucura oferecer o meu corpo para um homem, mesmo que fosse para James. Eu gostava dele, talvez até o amasse um pouco, para ser sincera. Conversar com Clay me obrigou a perceber que James nutria sentimentos por mim, sentimentos verdadeiros e, de certa forma, isso tornava tudo ainda mais confuso.

Se eu tivesse mais tempo, não faria isso agora, esta noite, mas nós dois estávamos de partida, viajando para lados opostos e as chances eram que eu nunca mais voltasse a vê-lo.

Mesmo assim, estava literalmente tremendo e com vontade de vomitar. Mesmo assim eu não estava disposta a mudar de ideia. O ideal seria que tivesse mais tempo para fazer essa escolha, mas eu tinha certeza absoluta que precisava fazer isso com James, pois só ele poderia ajudar a me curar, a apagar o horror dos homens que me estupraram, para provar que eu era mais forte, que não estava destruída; marcada, sim; machucada, com certeza; destruída... eu não permitiria que eles vencessem.

Ouvi uma batida na porta. Leve e hesitante.

Eu me levantei, desejando, de repente, estar usando uma outra roupa e não o pijama de Zada com listras cor-de-rosa.

EXPLOSIVO

— Quem é? — perguntei, olhando pelo olho mágico, sentindo a boca ficar seca.

— James.

Tirei a corrente de segurança, virei a chave e abri a porta. Ele estava parado ali, com as mãos no bolso da calça jeans desbotada, usando uma camiseta cinza escura grudada no corpo.

— Oi.

— Oi. — Ele fez uma pausa. — Você ainda quer que eu entre ou...?

— Ah, sim, claro! — gaguejei. — Pode entrar.

Abri mais a porta e ele entrou, hesitando no limiar.

— Tudo bem com você?

Engoli em seco.

— Estou muito nervosa — confessei. — Da última vez que nós... Bem, eu estava apavorada demais para me preocupar com qualquer coisa.

A expressão do rosto dele ficou triste.

— *Ugh!* Não foi isso que eu quis dizer. Eu só estou muito nervosa. Mas é um tipo diferente de nervosismo.

Ele ficou parado no mesmo lugar.

— A gente não precisa fazer isso, Amira. Você não precisa fazer nada disso.

Puxei o cabelo para trás, sentindo-me frustrada.

— Eu preciso. Eu só não sei se vou conseguir.

Ele balançou o corpo e fez um gesto para a TV.

— Você quer assistir alguma coisa?

Pisquei.

— Tipo o quê?

— Qualquer coisa.

— Ah, tudo bem. Por que não? Hum, pode sentar em qualquer lugar.

Havia uma cadeira dura perto da parede embaixo de uma escrivaninha. Ele a puxou e se sentou na beirada, esfregando as mãos nas coxas.

— Você está confortável? — perguntei.

— Hum, não — disse ele com um riso abafado.

Eu liguei a TV e, então, olhei para cama ente nós. Era enorme e parecia crescer ainda mais na minha imaginação. Senti que a minha cabeça estava em queda livre e comecei a tremer.

— Ah, merda!

Ouvi a voz de James como se estivesse muito distante, então, alguém estava me abraçando e tentei lutar com eles, tentei fugir, mas os braços eram fortes demais.

O grito se perdeu na minha garganta, mas ouvi a voz dele suave e suplicante:

— Amira, querida, não chore. Tudo vai ficar bem. Meu Deus, não chore!

Ele me envolveu em seus braços, abraçando-me e permitindo que o pânico passasse, até que eu estivesse exausta e letárgica.

Ele me carregou para a cama, permitindo que o meu corpo descansasse no seu peito, e ficamos deitados assim, o calor e a força do corpo dele me acalmando.

Toda a ansiedade borbulhava dentro de mim, mas sem se manifestar de novo. Eu quase me senti segura. Mais segura.

E eu estava cansada de sentir medo, cansada de me sentir destruída, cansada de me sentir derrotada. Tão cansada.

Acordei de repente, com um sobressalto. Eu não me lembrava do que tinha sonhado, mas pareceu deixar o ar opressivo e a minha mente, inquieta.

As cortinas estavam abertas, conferindo um brilho suave ao quarto. E eu não estava sozinha.

Com o choque do reconhecimento, vi que James estava acordando, olhando para mim, sempre olhando para mim.

— Você está bem? — perguntou ele com preocupação.

Ele estava deitado na cama com o braço em volta do meu corpo, minhas pernas enroscadas nas dele. Ele ainda estava de sapato e eu sabia que ele não tinha se mexido desde que tinha me carregado para a cama, horas antes.

— Eu estou... eu não sei como estou — suspirei, cansada e dei um tapinha na cabeça. — Pensamentos demais.

A sombra de um sorriso apareceu no seu rosto. A expressão do seu rosto era solene.

— É, eu sei bem como é isso.

Eu olhei para ele cuidadosamente, a tristeza anuviando os olhos bonitos.

EXPLOSIVO

— Por que você está aqui, James?
Ele engoliu em seco.
— Porque você me pediu e... porque não consegui ficar longe.
Por impulso, eu o beijei.
Por meio segundo, não houve qualquer reação. Percebi que o peguei desprevenido, mas suas mãos se estenderam suavemente, e senti uma pressão leve dos lábios dele contra os meus.
Ele começou por um lado, pressionando levemente o canto da minha boca, com beijos provocadores e leves até chegar ao outro lado, sempre com muita gentileza.
Ele parou, então, ele se apoiou em um dos cotovelos, tirando o cabelo do meu rosto e prendendo atrás da orelha.
Prendi a respiração enquanto ele acariciava a minha bochecha machucada.
— Você é linda — sussurrou ele.
Eu me afastei, deixando a mão dele pairando no ar.
— Não fale isso! — sibilei.
— Eu tenho visão limitada no olho direito — disse ele. — Mobilidade limitada no polegar direto. Seis dos meus dentes são implantes. Todos foram arrancados em explosões.
— Eu não sabia — sussurrei, mas ele continuou falando.
— Eu tenho muitas cicatrizes no meu braço direito e uma nova cicatriz na mão esquerda. — Ele olhou bem nos meus olhos. — Alguma delas incomoda você?
— Incomoda por você ter se machucado, mas não, elas não me incomodam...
— Então, por favor, acredite em mim quando eu digo que você é linda.
Ele olhou para mim, as sobrancelhas franzidas, e a frustração cintilando no seu olhar.
— Ah! — Eu respirei fundo. — Desculpe.
Ele pegou a minha mão e beijou meus dedos.
— Não peça desculpas, Amira. Eu me importo com você. Achei que nunca mais a veria novamente. Eu nem sabia se realmente poderia confiar em você e mesmo assim continuei me importando. Isso é muito louco.

— Você realmente achou que eu poderia ser tão sorrateira? Algum tipo de agente dupla?

Ele encolheu os braços e deu um sorriso.

— Eu tenho problemas de confiança.

Nós dois demos risada. Que confusão.

Passei a mão pela linha do seu queixo e tomei uma decisão.

— Sem arrependimentos — sussurrei. — Faça amor comigo, James.

— Tem certeza? — perguntou, ele, ouvi uma nota de desespero na voz dele. — Não precisamos fazer isso. Eu quero, mas...

— Psiu. — Pressionei o indicador nos lábios dele. — Eu confio em você, James. E eu preciso disso.

Ele assentiu devagar.

— Diga o que você precisa, Amira. Mostre para mim.

James permitiu que eu fizesse amor com ele.

Ele permitiu que eu tirasse sua camiseta, permitiu que acariciasse a pele do seu peito com a minha língua. Permitiu que eu abrisse o seu cinto e o tirasse das presilhas da calça, levantando os quadris para que eu despisse a calça. Permitiu que eu passasse as mãos pela sua ereção, enquanto sua respiração ficava mais rápida e ofegante, e ele deixou que eu a colocasse na boca.

As mãos dele se mantiveram no elástico do pijama na minha cintura, antes de acariciarem o meu braço.

Ele permitiu que eu tomasse as decisões e que definisse o ritmo.

Ele permitiu que *eu* levasse as mãos dele aos meus seios, apertando suavemente e, então beijou o meu peito, o meu pescoço, o meu rosto e a minha boca, sussurrando o tempo todo que eu era forte, linda e desejável. A voz dele estava rouca quando disse que eu era sexy, que ele ficava louco quando me via, que não conseguiria se segurar por muito mais tempo.

E quando acariciou a minha coxa, foi tão gentil, seu toque tão cuidadoso que senti que era o certo, que era seguro.

Ele pegou um preservativo no bolso da calça e me entregou, prendendo a respiração enquanto eu cobria sua ereção.

Então, desci sobre ele devagar, insegura e com medo, enquanto nos movíamos juntos em um ritmo constante. Lembranças ruins ameaçavam

EXPLOSIVO

atrapalhar o nosso ato de amor, mas as palavras tranquilas, o toque, o suor que começou a brotar no meu corpo, tudo isso afastou a escuridão.

Foi totalmente diferente da nossa primeira vez juntos. Aquela noite tinha sido sobre medo, desejo e desespero.

Essa noite era do que eu precisava. Estava com tanto medo de que a lembrança da última vez em que estive com um homem fosse de dor e violência. Eu precisava tentar esquecer aquilo. Não tinha mais ninguém a quem pudesse pedir, ninguém a quem eu *pediria*, a não ser James.

Um calor escaldante pareceu explodir dentro de mim, consumindo-me. Minha pele parecia estar levando pequenos choques elétricos. Eu senti calor, frio, tensão, um nó de emoções e sensações diferentes.

Foi incrível, maravilhoso e eu estava me curando.

Ele inclinou a cabeça para trás quando gozou, mas seus olhos se mantiveram fixos nos meus. Emiti um rio de sons sem palavras demonstrando todo o meu prazer e o meu desejo.

E quando relaxamos juntos, nossos corpos se acalmando e esfriando, ele me abraçou contra o próprio corpo, como se nada jamais pudesse me ferir novamente. A elegância do seu corpo magro era linda e eu suspirei ao pensar que ele ia embora.

Acordei abruptamente, enquanto o pânico me tomava por inteiro.

James berrou, provocando-me um sobressalto e fazendo com que eu me afastasse dele. Mas percebi que a pele dele estava coberta de suor, e ele estava dormindo, preso em um pesadelo.

Eu saí da cama, ainda nua e estendi a mão para tocar o seu ombro.

Ele me empurrou e dei um grito, enquanto caía no chão acarpetado.

Ele abriu os olhos enquanto se sentava, o lençol descendo até a sua cintura.

Praguejando baixinho, ele levantou da cama e estendeu a mão para mim, fazendo uma careta quando me encolhi.

— Eu machuquei você?

— Não — respondi, nervosa. — Foi só um susto.

— Você está tremendo. Meu Deus. Sinto muito.

Permiti que me levantasse, então ele seguiu direto para o banheiro e ouvi enquanto ele molhava o rosto com água fria.

Depois de um tempo, voltou para o quarto e ficou parado ao lado da cama, olhando a pilha de roupas como se estivesse pronto para fugir.

Dei um tapinha do lado dele na cama, que já estava frio. Relutante, ele se sentou na beirada, sem olhar para mim.

Hesitei antes de perguntar. Seja o que for que ele estava sonhando, não era nada de bom. Eu sabia o que era aquilo. Conversar ajudava um pouco – racionalizar o medo ao compreender as reações do seu corpo... eu não sei explicar o motivo, mas aquilo tirou um pouco do poder daquelas lembranças. Talvez eu pudesse dar esse presente a James. Se ele deixasse. Ele me ajudou tanto, mais do que jamais saberia, matando todos os dragões que moravam no meu subconsciente, e agora eu queria ajudá-lo, porque era isso que os amigos faziam.

— Você pode me contar sobre o que são seus sonhos? — perguntei, hesitante.

Ele curvou os ombros e afundou a cabeça nas mãos.

— Um monte de merda — respondeu de forma vaga.

Acariciei a pele cálida das suas costas, meus dedos traçando as linhas da tatuagem que se espalhava pelos ombros.

Hesitei, escolhendo cuidadosamente as minhas palavras.

— Então, somos dois. Nós dois passamos por coisas ruins. E nós dois sobrevivemos.

Ele se virou imediatamente, abraçando-me como se esse gesto fosse capaz de nos proteger do mundo.

— Sinto muito — desculpou-se ele, contra a minha pele. — Eu gostaria de tê-los impedido e...

— James, não foi por isso que mencionei o assunto. Eu tenho momentos ruins, pesadelos terríveis, então, eu entendo... se você quiser me contar.

Ele fez uma cara.

— Por que você vai querer mais coisas horríveis na sua mente? Eu não quero que você fique sobrecarregada.

Dei um sorriso triste. *Ainda o meu protetor.*

— Porque talvez ajude se você falar sobre o assunto?

— Eu acho que não.

— Você já tentou?

Ele encolheu os ombros.

— Já. Com colegas que estiveram lá, que viram o que aconteceu. Mas você tem que trancar essas merdas dentro de você. É o único jeito de seguir em frente.

Pensei naquilo.

— Sim, é um jeito de se encarar a situação, mas falar me ajudou.

Ele franziu a testa, estreitando os olhos.

— Você realmente quer saber?

— Quero, porque acho que isso vai ajudá-lo.

Ele suspirou, derrotado.

— Eu cometi um erro e pessoas morreram. — Ele pigarreou. — Crianças.

Levei a mão à boca, choque e empatia tomando-me por inteiro.

— Ah... eu não sabia.

Ele olhou para mim com desespero.

— Eu tentei impedi-los — disse ele, em tom de súplica.

Crianças. Oh, não.

Ele estendeu a mão. Eu engoli em seco, olhei nossas mãos agora unida e deixei o meu olhar subir, observando a chuva de cicatrizes brancas no seu braço.

— Essas marcas são de quando aconteceu?

Ele assentiu e toquei sua sobrancelha, a cicatriz branca que estava ali.

— E essa?

Ele concordou com a cabeça.

— E foi quando você perdeu parte da visão do olho direito?

— Foi.

— Conte o que aconteceu.

Ele pareceu olhar para o nada, enquanto era soterrado com as lembranças do passado.

— Uma das minhas responsabilidades como técnico de munição é destruir explosivos e munições encontrados, neutralizá-los e inutilizá-los.

— E daí?

Ele desviou o olhar e parecia perdido no passado.

— Eu estava trabalhando com o Exército Nacional do Afeganistão em Gereshk. É uma cidade no sul do Afeganistão a uns cento e vinte quilômetros de Kandahar. O exército afegão encontrou um depósito de descarte de armas do Talibã e chamaram o técnico mais próximo.

Ele fez uma careta.

— Havia dois poços de queima lá. São poços profundos onde os explosivos são colocados para que eu possa detoná-los, mantendo o raio da explosão contido. Havia uma tonelada e meia de bombas caseiras. O outro poço era munição de armas pequenas, tipo pistolas e fuzis.

— Meu trabalho exigia colocar um longo estopim nos poços até um ponto de ignição, longe o suficiente para que os buracos não fossem vistos. Isso é necessário por questões de segurança. Os sentinelas estão mais longe, mas podem ver os buracos. Eu já tinha iniciado a demolição e estava recuando até o ponto de ignição de disparo quando um dos sentinelas viu um bando de crianças entrando na pequena caixa de munição, provavelmente para roubá-la.

— O sentinela gritou com eles, mas ele estava ainda mais longe do que eu. O meu rádio estava comigo, e eu disse para ele ficar longe. Se eu conseguisse chegar ao estopim e parar a detonação... Mas o filho da puta de coração de manteiga começou a correr junto comigo, porque ele tem filhos também, sabe? Então, eu estava tentando chegar ao estopim, enquanto gritávamos para as crianças saírem dali.

— Eu fui correndo até o ponto de ignição, mas quando cheguei lá, sabia que era tarde demais, que não íamos conseguir, e o Rob estava perto demais. Ele tinha me ultrapassado, atirando para cima para assustar as crianças e berrando para irem embora. Eu comecei a correr atrás dele, dizendo para ele se abaixar, mas ele continuou correndo em direção aos poços. Então, as crianças começaram a sair do poço com o que conseguiram pegar, e pareciam que iam conseguir se safar... Mas, então, foi tarde demais.

Ele parou e fez uma careta.

— Eu estava a cinquenta metros de distância, então escapei dos efeitos do alto impacto, mas fui atingido por fragmentos. — A voz dele tinha assumido um tom sem emoção. — Os fragmentos que me atingiram foram o corpo de Rob. Eu ainda tenho pedaços dos ossos dele sob a minha pele.

— Ah, James...

EXPLOSIVO

— Eu me lembro de estar deitado no chão, tentando respirar, tentando conseguir levar um pouco de ar para os pulmões. Eu sabia que Rob tinha morrido... eu vi...

Ele respirou fundo e fechou os olhos.

— Eu me lembro de ver algumas daquelas crianças ajudando umas às outras e fugindo.

— Ah... então... as crianças... elas sobreviveram? Algumas delas?

Ele negou com a cabeça.

— Não. Mesmo que tenham sobrevivido à explosão inicial, os danos provocados pela pressão da explosão teriam provocado um colapso nos pulmões e elas morreriam no dia seguinte mais ou menos, e sem ajuda médica, elas morreriam de qualquer forma.

Ele abriu os olhos, seu olhar fixo nas luzes da rua através da janela.

— O exército afegão bateu de porta em ponta nas casas da região, tentando descobrir quem eram aquelas crianças para que recebessem tratamento médico, mas ninguém queria admitir que tinha mandado o próprio filho para roubar munição. Então, as crianças não receberam a ajuda de que precisavam. Todas morreram.

— Os seres humanos conseguem aguentar uma pressão de 0,5 bar sem sofrerem ferimentos graves porque somos moles, mas quando a pressão é de 1,0 bar, você começa sofrer ferimentos, e as pessoas acabam se ferindo mais com os fragmentos que são atirados nelas.

Lambi os lábios diante das palavras secas.

— James, a culpa não foi sua. Foi um terrível acidente. Mas não foi culpa sua.

A voz dele estava fria.

— Nós estávamos lá para ajudar, Amira, para tornar o país mais seguro. Conquistar o coração e a mente deles. E de que ajuda eu fui naquele dia?

— Mais do que você imagina, pelo que me contou — declarei baixinho. — Muitas armas e munições foram tiradas de uso.

Ele me lançou um olhar amargo.

— Você parece o Smith falando.

Neguei com a cabeça.

— Sério? Hum, então, ele é uma má influência.

Eu estava tentando desanuviar o ar, mas James não sorriu.

— Nos dias bons, eu digo isso a mim mesmo. Eu estava seguindo as instruções de forma correta. Talvez se os sentinelas tivessem visto as crianças antes; talvez se os poços tivessem sido cavados em outro lugar... eu não sei. Talvez aquelas crianças não teriam morrido. Mas eu sei que elas morreram. E fui eu que acendi o estopim. — Ele desviou o olhar. — Eu aceito a culpa. Afinal, era o responsável pela operação. Então, em última análise, a culpa é minha. — Ele encolheu os ombros. — O alto escalão não disse isso com todas as palavras, mas fui enviado para fazer trabalho burocrático depois disso. Você pode racionalizar do jeito que quiser, Amira. Mas aquelas crianças morreram por minha causa.

— Não estou tentando racionalizar. Só estou dizendo que foi um terrível acidente. Existem tantos "se" e "talvez" nesta vida. Talvez se eu não fosse enfermeira, Karam não tivesse decidido fazer medicina. Talvez se ele tivesse estudando contabilidade, jamais teria sido um voluntário para ir para a Síria. Está vendo? Você acha que eu me culpo pela morte de Karam? Não, mas às vezes parece que a culpa é minha. Nos dias ruins.

Ele arregalou os olhos compreendendo o que eu tinha acabado de dizer, e ele me puxou para um abraço.

— Obrigado — agradeceu suavemente.

CAPÍTULO TRINTA E UM

JAMES

Eu nunca tinha ido ao Arlington National Cemetery.

Já tinha visto muitas fotos, mas nada me preparou para quilômetros de colinas cobertas por uma fileira atrás da outra de lápides brancas, estendendo-se até onde a vista alcança, cada uma representando um soldado derrubado, uma família que perdeu alguém.

Nem todos morreram de forma violenta, mas todos foram testemunhas da violência — cada uma daquelas centenas de milhares de lápides brancas.

Será que chegará o dia quando homens como eu não serão mais necessários? Parecia improvável.

Ajudei Amira a saltar do carro que Smith providenciou para nós. Eu ainda não tinha me acostumado a vê-la usando roupas comuns. Hoje, ela estava usando um vestido cinza até a altura do joelho e um casaco preto. O cabelo comprido e sedoso escorria pela cicatriz na bochecha e eu sabia que aquilo era proposital. Era doloroso ver como aquilo a deixava vulnerável.

Ela olhou para mim e deu um sorriso triste.

Como a nossa operação não tinha sido reconhecida no mais alto nível, eu não tinha planejado vir uniformizado, pensei em usar apenas uma roupa razoavelmente elegante, mas Smith providenciou para que o meu uniforme de gala fosse trazido do Reino Unido. Eu não fazia ideia como ele tinha conseguido aquilo, mas já tinha desistido de tentar descobrir como ele conseguia fazer metade das coisas que conseguia – ele tinha contatos em muitos lugares.

Pode parecer muito esforço, mas vestir uniforme no funeral de alguém que morreu em uma operação não reconhecida era fazer uma declaração – mandar um foda-se bem na cara de quem não a reconheceu para começar, de quem se recusou a reconhecer a vida dele... ou sua morte.

Amira arregalou os olhos quando bati na porta do seu quarto de hotel – ela nunca tinha me visto com uniforme completo.

— Uau, você tem muitas medalhas — sussurrou, enquanto seu olhar passeava pelo meu peito.

— Tenho. — Respirei fundo enquanto eu absorvia o vestido cinza que ela estava usando. — Já vi muita merda. Quanto mais merda você vê, mais medalhas você ganha.

Mas, em uma operação não reconhecida, não haveria medalhas para mim, nem para Clay, nem para Amira.

Por mim, eu não me importava, mas ela merecia algum tipo de reconhecimento por tudo que passou e tudo que conseguiu. As informações obtidas por ela e Clay possibilitaram que a polícia e o serviço secreto conseguissem conter o nível de ameaça.

O ressentimento me consumia. Todo o incidente que aconteceu na Times Square foi gravado ao vivo e nós éramos astros da TV e do YouTube, não que desse para ver claramente os nossos rostos o suficiente para nos identificarem, mas a especulação da imprensa foi uma loucura e foi preciso muito trabalho para negar a nossa presença lá. Dezessete milhões de visualizações e esse número não parava de crescer. Isso era um grande incentivo para quem estava em busca de fama.

Eles mereciam isso – eu estava muito feliz com o anonimato, e esperava que as coisas continuassem assim. Mas também esperava que os Poderosos cuidassem de Amira e de sua família, mantendo-os em segurança contra loucos. Achei que Smith cuidaria disso, mas mesmo com todos os pauzinhos que conseguia mexer, ele era só um homem.

Se Amira me pedisse para ficar, eu ficaria. Mas desde aquela noite no quarto de hotel, senti que ela estava se afastando de mim, pouco a pouco, e eu não sabia o que fazer. Estávamos ficando sem tempo – estávamos sempre ficando sem tempo.

Ajustei o quepe quando o vento varreu as folhas do gramado do cemitério. Amira pegou o meu braço e estremeceu.

— Meus pais não quiseram que eu fosse ao funeral de Karam. Na cultura deles, a mulher fica em casa de luto.

— Tudo bem você estar aqui?

Ela contraiu os lábios e assentiu.

— Larson morreu tentando me salvar. Eu tinha que vir.

— No final das contas, ele não era um punheteiro?

Ela deu uma risada suave, enquanto seus olhos ficavam marejados.

— Não, no final das contas, ele não era um punheteiro.

Era estranho ouvi-la falar essa palavra e eu dei um sorriso.

Eu me virei para olhar atrás de mim quando ouvi o som de uma fila de carros subindo a ladeira. Também havia quatro fuzileiros navais a cavalo carregando a bandeira dos Estados Unidos e as cores do regimento de Larson. Seis outros fuzileiros navais seguiam a pé, tocando os tambores da marcha fúnebre e, no meio deles, estava o carro fúnebre preto.

Eu odiava aqueles carros. Eu já tinha ido ao funeral de muitos amigos.

Não que eu realmente conhecesse o Larson, mas ele estava lutando ao nosso lado e morreu para salvar Amira. Isso o tornava a porra de um herói para mim.

O carro parou quando chegou ao local onde estávamos. Os quatro fuzileiros navais tiraram o caixão da caçamba e o ergueram nos ombros.

Tudo foi feito de maneira precisa. Eles provavelmente realizavam o mesmo ritual três ou quatro vezes por dia, todos os dias, durante o tempo que aquela fosse a missão deles. Era um trabalho estranho.

Smith apareceu ao nosso lado e Amira teve um ligeiro sobressalto.

— É por isso que o chamam de "fantasma" — comentei.

Ela deu uma risada trêmula.

— Oi, Smith.

Ele deu um beijo no rosto dela e apertou a minha mão com um sorriso forçado no rosto.

— Bonito uniforme, James. Que bom que chegou a tempo. Clay mandou um oi. Ele queria muito estar aqui, mas o médico não liberou. Ele está louco da vida.

— Imagino — respondi, distraído, olhando à minha volta. — Onde estão os familiares de Larson?

O rosto de Smith ficou sem expressão.

— Você está olhando para eles. Os fuzileiros navais são a única família que ele já teve. Ele era durão. — Ele fez uma pausa. — Ele salvou

EXPLOSIVO

a minha vida e era um amigo.

Amira pousou a mão na dele e o olhou diretamente nos olhos.

— Eu não gostava muito dele — declarou ela suavemente. — Ele me assustava um pouco.

— Merda — disse Smith. — Só um pouco? Acho que ele teria ficado decepcionado.

Amira sorriu enquanto lágrimas brilhavam nos seus olhos.

— Talvez um pouco mais que um pouco. — Ela baixou o olhar. — Mas ele tentou me salvar. Ele tentou... Ele poderia ter salvado a própria vida. Poderia ter me deixado lá, mas ele não desistiu. — Ela olhou para Smith. — Então, eu nunca vou esquecê-lo e vou sempre rezar por ele.

Smith fez um breve aceno, puxou a mão e se afastou.

O caixão foi colocado no chão enquanto o cabelo de Amira voava ao vento, secando as lágrimas que tinham escorrido pelo seu rosto. Quando ela estendeu a mão para pegar a minha, eu queria nunca mais soltá-la.

Fiquei feliz por estarmos ali. Nenhum soldado deveria ser enterrado sozinho. Eu sabia que Smith tinha dito que a família de Larson eram os fuzileiros navais, mas também deveria ser alguém que o conhecia, alguém que se importava.

— Obrigado por tudo, Larson — disse eu em voz baixa.

Enquanto tocavam "The Last Post"[6] e os sons ecoavam pelo vasto cemitério, ergui a mão, batendo continência.

Larson merecia isso, e eu queria honrar o homem.

Assisti a um dos fuzileiros navais da guarda de honra dobrar a bandeira que cobria o caixão, então, ele hesitou, claramente sem saber para quem deveria entregá-la.

Eu me virei para Smith, mas ele já tinha ido embora, caminhando para longe, com a cabeça baixa.

Amira aceitou a bandeira dobrada e a abraçou junto ao peito, enquanto os galhos das árvores farfalhavam acima de nós.

Quando ela entrou novamente no carro, abraçando a bandeira contra o peito, ela me olhou nos olhos.

— Eu nunca quero ir ao seu funeral, James.

Estendi a mão e peguei a dela porque eu não tinha resposta.

---

6   Música tocada em funerais militares de países da Commonwealth.

CAPÍTULO TRINTA E DOIS

JAMES

Para onde eu vou agora?

Essa pergunta não saía da minha cabeça, já pensava nisso havia dias – e agora eram as minhas últimas horas com Amira.

Estávamos no aeroporto JFK, duas pessoas entre milhares que enchiam o enorme terminal branco.

Amira e sua família iam voltar para San Diego dali a uma hora. E o meu voo para Heathrow seria mais tarde.

Nada se resolveu entre nós e sempre que eu tentava fazer a pergunta que não saía da minha cabeça, ela me afastava.

Um homem mais sábio teria entendido o recado, mas a vida poderia ser bem curta, terminar de repente, brutalmente – e eu sabia o que queria. Eu sabia quem eu queria.

E agora me restavam trinta minutos para usar meu limitado charme para convencê-la a concordar comigo.

Contei para Clay sobre os meus planos, e ele comentou que o meu charme de ataque deveria ser mais charme do que ataque. Filho da puta sarcástico.

Os pais dela estavam claramente desconfortáveis com a minha presença – eu definitivamente não os encantei com o meu charme. Eles eram gratos, mas não me queriam perto da sua filha. Definitivamente não me queriam como genro. Mas eu tinha um plano...

Consegui convencer Amira a ir tomar um café comigo, deixando sua família no portão de embarque, e nos sentamos em uma Starbucks. Ela estava tomando algum tipo de café gelado doce e eu pedi uma coisa que deveria ser chá inglês (mas não era).

Estendi a mão para o copo perguntando-me como eu deveria começar, mas ela pegou a minha mão olhando a teia de cicatrizes que se entrecruzavam por toda a superfície, cortando as linhas normais.

— Acho que chegou a hora de dizermos adeus — declarou ela em tom calmo, colocando a minha mão sobre a mesa.

— Por ora.

Ela meneou a cabeça com tristeza.

— Acho que não, e você também. Não de verdade. Você mesmo disse. Você mora a mais de dez mil quilômetros de distância. É hora de dizer adeus.

Fiquei olhando para a minha mão cheia de cicatrizes, esperando encontrar as palavras para convencê-la de que nós tínhamos uma chance.

— Bem, outro dia eu li sobre essa nova invenção incrível chamada avião. E também tem o e-mail. É como mandar uma carta sem ter que comprar o selo. Uau! É magia pura! Você deveria tentar. E eu ouvi falar que agora conversas telefônicas são possíveis mesmo com pessoas em diferentes continentes. Mas talvez seja só um rumor.

Ela não riu da minha piada e não olhou nos meus olhos.

— James, você e eu não existimos no mundo real. Não podemos. É um sonho lindo, mas é só isso: um sonho. — Ela meneou a cabeça. — Eu era tão ingênua. A operação *Hansel* e *Gretel* parecia estar em um filme do cinema no início, sabe? Ou em um conto de fadas. Eu sou tão idiota.

Suas palavras foram um balde de água fria nas minhas esperanças, mas eu não aceitaria que as últimas palavras fossem dela. *O jogo só começa depois que você marca ponto.* Eu tinha essas palavras tatuadas nas minhas costas por um motivo – e elas significavam que eu tinha que melhorar o meu jogo.

Eu não era uma pessoa espiritualizada, mas não acreditava que tinha passado por toda aquela merda a troco de nada. Eu tinha certeza disso.

— Não precisa ser um sonho, Amira. Nós podemos fazer isso funcionar: você, eu... nós.

Ela olhou para mim, sobressaltada, e se remexeu na cadeira.

— Eu não vejo você dessa forma, James. Existe muita coisa contra nós.

— Tipo o quê? — perguntei de forma direta.

Ela soltou um suspiro profundo e olhou para mim.

— O lugar onde moramos, quem nós somos. — Ela fez uma pausa. — A nossa religião. Podemos ser amigos, mas...

— Eu não sou praticante de nenhuma religião. Sou obrigado a colocar "Anglicano" nas minhas plaquinhas de identificação, mas e daí? E nós podemos mudar o lugar onde moramos. Quanto a quem nós somos, *você* já sabe disso, e *eu* também sei. Nós *combinamos*, Amira. Nós funcionamos juntos.

Ela baixou o olhar.

— Não, James. Isso é um adeus. Tem que ser.

Segurei o rosto dela de forma carinhosa para que ela olhasse para mim.

— Por quê?

Ela piscou, surpresa.

— Por quê? Porque é assim que as coisas são.

— Isso não faz o menor sentido — retruquei em tom suplicante. Ela apertou os lábios e se afastou de mim. — Nós podemos estar juntos — insisti. — Mas nós dois temos que querer que as coisas funcionem. Você quer ficar comigo do jeito que eu quero ficar com você?

Respirei fundo e prendi o ar.

Quando ela finalmente falou, não era o que eu estava esperando. Não era mesmo.

— Eu vou para a Síria.

Eu fiquei sem palavras.

— O quê?

Ela parecia frustrada, suas mãos apertando o copo de plástico com força.

— Eu quero ir para a Síria para concluir a missão de Karam. Eu quero trabalhar nos hospitais lá... e fazer o *bem*. — Ela afastou o olhar. — Eu preciso fazer isso.

— Mas isso é loucura!

Ela me fulminou com o olhar, claramente frustrada.

— Eu sabia que você diria isso, James. Mas eu preciso fazer isso — insistiu ela. — Eu não tinha entendido antes, achando que eu poderia ser alguém que não sou, uma agente infiltrada. — Ela deu uma risada. — Mas sou uma enfermeira e o meu papel é ajudar as pessoas a se curarem. É isso que eu faço. É quem eu sou. Karam jamais desejaria que eu tivesse feito o que fiz, envolver-me com Smith, arriscar a minha vida daquele jeito. Eu estava cheia de raiva e ódio e não consegui enxergar o que realmente era importante.

— E agora você consegue?

Odiei o som sarcástico e desdenhoso que ouvi na minha voz, mas ela estava despedaçando o meu coração, tirando um pedacinho de cada vez. Logo, não me restaria mais nada.

— James, não faça isso.

— Fazer o quê?

— Não me odeie.

— Eu não odeio.

— Mas vai odiar.

— Amira...

— Não. Você precisa me escutar. *Eu preciso fazer isso*. Entendeu? Eu preciso fazer isso para conseguir continuar com a minha vida, depois de tudo o que aconteceu. Esse sentimento fica cada vez mais forte a cada dia que passa. Eu quero voltar a trabalhar. Na Síria.

Eu me levantei e comecei a andar de um lado ao outro, chamando a atenção das pessoas à nossa volta. Tentei me acalmar e afundei pesadamente na cadeira.

— Meu Deus! Será que ter quase morrido uma vez não foi o suficiente pra você? — rosnei para ela. — Você vai para a Síria fazer a mesma coisa que matou o seu irmão?

Ela fez uma careta e afastou o olhar.

— É diferente...

— Claro que não. É *exatamente* a mesma coisa! As coisas não mudaram muito desde o ano passado. Temos a Rússia de um lado com Putin sendo um doido filho da puta e não há como saber o que ele vai fazer. E temos o presidente Assad do outro que é tão doido quanto ele, sendo capaz de matar o próprio povo com gás venenoso. E isso se o Estado Islâmico realmente foi derrotado na Síria, o que não é uma coisa certeira, porque eles só se esconderam. Eles ainda estão lá, por todos os lados.

Ela suspirou. Seus olhos brilhavam de paciência e compaixão, e eu sabia que a estava perdendo.

— Eu sei de tudo isso, James. Não fale comigo como se não soubesse o que estou fazendo, como se não tivesse pensando sobre isso. Existe tanta necessidade, tanto sofrimento e eu posso ajudar. Eu sei exatamente no que estou me metendo.

— Não sabe, não. Você acha que sabe, mas não sabe.

Eu tinha quase certeza de que ela não fazia a menor ideia, mas eu já tinha estado em zonas de guerra, e tinha visto exatamente como os apoiadores do Talibã do Estado Islâmico se comportavam por lá.

— Eu vou dizer pra você como é — comecei em tom irritado e duro. — Raqqa estará repleta de munições, bombas caseiras improvisadas espalhadas por todos os lados. A cidade estará cheia de entulho, o que significa que os dispositivos que ainda não explodiram estarão ocultos no meio de tantas ruínas, mas que podem ser detonados a qualquer momento. E assim que o Estado Islâmico deixar a cidade, eles estarão manipulando as casas que ainda estão intactas, ajustando temporizadores de cozinha, embaixo das camas e até mesmo nas porras dos interruptores de luz. Mas eles não apenas provocam a explosão quando alguém entra na casa, eles as explodem três dias depois, quando toda a família já está de volta, provocando o máximo de carnificina e morte.

A expressão do rosto dela estava congelada, mas eu continuei, levantando a voz.

— E no hospital? Aquele que seu irmão estava quando morreu? O prédio virou ruínas, então você vai ter que trabalhar em barracas e você vai ter sorte se houver eletricidade ou água corrente. Talvez vocês contem com um gerador que funcione, mas vocês não conseguirão diesel para abastecê-lo. Não de forma legal, então a sua equipe vai ter que arrumar uma forma de comprar combustível no mercado negro, provavelmente dos filhos da puta que estavam lutando ao lado do Estado Islâmico para começar.

Eu me inclinei para ela, deixando a minha voz ficar cada vez mais fria.

— E se você acha que esse último mês que passou foi difícil, saiba que você vai ver coisa muito pior. Você vai ver coisas que vão mantê-la acordada durante a noite. E você vai vê-las pelo resto da sua vida. É isso que você quer?

Ela engoliu em seco, inclinou-se para a mesa e pegou as minhas mãos.

— Eu sei. E é por isso que precisam de mim lá.

— Amira, você não sabe!

A expressão no rosto dela endureceu.

— Eu estou muito ciente de como as pessoas são capazes de ser cruéis. Eu vivi isso. Estou *vivendo* isso. Mas eu *tenho* que fazer isso. Eu não consigo seguir com a minha vida... eu não vou conseguir ir adiante nem com você nem com ninguém até...

— Até o quê?

— Até eu pagar a minha penitência.

— E o que você quer dizer com isso? — perguntei com raiva.

Ela suspirou pesadamente e se recostou na cadeira.

— Eu mal me conheço, mas *sinto* isso. Existe alguma coisa dentro de mim, dizendo que tenho que terminar o trabalho de Karam. Eu devo isso a ele. Eu devo isso às pessoas que estão lá e que não têm nada. Pessoas que são do meu povo, de onde eu vim. Eu posso ajudar. Sei que posso fazer uma diferença. Foi por isso que me tornei uma enfermeira.

— Então faça diferença *aqui*. — Eu quase gritei, lembrando-me no último segundo de baixar a voz a um sussurro rouco. — Faça isso em um lugar seguro.

Ficamos nos encarando. A distância entre nós crescendo cada vez mais.

— James, eu gosto de você, nós somos amigos, bons amigos... mas eu vou me odiar se não fizer isso.

Eu me virei, meu corpo todo contraído, incapaz de suportar a dor que me rasgava por dentro. Mesmo assim, eu ainda tinha uma jogada.

— Então, eu vou também.

Silêncio.

Eu me virei para ela, que estava olhando para mim como se eu tivesse enlouquecido.

— Você não pode. Isso é impossível.

— Ah, é? E por quê?

— Você não pode ir atrás de mim! — exclamou em voz aguda.

— Claro que posso.

Ela deu uma risada nervosa.

— Você sabe muito bem que o exército britânico não vai deixar você fazer isso.

— Eles não terão escolha... se eu me tornar um civil. Nesse caso, vou poder fazer o que bem entender.

Ela apertou os olhos como se não tivesse ouvido direito.

— Você não pode deixar o exército. Não pode fazer isso.

A voz dela estava firme.

— Claro que posso.

— Mas...

— Eu tenho que dar um aviso de doze meses, mas depois fico livre para fazer o que quiser.

Ela franziu as sobrancelhas.

— E, aí, o que você vai fazer?

— Vou atrás de você na Síria.

— Mas você não pode...

— Quem disse que não?

— James, é só que... não! Essa é a minha jornada, não a sua.

— Pois é, você acha que essa é uma boa ideia. Se é para lá que você vai, Amira, é lá que eu quero estar.

Ela ficou chocada.

— Você está falando sério!

— Claro que estou.

— Mas... e quanto a sua carreira?

— Você acha que eu me importo com isso?

Ela arregalou os olhos.

— Você desistira do exército, desistiria de tudo?

— Eu não estaria desistindo de nada e estaria ganhando tudo.

Por um momento, os olhos dela brilharam, mas o brilho logo desapareceu.

— Eu não posso pedir pra você fazer isso. Eu não vou.

— Você não está me pedindo nada. Eu estou dizendo que é isso que quero.

Ela baixou o olhar para a mesa, e vi que ela estava absorvendo a ideia, mas ainda havia uma barreira na sua mente, algo que ela não estava me contando.

— James, esses últimos meses foram... aterrorizantes... mas aprendi muito sobre mim mesma. Eu achava que a religião da minha família não significava nada para mim, mas significa. Durante toda aquela loucura, todo aquele ódio e violência, eu encontrei a minha fé. Eu sei que isso parece cafona e meio doido da minha parte, mas é como me sinto. Como se Deus tivesse me dado uma segunda chance. Eu quero explorar o que isso significa. E quero fazer isso com o islamismo.

Apoiei a cabeça na mesa e, então, olhei para ela.

— Tudo bem, então, se é isso que você quer. Eu realmente não entendo, mas se é importante para você.

Ela balançou a cabeça de forma veemente.

— Não, não é só importante, é fundamental. Para quem eu sou, para quem eu quero ser, para todo o resto.

Cocei a orelha.

— Bem, tudo bem. Isso é ótimo. Faça isso.

Ela fez uma careta demonstrando toda a sua frustração.

— O que estou dizendo de forma meio confusa é que não poderia ficar com você do jeito que você quer. *Ugh!* Não me obrigue a dizer isso. — Ela cobriu o rosto com as mãos. — Eu não poderia mais transar com você porque a minha fé não permite.

Agora eu estava começando a entender. Queimava à beça, mas entendi. E achei a solução óbvia. Ou, pelo menos, achei que tivesse achado.

— E se a gente se casar?

Ela quase engasgou.

— Casar?

Eu ri diante da reação atônita dela.

— Pois é. As pessoas fazem isso, quando elas querem passar o resto da vida juntos.

Ela empurrou o meu braço.

— Não brinque com uma coisa dessas!

— Eu não estou brincando. Vamos nos casar, Amira. Amanhã, ou quando você quiser. Vamos nos casar!

Ela levantou as sobrancelhas.

— Você está falando sério?

— Claro que estou. Então, o que me diz?

A expressão do rosto dela ficou séria, apagando os últimos vestígios de esperança que eu tinha.

— Eu não posso.

— Por que não? Você é solteira e nós queremos ficar juntos. Pelo menos, é isso que eu quero. Então, por que não?

— Eu... James... Eu quero... eu preciso... Se um dia eu me casar com alguém, o que é bem improvável para mim no momento, quero me casar com um homem que compartilhe da minha fé.

— Ah.

— Você entendeu agora?

— Entendi.

Eu peguei a mão dela novamente, sentindo a maciez da pele.

— Então, o que tenho que fazer para me converter?

Ela ficou boquiaberta e, então, franziu a testa, puxando a mão de volta.

— Não tem graça.

— Eu não estou rindo. Eu vou me converter se é isso que você quer. — Suspirei. — Será que você não entende, Amira? Se estamos falando sobre destino ou coisas acontecerem por um motivo, e com toda a merda que aconteceu com a gente, você não acha que seria bom ficarmos *juntos*? Se você quer dar um significado para tudo isso... Não é um milagre que um homem criado como anglicano tenha se apaixonado por uma muçulmana que odiava tudo que ele representava?

— Eu... eu nunca odiei você.

— Odiou sim. Eu via nos seus olhos.

— Não... Não. Eu só odiava... bem, eu odiava todo mundo. A minha vida.

— Mas não agora.

— Não. Não agora. — Ela fez uma pausa. — Você disse que se apaixonou por mim...

— Ah, você estava prestando atenção.

— Claro que eu estava e estou lisonjeada, mais do que você possa imaginar, mas... não vai dar certo.

— Claro que vai!

— James! — exclamou ela, levantando a voz com um tom de insatisfação. — Eu não consigo encontrar outra forma de dizer isso pra você sem magoá-lo, então vou dizer de forma direta e clara: estou impressionada que você esteja considerando mudar a sua religião para se casar comigo, mas não posso permitir que faça isso. Eu amo você como um amigo, um bom amigo, um amigo especial, mas isso é tudo.

EXPLOSIVO

Ela respirou fundo enquanto meu mundo desabava.

— Eu não posso me casar com você. A minha resposta é não.

CAPÍTULO TRINTA E TRÊS

AMIRA

Meu coração se partiu por James.

Eu o amava. É claro que o amava. Mas isso não era suficiente. Teria sido tão fácil dizer "sim", concordar com tudo, porque, assim, eu não teria que enfrentar o meu futuro sozinha – eu teria o meu melhor amigo ao meu lado. Mas não seria justo com ele, nem comigo.

— Nós ainda podemos ser amigos — disse eu com voz fraca. — Estou sendo egoísta porque não quero perder você, James. Daqui a alguns anos, nós vamos rir dessa situação e você vai perceber como teve sorte de escapar desse casamento.

Ele não olhou para mim quando respondeu:

— Eu jamais pensaria isso. Eu sempre vou amar você.

Eu não sabia o que dizer, o que fazer para amenizar a situação, porque é claro que isso era impossível. Não havia como pisotear os sonhos de alguém de uma forma delicada.

Eu me inclinei para ele e peguei sua mão machucada na minha, perguntando-me como poderia dizer adeus àquele homem bonito, bondoso e carinhoso.

De repente, vi Zada correndo pelo aeroporto com a testa franzida.

— Amira! Já anunciaram o nosso voo. Temos que ir *agora*.

James se levantou, ainda segurando a minha mão.

— Eu acompanho você até o portão de embarque.

Zada nos lançou um olhar estranho.

Quando nos aproximamos dos meus pais, soltei a mão dele. Ele não discutiu, simplesmente colocou a mão no bolso e ficou olhando para o chão, sem conseguir me olhar nos olhos. Depois de todas as vezes que eu o tinha visto me olhando, agora ele não conseguia fazer isso. Eu me senti a pior pessoa do mundo. Eu o usei para me curar e parti seu coração no processo.

Mama e *Baba* estavam nervosos por causa do horário do voo e aguardavam, impacientes, segurando a bagagem de mão.

Baba trocou um aperto de mão com James, agradecendo mais uma vez por ele ter salvado a minha vida e *Mama* fez um aceno educado com a cabeça.

Tudo era tão dolorosamente estranho.

James finalmente levantou o olhar, dando um sorriso encorajador que não chegava aos seus solhos e um beijo educado no rosto, mas a intensidade da paixão que eu via no seu rosto era bem menos educada. Fui tomada por uma enorme sensação de perda quando me afastei dele.

Olhei por sobre o ombro e tentei sorrir.

Mas ele não reagiu e, um instante depois, ele tinha desaparecido.

Tentei controlar a avalanche de emoções que tentava me soterrar – deixá-lo para trás parecia errado.

Tudo parecia diferente depois que quase morri. Cada segundo era precioso e eu precisava passar o resto da minha vida pagando pela minha própria estupidez.

— Está tudo bem? — perguntou *Mama* com olhar preocupado.

— Vai ficar — respondi.

Zada me olhou com uma expressão estranha.

— Está tudo bem com James?

Como eu poderia responder àquela pergunta?

— Ah, Zada. Eu estou tão confusa. James me pediu em casamento!

Ela levantou as sobrancelhas.

— E o que você respondeu?

— Que não, é claro.

Ela ficou me olhando com muita atenção.

— Achei que vocês fossem próximos.

— E nós somos. Mas somos apenas bons amigos.

Ela pareceu cética.

— Só amigos? Porque eu o vi saindo do seu quarto do hotel bem cedo no outro dia. Ele passou a noite lá, não passou?

Gaguejei a resposta, porque o constrangimento me deixou desequilibrada.

— Então... ah, tá, ele passou a noite lá. Mas foi diferente. Eu precisava... acabar com os pesadelos, Zada. E precisava que fosse com um amigo. — Mordi o lábio inferior, rezando para que ela não me julgasse muito. — Você entende?

Ela passou o braço no meu e ficamos de braços dados.

— Eu nunca vou entender tudo pelo que você passou. Isso é impossível. Mas se ajudou estar com James, então estou feliz por você ter um amigo. Mas, Amira, o cara está apaixonado por você. Todos nós percebemos isso. Nossos pais estavam esperando que você dissesse que estavam noivos ou algo assim.

Eu fiquei boquiaberta, tamanha foi a minha surpresa.

— Você está falando sério?

— Claro que estou.

— E eles iam aceitar de bom grado que eu me casasse com ele?

Ela encolheu os ombros, parecendo constrangida.

— Eu não diria "bom grado" exatamente, mas se ele fosse a pessoa que você quer. Mas... Você não o ama?

— Eu amo, como amigo. Eu não estou *apaixonada* por ele.

Ela pareceu perdida em pensamentos.

— Tem alguma outra pessoa? — Ela baixou o olhar. — É o Clay?

— Não! Não é Clay, nem ninguém! Por que você está me perguntando isso? — Olhei para ela e vi o rosto dela enrubescer. — Zada? Zada! Não estou acreditando! Você e Clay?!

Ela negou veementemente com a cabeça e soltou o meu braço.

— Não, não seja boba. Eu gosto dele. Ele é gentil, engraçado e bonito também.

— Uau! Você gosta dele. Gosta de verdade!

— Nós só conversamos — contou ela, corando ainda mais. — Enquanto você estava na terapia, eu ia lá conversar com ele. Ele não tem família, ninguém que se importe. Eu levava balas escondidas para ele. — Ela deu um sorriso tímido. — Ele adora doces, parece uma formiga!

EXPLOSIVO

Fiquei surpresa. *Minha irmãzinha e Clay!* Jamais teria imaginado uma coisa dessas.

— Tem certeza de que você não gosta dele? — perguntou ela em tom culpado. — Não foi por causa dele que você e James...

— Não — respondi com firmeza. — Os dois são muito especiais para mim e sempre serão. Mas não estou apaixonada por nenhum dos dois.

— Então, o que é? — perguntou ela, sem entender. — O que você está escondendo?

Respirei fundo.

— Zada, eu tenho tanta coisa para contar para você.

CAPÍTULO TRINTA E QUATRO

JAMES

Parecia que eu estava completamente dormente – uma ausência total de sentimentos.

A decepção esmagadora e a humilhação ardiam no meu peito até eu conseguir trancar tudo por dentro e jogar fora a porra da chave.

Eu ofereci tudo para ela, mas ela não quis – ela não me quis.

Foi idiota pensar que quando ela me escolheu para acabar com os pesadelos, para dormir com ela e apagar as lembranças ruins, aquilo tivesse algum significado para ela. Mas, no fim das contas, eu era só um corpo quente – disponível para ela usar quando precisou, mas sem nenhum compromisso.

Eu tinha entendido tudo errado.

Então, eu me desliguei de tudo e enterrei bem fundo. Eu tinha muita prática nisso. E, nesse momento, eu esperava que nunca mais voltasse a sentir novamente.

O voo de volta para casa foi longo e chato. Diferente da minha viagem com Smith, eu estava em um voo comercial e não havia ninguém esperando por mim em Heathrow. Eu teria que pegar dois trens e um táxi para voltar para a base em Wiltshire.

Enquanto estive fora, o regimento foi enviado em uma missão, então eu oficialmente seria mandado de volta para Aldershot até ser enviado para um novo regimento que precisasse de um especialista em bombas. Mas primeiro, eu tinha que pegar a minha moto com Noddy, e tinha um fim de semana inteiro antes de me apresentar ao meu comandante.

Eu estava rezando que ele não me perguntasse o que eu tinha feito nos Estados Unidos. Oficiais não gostavam de receber como resposta "sem comentários".

Eu não podia contar para ele sobre a missão, onde estive e o que tinha feito. E não tinha como contar a ninguém sobre Amira. Clay talvez desconfiasse, mas não sabia de todos os detalhes.

Noddy fez um ótimo trabalho tomando conta da minha Ducati, como se fosse um recém-nascido. Não que ele tivesse filhos – o filho da puta não conseguia manter uma mulher interessada até conseguir se casar com ela. Não que eu estivesse muito melhor do que ele.

Bem, essa era a minha opinião. Ele disse que era inteligente demais para se prender a alguém. Eu não ia discutir com ele depois de ter cuidado tão bem da minha moto.

Dormi no sofá da casa dele na primeira noite de volta para casa. E foi muito estranho porque eu não me sentia mais em casa. Além disso, precisei mentir sobre tudo. De acordo com o que eu contei, nada de interessante tinha acontecido. Que ironia. O meu vídeo no YouTube tinha quase trinta milhões de visualizações agora, e eu não tinha provas de que era eu que estava lá, a não ser pelo buraco no meu peito onde meu coração costumava bater.

— Você perdeu toda a ação — comentou Noddy. — Você deve ter ouvido falar sobre os múltiplos ataques terroristas na costa leste dos Estados Unidos? Tem até um vídeo no YouTube. Um homem-bomba na Times Square. Você deve ter visto!

— Eu vi — disse eu. — Mas eu estava treinando em Memphis, uma porra de um calor e um monte de mosquitos.

Ele bocejou e coçou a barriga enorme.

— Que merda, cara. A missão mais chata do mundo.

Concordei e mudei de assunto.

Tomamos algumas cervejas, pedimos comida indiana e rimos da sua vida. Foram vinte minutos de papo, incluindo a refeição e duas cervejas para cada um. Então, começamos a conversar sobre a chance do Spurs[7] no campeonato.

Noddy era um dos meus amigos mais antigos e estávamos conver-

---

7 *San Antonio Spurs* é um time de basquete da NBA.

sando como estranhos.

No dia seguinte, peguei a moto e segui para Aldershot.

A paisagem tinha mudado durante a minha viagem. E o verão longo e quente tinha se transformado em outono. A vida tinha seguido o seu curso – a minha mais do que a maioria, mas, ao mesmo tempo, nada tinha mudado na superfície. Quando cheguei aos Barracões e segui para a minha antiga acomodação, o meu quarto estava exatamente como eu tinha deixado todos aqueles meses antes. Até mesmo a poeira parecia igual. Mas eu tinha mudado tão completamente que quase demorei para me reconhecer no espelho. Era confuso e desorientador voltar aqui.

O mundo tinha sete bilhões de pessoas, e eu nunca tinha me sentido mais sozinho.

CAPÍTULO TRINTA E CINCO

AMIRA

Meu telefone tocou e senti um sorriso se abrir no meu rosto mesmo antes de atender. Era uma chamada de vídeo de Clay. Era a primeira vez que conversávamos desde que nos despedimos em Nova York, embora Zada já tivesse conversado com ele várias vezes.

— Oi, irmã! — disse ele, assim que atendi. — Espere, eu estudei muito isso: *As-Salaam-Alaikum*!

Eu ri.

— *Wa-Alaikum-Salaam*. — Essa era a resposta tradicional para o cumprimento dele. — Que a paz esteja com você.

— Você está ótima, Amira — disse ele com um sorriso.

— Dificilmente! — Levei a mão à cicatriz no meu rosto, sentindo-me muito constrangida. — E acabei de sair para a primeira corrida depois de seis semanas. Eu me arrastei por cinco quilômetros em um calor de trinta e cinco graus! Eu estou um horror!

— Não. Você está ótima. — Ele riu. — Mas deve estar fedendo.

— Ei!

— Ué, só estou dizendo... De qualquer forma, não me importo com o seu cheiro. Nós dormimos juntos por três semanas sem tomarmos banho, não é?

— *Ugh!* — exclamei, cobrindo o rosto. — Eu não quero falar sobre nossos odores naquela época. Prometa que nunca mais vai tocar nesse assunto!

Ele deu uma gargalhada.

— Prometo.

Então, ele fez uma careta.

— Hum, eu tenho que contar uma coisa pra você... sobre Zada...

Revirei os olhos.

— Sério, Clay? Você realmente acha que não sei nada sobre você e a minha *irmãzinha*? Por que você não me contou antes?

Ele retorceu os lábios.

— Eu bem que queria, mas...

Dei um sorriso triste.

— Tudo bem. Eu entendo. Tudo tem sido uma loucura. Mas só para você saber, ela está muito feliz. Mas se você a magoar, eu vou acabar com você.

— Entendido. — Ele sorriu para mim, mas o sorriso foi morrendo nos lábios dele. — Tem tido notícias de James? Ele não tem atendido às minha ligações nem respondido às minhas mensagens.

Neguei com a cabeça, tomada pela culpa.

— Não, ele não entrou em contato. — *E nem tentei entrar em contato com ele.*

— Merda — praguejou ele. — Eu queria que vocês tivessem voltado a se falar. Smith disse que James está de volta ao posto dele, mas isso foi tudo que ele pôde me dizer. — Ele afastou o olhar e respirou fundo. — Zada me contou sobre você ter dito não ao pedido de casamento. Eu não podia imaginar. Tipo, eu sabia que ele gostava de você e tudo mais, e que vocês tinham um lance...

Eu me sentia tão culpada e não conseguia me esquecer do olhar no rosto de James no momento em que parti o seu coração.

— Ah, ela contou pra você — respondi em tom cansado. — É, foi uma coisa meio inesperada. Eu fiquei chocada. Achei que fôssemos amigos. Nós somos amigos, mas... não desse jeito.

Ele suspirou.

— Não fique se torturando por causa disso, Amira. As coisas podem ficar muito intensas durante uma operação, as emoções ficam fora de controle.

— Você acha que foi isso? — perguntei, esperançosa.

— Em parte — respondeu ele com cautela.

Ele não disse mais nada, nem precisava.

Senti a culpa queimar novamente no meu estômago. Era uma dor constante e incômoda, como um dente careado. Eu nem queria imaginar como James estava se sentindo. Esperava que ele tivesse conversado com Clay, mas parece que esse não era o caso.

— Dê um tempo para ele, Amira — disse ele com voz gentil. — Tenho certeza de que ele vai entrar em contato de novo.

Eu não tinha tanta certeza. Na verdade, eu tinha certeza quase absoluta de que eu nunca mais veria James outra vez.

— E como estão as coisas em casa? — perguntou ele. — Zada me contou que você disse aos seus pais que quer ir para a Síria. Que merda, cara.

Suspirei.

— Pois é.

— Foi tão bem assim?

— Eles ficaram muito insatisfeitos — admiti, compreendendo muito bem o choque deles. — *Mama* chorou e não foi de felicidade. *Baba* foi para a mesquita rezar. Eles vão superar. Eles só querem que eu seja feliz. Principalmente depois de tudo o que aconteceu.

Ele olhou para mim, pensativo.

— Você está feliz?

— Estou chegando lá — respondi com sinceridade.

— Hum... Zada contou que eu vou me converter?

Mordi o lábio inferior.

— Contou, mas você vai mesmo? — perguntei, lembrando-me de que James tinha me oferecido a mesma coisa.

— Vou — respondeu ele rapidamente. — Já estou procurando aulas no *Imam* local. Zada não me disse o que seus pais acharam disso, então queria pedir pra você me contar.

Gemi. Eu realmente não queria ficar entre os meus pais e a minha irmã. Mas eu tinha uma dívida com Clay. Eu devia a ele a minha vida.

— É muita coisa para eles absorverem. Mas dê a eles um tempo para se acostumarem com a ideia.

Ficamos em silêncio, pensando nos obstáculos do futuro.

— E como você está de verdade? — perguntei em voz baixa.

— Os médicos disseram que preciso fazer mais umas cirurgias. Talvez várias antes de poderem começar a pensar em fazer uma prótese.

— Isso não é incomum — respondi com gentileza. — Eles vão tentar fazer de tudo para que você se sinta confortável com a prótese.

Ele assentiu e suspirou.

— É, eu sei. Eles explicaram tudo isso para mim, mas o médico disse que está preocupado com a integridade dos vasos sanguíneos, então...

— Você vai superar isso, Clay. Eu sei que vai.

Ele deu um sorriso cansado.

— Então, o que está achando de me ter como cunhado?

Eu ofeguei.

— Você está falando sério? Você a pediu em casamento?

— Ainda não — respondeu ele, com expressão feliz. — Mas tudo está nos levando para isso. Ela está planejando vir para a costa leste para passarmos algum tempo juntos enquanto estou na reabilitação. Diz que quer que a gente se acostume com a ideia de sermos um casal, para termos certeza do que queremos, mas eu sei que isso é real. A sua irmã é demais, Amira.

— Então, você está ligando para pedir a minha bênção para se casar com Zada?

— E você vai me dar? — perguntou ele, nervoso.

Eu sorri, apesar da seriedade da conversa.

— Eu não poderia estar mais feliz — respondi com sinceridade.

Ouvi uma batida forte na porta e olhei para o teto, arrependida por ter desistido do meu apartamento para voltar a morar com os meus pais por alguns meses.

— Amira! Venha almoçar! Seu pai está esperando!

— Estou indo, *Mama!* — gritei.

Clay riu.

— Parece que você está se divertindo agora que está morando com seus pais de novo.

Gemi.

— Eles me tratam como se eu tivesse cinco anos de idade!

— Claro que tratam — disse ele, com voz suave. — Eles amam você e estão com medo que você logo os deixe. — Seus olhos se anuviaram.

— Eu sei e entendo. Mas eles vão superar isso, eu só preciso dar um pouco mais de tempo para eles.

Eu parecia mais confiante do que eu realmente me sentia.

Ele suspirou e assentiu.

— Acho que sim. — Ele deu um sorriso triste. — É melhor você ir.

— Quer que eu mande um beijo para Zada?

Isso provocou um sorriso tão grande e eu me despedi antes de desligar. O vazio que eu sentia por dentro estava difícil de suportar.

Entrei rapidamente no chuveiro para um banho rápido. Eu tinha muita coisa para fazer hoje, incluindo ir ao departamento de RH do hospital para pedir demissão. Não seria surpresa para eles, já que eu estava de licença havia um ano, mas eu precisava tornar tudo aquilo oficial.

Minha família sabia a verdade sobre o meu ano sabático agora – mas eu não podia contar para ninguém no meu antigo trabalho e nunca poderia. Meus pais ficaram devastados quando contei que iria para a Síria. Zada chorou, mas acho que ela entendeu. Pelo menos era o que eu esperava.

Eu também preenchi o formulário de voluntariado no Médicos Sem Fronteiras. Eu odiava estar deixando meus pais de novo, mas estava pronta para seguir com a minha vida. Zada estava seguindo com a dela, e uma pequena parte de mim estava com inveja.

Mas uma parte bem pequena mesmo.

O tempo passou bem devagar, mas passou. Meus pais começaram a se acostumar com o namoro de Zada e Clay e até conversaram com ele por Facetime, solenes e empertigados, mas acho que o jovem casal estava ganhando pela insistência.

Ela foi visitá-lo uma vez e voltou brilhando de felicidade.

Demorou mais três meses para a documentação do Médicos Sem Fronteiras passar por toda a burocracia e a minha ida para a Síria ser aprovada. Tive que passar por várias entrevistas, e achei que teria problemas por causa do ano que fiquei sem trabalhar, mas Smith mexeu uns pauzinhos. Não importava o que eu achasse dele nem do trabalho que ele fazia, ele era um homem de palavra. Sim, um mentiroso profissional, que mentia a palavra – a minha vida era cheia de contradições.

Zada ficou feliz por mim, feliz por ter a irmã em casa, mas havia uma distância entre nós que não existia antes. Eu a magoei quando fui embora antes e agora eu ia embora de novo.

— Pelo menos prometa que dessa vez você vai manter contato — disse ela do nada um dia.

— Eu prometo, Zada. Você sabe por que eu não pude manter contato da outra vez.

Ela encolheu os ombros.

— Você explicou, mas acho que nunca entendi de verdade porque você fez o que fez. Nossos pais... bem... Você pode imaginar — disse ela em tom acusador. Então, ela levantou o olhar. — Mas eu meio que entendo por que você quer trabalhar como voluntária na Síria. Acho que papai e mamãe também entendem, mas estão preocupados.

— Eu sei.

— Eu só quero dizer pra você, para que saiba que vou sentir muita saudade e que eu amo muito você. Muito mesmo.

Ela me abraçou e eu correspondi.

— Eu também amo você, Zada. E estou muito feliz porque você e Clay estão juntos. Estou muito feliz mesmo.

— Você está falando sério? — perguntou ela com os olhos úmidos.

— Claro que estou. Ele é um cara incrível.

— É mesmo. — Ela deu um sorriso. — Ele é incrível mesmo. — Então o rosto dela ficou sério de novo. — Só me prometa que vai tomar cuidado, está bem?

Nós nos abraçamos por mais um tempo e, depois, olhei o relógio.

— É melhor eu ir agora. Tenho que chegar no trabalho daqui a quarenta minutos.

Enquanto esperava para recomeçar a vida, eu estava trabalhando como voluntária em uma clínica. Conseguir trabalhar com recursos limitados estava sendo um treinamento para mim, mas eu desconfiava que eles ainda tinham muito mais recursos do que o lugar para onde eu ia.

Eu tinha mais uma semana antes de seguir para Damasco.

Eu realmente ia fazer aquilo.

CAPÍTULO TRINTA E SEIS

JAMES

Já fazia muito tempo desde que levei a Ducati para dar uma volta em uma pista de corrida, mas no meu dia de folga, foi exatamente o que fiz. A sensação foi muito boa, uma forma de aliviar todo o estresse que estava sentindo. Eu não podia correr naquela velocidade e ainda pensar *nela*.

O trabalho estava exigindo muito de mim, e isso foi um alívio. Ter muito tempo para pensar não era uma boa ideia. Por mais louco que pareça, houve um chamado para o Esquadrão Antibombas todos os dias da semana em algum lugar no Reino Unido, e havia poucos de nós com treinamento necessário para responder a essas chamadas. Até agora, este mês, fui enviado para resolver um incêndio de um barco pesqueiro que apareceu em uma praia da costa sul – algo que era potencialmente perigoso para o público, já que a fosforescência poderia causar queimaduras graves; depois houve duas ligações para a polícia dizendo que as escolas locais tinham dispositivos explosivos – ambos eram falsos, mas tinham que ser verificados –, os escrotos que passaram o trote tinham sido capturados e repreendidos, mas isso significou o desperdício de dois dias. Estive em uma casa em Hounslow onde estavam fabricando TATP, e alguns fabricantes de bombas estavam mantendo a polícia ocupada com suas perguntas. Ontem estive em um prédio em Guildfort onde uma bomba alemã da Segunda Guerra Mundial, uma V1 foi descoberta depois de 78 anos por uma escavadeira de uma obra.

Uma típica semana de trabalho.

Eu nunca acreditei tanto em alguma coisa antes de conhecer Amira, além de saudar a rainha e prometer lutar até as minhas bolas estarem pregadas na parede. Esse era o lance quando entrei no exército, mas, na realidade, todos nós lutávamos pelos homens em batalha, pelos homens e mulheres lutando ombro a ombro ao nosso lado.

Agora, eu não tinha mais certeza se acreditava em muita coisa. Eu estava cumprindo as minhas obrigações, mas não estava vivendo.

Eu tentava muito não pensar nela, mas não conseguia evitar. Será que ela já estava na Síria? Será que estava bem? *Será que estava segura?*

O governo Sírio, apoiado pelos russos e iranianos, estava dizendo que a guerra tinha acabado e encorajando os 4,6 milhões de refugiados sírios a voltar. Mas muitos tinham medo de os homens serem obrigados a servir o exército ou até serem presos. As pessoas morriam na prisão. E o fato de as forças rebeldes ainda lançarem foguetes em Aleppo e outras cidades fazia com que tudo aquilo parecesse mentira, mas isso não diminuía a propaganda da mídia síria.

A maioria dos guerreiros do Estado Islâmico foram expulsos das cidades, mas ainda havia bolsões de resistência, membros do Estado Islâmico que voltaram à sociedade. E muitos dos loucos de Assad eram capazes de usar ataques com armas químicas contra o próprio povo agora que ele sabia que podia se safar com isso e que as Nações Unidas só latiam, mas não mordiam.

Isso me deixava furioso, mas não havia nada que eu pudesse fazer. Talvez até entendesse o motivo de Amira estar tentando ajudar – eu odiava, mas entendia.

Preocupar-me com ela era algo com que eu teria que conviver, um incômodo constante que nunca passava, uma dorzinha no peito que latejava cada vez que eu respirava.

Ela me ligou uma vez, três meses depois que voltei. Eu fiquei olhando para o nome brilhando na tela, sentindo-me furioso e congelado no lugar, até a ligação cair na caixa postal. Foi uma tortura ouvir a voz dela dizer o meu nome. Pelo menos eu sabia que ela estava viva.

Eu não retornei a ligação. Não era um completo masoquista.

Eu também ignorava as ligações de Clay, o que era uma merda de fazer, mas não conseguia encará-lo. Era mais fácil agir como se aqueles meses nos Estados Unidos nunca tivessem acontecido.

Saí da pista de corrida e segui para a estrada. Seguir a cem quilômetros por hora parecia devagar depois de toda a velocidade que atingi na pista, mas me mantive no limite exigido por lei.

Parei a moto e tirei o capacete, sentindo o ar frio soprar no meu rosto. O outono tinha chegado e os longos dias quentes de verão eram só uma lembrança.

Eu tinha prometido para a equipe com quem eu trabalhava que me encontraria com eles para uma bebida esta noite. Eu não estava muito a fim de ir, mas já tinha perdido a conta de quantas vezes eu tinha cancelado na última hora.

Fomos a um *pub* local e tomamos algumas cervejas, ignorando o fato de que havia um grupo de mulheres solteiras sorrindo para nós em um canto.

Depois de quatro cervejas, achei que era o suficiente de conversa fiada e voltei para o meu quarto.

Sozinho.

JANE HARVEY-BERRICK

CAPÍTULO TRINTA E SETE

AMIRA

A vida em Raqqa era difícil de maneiras que eu não tinha antecipado. Sobreviver já era uma luta e o meu trabalho era cheio de tensão.

Conversas diárias por vídeo com Clay eram o que me mantinham.

Eu o via tentar sorrir quando seu rosto aparecia na tela do meu laptop, mas percebia que ele estava preocupado. Eu sabia que ele tinha todo o motivo para estar preocupado, mas o perigo se tornou apenas mais um fato da vida. Eu não corria riscos desnecessários, mas não queria me sentir sufocada pelas preocupações dele porque não havia nada que nenhum de nós pudesse fazer a respeito. A não ser se eu decidisse voltar – e eu ainda não estava pronta para fazer isso.

Mesmo assim, eu ainda olhava por sobre o ombro a cada cinco minutos, certa de que estava sendo observada, que não sobreviveria até o fim do dia. Ataques de pânico me paralisavam, e o meu médico queria que eu tomasse remédios para ansiedade para me acalmar um pouco, mas eu não gostava muito da ideia, embora estivesse seriamente considerando porque precisava conseguir trabalhar.

Eu era uma das milhares de pessoas que sofria de TEPT[8] e síndrome do sobrevivente – todos os pacientes que atendíamos e a maioria das pessoas da equipe tinham vivenciado algum nível de trauma. Todos nós compreendíamos o preço que estávamos pagando.

---

8 TEPT é a sigla para Transtorno de Estresse Pós-traumático. Costuma ser desencadeado por memórias de situações traumáticas ou atos violentos que possam representar alguma ameaça à vida da vítima ou de terceiros.

E eu sentia saudade da minha família. Sentia tanta saudade que era como se estivesse perdendo uma parte de mim.

Nós conversávamos na maioria das semanas, mas as longas e irregulares horas de trabalho dificultavam a comunicação. Conversar com Clay ajudava. Ele já tinha sido enviado mais de uma vez para zonas de guerra – ele entendia. E isso facilitava as coisas.

— Como foi o trabalho hoje? — perguntou Clay com voz preocupada.

— Hoje foi um dia ruim — admiti, esfregando os olhos vermelhos. — Dois ferimentos de tiros e um adolescente com ferimentos de explosão. Um dos feridos à bala sofreu de falência pulmonar. Eu era a única pessoa disponível da equipe de saúde, então tive que abrir o peito com uma agulha para deixar o ar sair. Isso deveria ter sido feito por um médico com uma orientação por ultrassom ou raios-X, mas não havia ninguém disponível e eu sabia que se não fizesse alguma coisa, ele morreria.

— Ele sobreviveu?

— Ele está lutando, mas não temos certeza se ele vai conseguir. Ele perdeu muito sangue. — As coisas eram assim. Eu encolhi os ombros. — Mas agora o confronto direto parou, estou atendendo muitas crianças malnutridas. Duas com raquitismo. Vejo tanto sofrimento e nós podemos fazer tão pouco. Estamos atendendo quatrocentas pessoas no ambulatório que sofrem de doenças básicas: diarreia, gripe entre outras. Não parece muito, mas como já são tratadas há meses, às vezes, anos, as condições crônicas podem ficar graves e levar à morte. É como tentar tapar um buraco em uma represa, sabendo que a qualquer momento a água poderia vir com toda força. É assustador, mas, depois que você se acostuma, tem a adrenalina. Sabe? Foi por isso que vim aqui.

Ele assentiu. Se alguém era capaz de entender o que era estar em estado constante de alerta e o que isso fazia com os seus nervos, esse alguém era Clay.

— De qualquer forma, eu tenho que ir agora. Estou doida para comer outro sanduíche de *falafel*.

Clay franziu a testa.

— Tem certeza de que é uma boa ideia sair esta noite, mesmo em grupo?

— Eu já disse que as coisas estão mudando por aqui. Abriram dois bares novos agora e o restaurante de *falafel*. É tão bom, então nós vamos de novo. Um segurança vai com a gente, juro.

Ele não gostou muito daquilo.

— Você está sendo cuidadosa, não está? Não use os mesmos caminhos nem os mesmos carros. Vocês têm que manter se misturando as coisas. Não entre em uma rotina. Vocês não sabem quem pode estar vigiando. Não é uma boa ideia voltar no mesmo lugar tão rápido.

Os conselhos dele estavam me irritando, mas como se deviam à preocupação e ao amor, eu aceitava.

— Clay, juro para você que estamos tomando todas as precauções. Olhe, eu tenho que ir agora porque a Janice já vai bater na minha porta.

Ele tentou sorrir.

— A gente se fala no sábado. Eu tenho uma folga. Diga a Zada que eu a amo. E você também não é tão ruim assim.

— Você também não.

Ergui as sobrancelhas e mandei um beijo para ele.

Desliguei o laptop e comecei a me arrumar. Isso não era muita coisa. Eu só precisava tomar um banho, colocar um pouco de maquiagem no olho. Eu sempre me vestia de forma conservadora aqui, com roupas largas que cobrissem as pernas e os braços, além de *hijab*. Muitas mulheres ainda usavam *niqabs* e poucas usavam burcas, mas um número cada vez maior usava roupas ocidentais, mesmo que a maioria mantivesse o cabelo coberto.

A Síria estava mudando. O país pobre sofrido e assolado pela guerra estava mal, mas não acabado. Eu tinha orgulho do trabalho que estávamos fazendo aqui e eu amava. O otimismo do povo, o desejo de voltar ao normal, o clima mediterrâneo – eu estava me apaixonando pelo meu país natal.

Ouvi uma batida na porta e minha amiga Janice me chamou.

— Ande logo, Amira! Estou morrendo de fome! Vamos!

Rindo, enfiei o meu cabelo no *hijab*, peguei a minha carteira e a enfiei no bolos da calça antes de sair. Janice era de Dallas e era enfermeira de pronto-socorro como eu. O resto do grupo consistia em Neil, de Toronto, que era médico, Michelle, de Belfast, que era enfermeira pediátrica, Nazar, que era um dentista de Londres. Além, é claro, de Yaman, que era o nosso segurança.

Raqqa era uma cidade em ruínas. Era sempre uma visão triste passar pelas ruas bombardeadas e ver as carcaças queimadas de prédios, carros abandonados cheios de tiros de bala, as estradas cheias de buracos. Às vezes parecia uma cidade-fantasma sinistra.

Mas as coisas estavam mudando. As pessoas estavam tentando voltar à normalidade.

Então, hoje íamos jantar no *King Falafel's Café* e comer um dos renomados sanduíches feitos pelo dono, Zain. Era tãããão gostoso. Apimentado, exatamente do jeito que eu gostava, fazendo-me lembrar do tempero da minha mãe.

Puxamos as cadeiras de plástico em volta da mesa pequena e tomamos água enquanto esperávamos a comida.

— Estou com tanta fome que eu poderia comer um jegue — gemeu Nazar.

— Não olhe muito para a carne — retrucou Michelle com uma careta. — Deve ser de jegue mesmo.

Eu estremeci.

— Eu vou comer o de sempre...

— Sanduíche de *falafel* de novo? — perguntou Neil, levantando as sobrancelhas.

— Pode apostar. Estou sonhando com isso desde a semana passada.

— Tanto quanto você sonha com o seu soldado gostosão? — perguntou Michelle com voz provocante.

Neguei com a cabeça, ignorando a dor no peito quando apontei o indicador para ela.

— Você sabe muito bem que Clay é meu melhor amigo *e* namorado da minha irmã.

— Ah, fala sério! Ele é um gato! Você tem que nos contar alguma coisa. Nós somos amigos aqui. Seja gentil com os reles mortais que não têm nenhum cara gato com quem conversar por vídeo.

Ela estava tão animada, que derrubou os talheres de plástico no chão e teve que se abaixar para pegar.

Ao mesmo tempo que a comida chegou, salvando-me de ter que dizer muita coisa.

— Bem, eu vou contar uma coisa — disse eu, pegando o meu sanduíche. — Clay é totalmente...

CAPÍTULO TRINTA E OITO

JAMES

A minha manhã foi ocupada e chata, totalmente voltada para o trabalho burocrático. Cada chamado atendido era acompanhado de páginas e mais páginas de relatório a serem preenchidos e arquivados. Uma tarefa tediosa, mas necessária. Eu estava afundando naqueles papéis e só tinha mais vinte minutos antes de me encontrar com o meu comandante para receber orientações sobre os exercícios de treinamento em Brecon Beacons, então eu estava tentando me manter acordado enquanto digitava mais formulários.

Quando meu telefone tocou alguns minutos mais tarde naquela terça-feira, fiquei feliz pela distração. Quando peguei o celular no bolso, vi um número com código de área da Califórnia.

— Alô?

— James Spears? — perguntou uma voz com muito sotaque.

— Sou eu. Quem está falando?

— James, aqui é Ammar Soliman, pai de Amira.

Senti um espasmo muscular no olho direito.

— Sim, senhor. Que bom ouvir notícias. Como está...

— Desculpe a minha impaciência, mas a mãe dela está muito preocupada. Não temos notícias de Amira há um tempo. Cinco dias para ser exato.

Meu peito começou a doer e o espasmo muscular piorou.

Eu continuava ignorando as ligações de Clay, e não tinha ouvido as mensagens que ele deixou. Há quanto tempo será que ele estava tentando contato?

Passei pelo escritório do Capitão Hammond, para onde eu deveria ir para a reunião e fiquei do lado de fora.

— A minha filha entrou em contato com você? — perguntou ele, com uma nota de desespero.

— Não, senhor. Eu não tive notícias dela. Talvez seja um problema de comunicação.

Ele hesitou.

— Pode ser. — Mas havia dúvida no seu tom.

— Sr. Soliman, existe algum motivo específico para o senhor estar preocupado? — *Além do fato de sua filha estar trabalhando em uma das cidades mais perigosas do mundo.*

— Provavelmente é o que você disse — começou ele. — Mas o meu primo em Damasco diz que o rebeldes lançaram ataques com foguetes quando as tropas do governo os atacaram. Isso foi na quarta-feira. Os canais oficiais de notícias na Síria relatam que os rebeldes foram contidos, mas o meu primo disse que alguns foguetes acertaram lugares perto do hospital. — A voz dele tremeu. — Amira não está atendendo ao celular e o telefone fixo do hospital temporário em Raqqa não está funcionando. E há mais relatos nos sites sírios de notícias dizendo que houve vários ataques com carros-bombas pela cidade. O governo está tentando negar, mas temo que seja verdade.

Eu parei de respirar.

— Não conseguimos descobrir nada sobre ela — disse ele com a voz ficando desesperada. — Eu usei o número de emergência dos Médicos Sem Fronteiras que Amira me deu, mas eles perderam contato com a equipe em Raqqa. Disseram que estão mandando ajuda de Damasco, mas isso pode levar dias e nós não podemos esperar tanto tempo assim. Não de novo! Eu não posso... A mãe dela... Mas Clay disse que você pode ajudar. Você tem contatos! Você pode descobrir! Por favor, James, pela nossa filha, por favor, descubra o que aconteceu com ela!

Eu não tinha nenhum contato na Síria, além da própria Amira, mas Smith conhecia muita gente.

— Vou ver o que posso fazer, senhor.

Era a única promessa que eu poderia fazer.

— Obrigado, James. Muito obrigado.

Ele desligou e liguei direto para Smith, praguejando quando a ligação caiu na caixa postal.

— Smith, Amira não está atendendo o celular, e ouvi relatos sobre ataques ao hospital e carros-bomba na cidade. Se você puder descobrir qualquer coisa, eu preciso saber... Tá... Valeu.

Voltei para o meu quarto e ouvi as mensagens que Clay deixou sobre Amira, implorando-me para ligar para ele ou para falar com Smith, cada mensagem mais desesperada do que a outra. Enviei uma resposta rápida dizendo que eu já tinha entrado em contato com Smith e, então, esperei.

Eu me esqueci da reunião com o comandante. Que se dane. Eu nunca tinha gostado dele mesmo.

Smith só retornou a minha ligação por volta da meia-noite.

— Você a encontrou? — perguntei de cara.

A longa pausa me disse tudo.

— As coisas estão feias por lá — disse Smith. — Clay me ligou ontem à noite e coloquei algumas pessoas lá, tentando conseguir algumas informações. Tenho alguns contatos nas Forças Especiais que estão trabalhando na cidade para expulsar os rebeldes da cidade. O novo hospital temporário foi destruído no ataque e não está funcionando. Então, ela não vai estar lá. As Nações Unidas estão tentando descobrir para onde a equipe médica foi enviada, mas não temos nenhuma informação ainda.

Minha boca estava seca.

— Mortes? — perguntei, a tensão transparecendo na minha voz.

— Várias — respondeu Smith em voz baixa. — Não temos como descobrir nomes agora.

— As granadas derrubaram as torres de celular também?

— Algumas, sim. Meus contatos têm telefones por satélite.

Claro que sim.

— E os carros-bomba? Você sabe em que parte da cidade estavam?

— Por toda a cidade, até onde eu sei. Vários ataques coordenados. Os filhos da puta estão fazendo uma última declaração.

— Achei que o Estado Islâmico já tinha ido embora há muito tempo.

A voz dele estava séria.

— Isso é o que está sendo noticiado pela imprensa síria, mas ela é

EXPLOSIVO

dominada pelo pessoal de Assad. — Ele suspirou. — As coisas estão muito ruins em Raqqa, cara. Você precisa ir lá... Trazer a nossa garota pra casa.

Eu não tinha certeza se eu tinha ouvido direito.

— James, estou falando sério. Eu não tenho como mandar uma unidade de Operações Especiais procurar por ela, mas se você conseguir chegar ao Chipre, eu posso conseguir que você entre no país e lhe dar um nome de contato. — A voz dele ficou determinada. Acabei de mandar uma passagem para um voo para Paphos que sai de Heathrow em quatro horas. Um contato vai encontrar com você no resort perto do porto e vai colocá-lo em um barco até a costa da Síria. Então, são quatrocentos e cinquenta quilômetros por terra até Raqqa. Vou providenciar a documentação dizendo que você é um funcionário em um campo de petróleo. Eles estão tentando abrir os poços na parte central da Síria. Tem um que fica bem próximo de onde Amira está. Essa é a sua história. Ele vai providenciar transporte, combustível e uma arma. Mas ele não está disposto a ir com você, então, quando estiver em solo sírio, você vai estar sozinho. Vá lá, encontre Amira e a traga de volta para casa. Nós devemos isso a ela. E James...

— O quê?

— Nós nunca tivemos essa conversa.

Nós desligamos e eu fiquei olhando para o meu telefone, o sangue explodindo nas minhas orelhas.

O que eu estava prestes a fazer ia acabar não só com a minha carreira, mas com a minha vida também. Literalmente. Não que minha carreira importasse, mas se eu fosse pego ou quando voltasse para o Reino Unido, eu seria preso e provavelmente enfrentaria a Corte Marcial e talvez tivesse que passar um tempo na Glasshouse, a prisão militar de Colchester. Isso no melhor dos casos. No pior: eu seria preso como espião na Síria e seria assassinado.

Eu nem queria pensar naquilo.

Arrumei uma mala pequena, enfiei o meu passaporte no bolso de trás, peguei a chave da minha motocicleta.

O sentinela de plantão me lançou um olhar estranho quando saí às duas horas da manhã, mas não tinha motivos para me impedir, não havia ordens que me impedissem de sair, então, ele levantou a barreira e ficou observando enquanto eu seguia o meu caminho.

Eu nunca vou me esquecer daquela noite, acelerando ao alvorecer enquanto seguia para o aeroporto Heathrow. O impulso de acelerar o máximo possível, mas a última coisa de que precisava agora era ser parado pela polícia por excesso de velocidade.

Um milhão de pensamentos zuniam pela minha mente, um pior que o outro, enquanto eu enlouquecia de preocupação.

A minha mente me torturava com milhares de cenários do que poderia ter acontecido. Talvez fosse só um problema de comunicação, mas se fosse só isso, por que Smith tinha mandado que eu fosse até lá? Será que ele sabia alguma coisa que eu não sabia? Será que eu poderia confiar no contato de Smith, principalmente se fosse algum mercenário? Então, pensei em Larson: eu tinha desconfiado dele. Eu tinha desconfiado da Amira.

Rezei para que ela estivesse bem, esperando que eu recebesse alguma mensagem no telefone quando chegasse ao aeroporto e simplesmente tivesse que voltar e enfrentar o meu comandante.

Mas então a imaginei ferida, sozinha, perdida e sofrendo, sem poder pedir ajuda. Senti um nó no estômago enquanto tentava afastar a sensação de pânico.

Amira não precisava de um amigo agora – ela precisava do soldado.

Procurei a frieza dentro de mim, aquela calma e bloqueio emocional que me fariam passar por tudo aquilo. Uma a uma, fui bloqueando as minha emoções, concentrando-me no trabalho que tinha pela frente.

A temperatura subiu devagar enquanto o céu cinzento se tingia de dourado, o ar frio batendo na minha calça jeans e jaqueta de couro.

Em tese, eu poderia ir dirigindo para Raqqa em uma noite, mas eu sabia que haveria diversos postos de controle no caminho. Planejei sacar o máximo de dinheiro que conseguisse no caixa eletrônico. Dólares americanos, a moeda de escolha em muitos lugares ruins. Eu ia precisar de dinheiro para propina para conseguir cumprir a missão.

E precisaria de muita sorte.

Aguente firme, Amira. Eu estou chegando.

Quando cheguei ao aeroporto, liguei para Clay, que atendeu no pri-

EXPLOSIVO

meiro toque.

— James. Graças a Deus. Onde você está, cara?

— Heathrow. Estou planejando chegar a Raqqa mais ou menos a essa hora amanhã.

Seguiu-se um longo silêncio na linha e, quando ele falou novamente, sua voz estava rouca.

— Eu nem sei como agradecer por você estar fazendo isso, James. Eu sei que tem sido difícil pra você. O que você está fazendo por Amira, pela família dela... palavras não vão ser suficientes para agradecer.

— Tudo bem — disse, sem jeito.

Ele suspirou.

— Ela se importa com você — disse ele suavemente. — Ela só tem medo de demonstrar. Ela já passou por muita coisa. E agora... Só traga a Amira para casa, James. Por favor.

Desliguei o telefone me sentindo ainda mais agitado. Vivi semanas acreditando que Amira não queria nada comigo, mas agora eu não tinha mais tanta certeza.

Eu não tinha mais certeza de nada. Só de que precisava encontrá-la.

O voo para Paphos estava cheio de turistas. E acabei contrastando com o grupo. Meu humor sombrio mandando mensagens claras para ficarem bem longe.

Era irritante estar perto de tanta *alegria*. Eu me encolhi no meu canto e fiquei olhando as nuvens douradas colorindo o amanhecer.

A ansiedade corria pelas veias como uma corrente elétrica. Eu não podia permitir que esse sentimento me dominasse, mas estava ali, zunindo sob a minha pele.

Precisando de alguma coisa para fazer, peguei o celular e liguei para Amira. Talvez ela respondesse. Talvez estivesse bem...

Ouvi a mensagem da caixa postal, mas pelo menos era a voz dela. Deixei outro recado.

— É o James. Seu pai me ligou. Seus pais estão muito preocupados. As notícias de Raqqa não são nada boas e precisamos saber se você está em segurança. Eu preciso ouvir a sua voz, está bem?

Afastei o telefone da minha orelha e praguejei, tentando controlar os pensamentos que giravam na minha mente antes que eu bancasse o idiota de novo.

— Pedi alguns favores para o nosso fantasma favorito, e eu vou aí encontrar com você. Não posso dar mais detalhes por telefone, mas você sabe o que isso significa. Eu estou a caminho. Custe o que custar, Amira. Eu estou indo. Aguente firme. Aguente firme que eu estou indo.

— *Eu amo você.*

Encerrei a ligação e coloquei o telefone no bolso de trás. Esfreguei os olhos e passei a mão pelo rosto, sentindo a barba por fazer.

Pensei em ligar para os pais dela, mas eu não tinha nenhuma nova notícia.

O voo de quatro horas até o Chipre pareceu durar uma eternidade.

Ainda faltavam duas horas até o horário em que eu deveria me apresentar para o serviço, e me perguntei quanto tempo ia demorar para começarem a me procurar. Provavelmente, eles fariam algumas perguntas primeiro, para os meus colegas, talvez, tentando saber se alguém sabia de alguma coisa. As primeiras 24 horas constituíam "ausência do trabalho". Se não tivessem notícias depois disso, seria considerado oficialmente uma ausência sem autorização. Meu comandante pediria para algum subordinado deixar um recado no meu telefone. Quando eu não respondesse, eles talvez começassem a ligar para os hospitais para ver se eu tinha sofrido algum acidente.

Quando aquilo não desse nenhuma pista do meu paradeiro, eles dariam o caso para a polícia civil e eu seria colocado no banco de dados de procurados pela polícia. Eles acabariam encontrando a minha motocicleta em Heathrow...

Se a sorte estivesse ao meu lado, eu estaria em Raqqa antes de alguém no acampamento começar a se preocupar.

JANE HARVEY-BERRICK

CAPÍTULO TRINTA E NOVE

JAMES

Desativei o modo avião do meu telefone assim que pousamos, mesmo antes que a aeronave tivesse acabado de taxiar até parar na pista em Paphos. Eu tinha uma esperança patética de que Amira teria retornado a minha mensagem, e nós riríamos da confusão toda.

Mas quando meu telefone ficou ativo de novo, não havia mensagens. Nenhuma. Nem mesmo do meu comandante ou dos colegas de trabalho.

E eu preocupado em ser impedido de viajar em Heathrow.

A verdade era que ninguém estava nem aí.

Assim que a porta da aeronave abriu, me levantei e fui passando rudemente por todo mundo, ignorando os olhares incomodados e comentários cochichados.

Passei pela imigração rapidamente ao mostrar o meu passaporte inglês e, então, estava no desembarque, procurando o ponto de táxi.

O calor já estava forte e a previsão era que o dia ficasse ainda mais quente. Ignorei o sol brilhante e o céu perfeito e sem nuvens. À minha volta, os turistas felizes estavam pegando suas malas, prontos para aproveitarem uma semana para fazerem nada a não ser comer e se sentar ao sol.

Algo na normalidade daquilo, a inocência feliz deles, me deu esperança. Mas, ao mesmo tempo, eu queria esfregar a guerra na cara deles. Estavam tão perto da loucura do Oriente Médio, mas eles poderiam muito bem estar em Brighton Pier, não fosse o fato de o sol estar brilhando.

O motorista de táxi era falante. Eu queria dar um tiro nele antes do primeiro quilômetro. Será que ele não sabia que havia uma guerra acontecendo?

Malditos civis. Eles preferiam viver em negação. Era a mesma coisa quando eu tinha voltado do Afeganistão pela primeira vez – um choque reverso de cultura. Levei dias para lidar com o desperdício de água no Reino Unido: banhos de vinte minutos, lavar o carro, regar a porra do gramado. No lugar para onde fui enviado na província de Helmand, a água chegava de avião junto com os suprimentos. Nada era desperdiçado. E fiquei meses sem tomar banho.

E, então, eu voltei para a Inglaterra, com solo afegão nas botas e nas roupas e ninguém queria falar sobre a guerra que estava acontecendo a cinco mil quilômetros de distância. Ninguém queria saber sobre as bombas que matavam soldados de 19 anos. Ninguém se importava.

Exatamente como aqui. A guerra estava na porta deles. Não falem sobre o assunto. Não se lembrem do assunto. E talvez não seja verdade.

Não vamos querer assustar os turistas.

Porém parecia que o mundo deveria estar tão preocupado como eu. Carregar as preocupações sozinho era muito solitário.

Pensei em ligar para Smith novamente, mas ele deixou bem claro que aquela não era uma opção. Eu também não queria ligar para Clay – não até ter notícias. O cara ainda estava no hospital, passando por cirurgias e meses de reabilitação até poder andar novamente.

O motorista de táxi não parava de falar, contando todos os detalhes do restaurante do irmão, onde eu definitivamente deveria ir jantar. *Até parece*.

Farto do tom comercial de propaganda, eu interrompi:

— Vocês têm recebido muitos refugiados sírios por aqui?

Ele bufou e mudou de assunto.

Eu já sabia que o Chipre adotava uma linha dura com os refugiados sírios. *Filhos da puta*.

Ele me deixou no *resort* na parte mais ao leste da ilha, praguejando enquanto pegava o dinheiro da minha mão.

Fiquei passeando por lá, tentando me misturar com os turistas, pedindo uma garrafa de cerveja no bar, antes de seguir para a área da piscina. Meus óculos, estilo aviador, protegendo os meus olhos.

O calor subia pelo chão branco de concreto, mas atraía os banhistas que queriam fritar ao sol. Encontrei um lugar onde poderia observar as entradas e saídas sem ser óbvio demais.

Meu contato chegou uma hora mais tarde, quando meus nervos estavam à flor da pele e eu estava começando a me perguntar até onde conseguiria chegar sem ajuda.

Ele passou pela piscina, olhando para as mulheres de biquíni, antes de fazer um aceno casual com a cabeça.

Esperei vinte segundos e o segui até uma varanda discreta enquanto ele fingia apreciar a paisagem calma do Mar Mediterrâneo.

— Você tem dinheiro, amigo?

— Disseram-me que estava tudo arranjado. Que você teria documentos, transporte e... proteção.

Ele bufou, impaciente.

— Quem quer que tenha dito isso pra você, essa pessoa se enganou. Eu tenho custos.

Ótimo. Que chantagem!

— Quanto?

— Dois mil dólares americanos.

Olhei para ele, vendo a expressão convencida no seu rosto.

— Claro.

Ele sorriu, surpreso por ter sido tão fácil.

— Eu pago quando voltar.

O sorriso dele foi substituído por uma expressão de irritação.

— Não, não! Nada disso. Você tem que pagar agora! Isso é muito perigoso e eu sou um homem de negócios.

Eu me encostei no parapeito, olhando para o mar.

— Que tal você me dar o que foi combinado e eu não jogo você pela mureta? Parece que essas pedras farão a sua queda ser bem desconfortável.

Ele ficou boquiaberto e tentou se afastar de mim, mas o segurei pelo pulso e o puxei para perto enquanto ele olhava para as rochas afiadas lá embaixo.

— Eu tive um dia muito ruim, *amigo*. Mas o seu vai ficar bem pior se você não cumprir o que foi contratado para fazer. Mas, se eu voltar vivo, pode ter certeza de que vai receber seu bônus de dois mil dólares. E você vai viver uma vida longa e feliz. — Eu o puxei para mim. — Agora se insistir em me irritar, você morre em menos de trinta segundos. A escolha é sua.

Ele não discutiu muito depois disso, mas provavelmente não fiz um amigo para sempre também.

Ele me levou até o carro, entregou os documentos de viagem que Smith conseguiu e me levou para o sul até uma praia pequena e isolada onde um cara com pele oleosa estava me esperando em um barco pesqueiro velho.

Depois ele me mostrou o arsenal que conseguiu para mim: um fuzil russo AK-47, que era mais velho do que eu, e um revólver Makarov, provavelmente dos anos 1950, mas ainda usado pelos militares russos. Pareciam itens pré-históricos.

— Essas armas ainda funcionam?

Eu não precisava que a arma travasse quando a minha vida estivesse dependendo dela.

— Claro! — respondeu ele, indignado. — Melhor qualidade.

Apontei a arma para ele e comecei a apertar o gatilho. Pelo jeito que ele começou a suar, concluí que as armas deviam ser adequadas.

Assenti e aceitei quatro pentes de munição – provavelmente não era o suficiente se eu entrasse em algum confronto, mas esperava que isso não acontecesse.

E, então, segui o caminho com o pescador que claramente não estava nada satisfeito por me ter como passageiro.

O barco cortou o Mediterrâneo, bordeando a costa síria, até o sol se pôr e as estrelas aparecerem no céu. Então, ele desligou o motor, e nós fomos deslizando silenciosamente até uma praia onde havia um antigo Jeep americano na areia. Senti uma sensação desconfortável de que estava sendo observado, mas a ausência de lua significava que eu não conseguia enxergar muito longe. Era bom para eu ficar escondido – ruim se quisesse saber o que me aguardava.

Nadei os últimos seis metros até a praia, mas o barco já tinha dado meia-volta e já estava a caminho de Chipre quando cheguei à areia.

Estar abandonado na Síria sem transporte não era bem o que eu precisava agora. Rezei para o Jeep estar com gasolina e quase vibrei quando o motor ligou na segunda tentativa.

Ele vibrou, engasgou e ganhou vida. Fiz uma careta e me abaixei no carro para me desviar de balas imaginárias, que não vieram. Com cuidado peguei o meu telefone e coloquei a rota para Raqqa. Eu já tinha memorizado o caminho, mas verificar ajudava a me acalmar. Não era a estrada mais direta, mas Smith me disse que havia menos postos de verificação.

Dirigir à noite era um perigo, para dizer o mínimo. A estrada estava marcada com crateras, carros queimados e tanques largados em valas. Eu vi um brilho de neon em uma das cidades distantes, mas me mantive na rota, ziguezagueando pelas montanhas que acompanhavam a costa. Havia mais plantações do que eu imaginava, mas à medida que ia seguindo para o leste, o deserto apareceu, liso e árido abrindo-se para todas as direções.

De acordo com o mapa que estudei, um cinturão estreito e verde passava pelo centro da Síria, seguindo o caminho do rio Eufrates. Raqqa tinha sido construída ao norte do rio, a pouco mais de trezentos quilômetros para o interior.

A primeira hora dirigindo e a última seriam as mais arriscadas porque eu estaria mais perto das áreas povoadas. Eu estava preocupado com as patrulhas, principalmente porque havia um toque de recolher. Tudo era um risco.

Mas tudo naquela missão era arriscado. E eu não me importava. A missão tinha apenas um objetivo, só um resultado importava.

Dirigi a noite toda, tendo que apagar os faróis duas vezes guiando pelo interior quando eu via as luzes de alguma patrulha, então, eu voltava para a estrada principal. Eu duvidava que me dariam chance de me explicar – o mais provável é que atirassem primeiro.

Mas se eu estourasse um pneu em uma pedra, estava fodido.

Foi fácil evitar a primeira patrulha, mas a segunda era persistente, e tive que parar por uma hora enquanto eles me procuravam no deserto. Foi pura sorte não ser capturado. Mas todo soldado precisa de um pouco de sorte.

Quando deixei as plantações bem irrigadas de algodão e trigo, seguindo em direção a Raqqa, cheguei ao primeiro posto de verificação, quando a cidade já estava no meu campo de visão. Dessa vez, não tive tempo de virar.

Soldados armados no posto ordenaram que eu descesse do carro. Contei a história de ser um funcionário de um campo de petróleo, mas eles analisaram meus documentos minuciosamente, discutindo entre si, provavelmente se perguntando por quanto tempo eu estava dirigindo se o toque de recolher tinha acabado de ocorrer.

O fato de eu estar armado não os incomodou, mas notar que o meu Jeep tinha muito combustível foi o suficiente para me tornar interessante.

Embora alguns poços de petróleo perto de Raqqa estivessem sendo reativados, ainda havia muito trabalho a ser feito, e um monte de máquinas para serem consertadas. Smith escolheu uma boa história para mim. Mas o petróleo refinado em gasolina ainda valia muito dinheiro no mercado negro.

Os soldados lançaram olhares invejosos para as garras de gasolina, perguntando-se se valia a pena tentar conseguir alguma coisa comigo ou se eu causaria problemas para eles. No final, facilitei as coisas para eles. Dei uma nota de duzentos dólares e um latão com cinquenta litros de gasolina.

Eu esperava não precisar fazer esse sacrifício em todos os pontos de verificação, porque eu ia precisar de combustível para voltar ou talvez fugir pela fronteira turca, embora ela ficasse a apenas cem quilômetros de distância.

Em silêncio, eles observaram enquanto eu partia e soltei um suspiro de alívio quando eles finalmente sumiram de vista.

Mais dois pontos de verificação depois, com quinhentos dólares e quatro latões de combustível a menos, dirigi bem devagar pela cidade bombardeada e destruída, com prédios cravejados de balas que pareciam prestes a desmoronar. Raqqa tinha sido reduzida a escombros. Mesmo assim, havia sinais de que a vida estava voltando ao normal. Algumas pessoas estavam abrindo seus negócios enquanto amanhecia rapidamente. Lanchonetes abriam, oferecendo café forte e doce; várias motocicletas na estrada, mas poucos carros. Uma matilha de cachorros de rua, magros e agressivos, andavam por ali e arreganharam os dentes quando o Jeep passou.

Eu estava de óculos de sol para esconder os meus olhos azuis, e tinha colocado um lenço na cabeça para não me sobressair tanto. Pensei no que Amira diria se me visse agora – e eu notava muito bem a ironia daquilo.

Eu sabia que o Jeep também estava chamando atenção. Infelizmente, eu precisava de um transporte. Estava preparado para atirar em qualquer filho da puta que tentasse roubar o meu carro.

Segui o GPS até o local do hospital temporário, mas quando cheguei lá, senti o coração afundar no peito – ele tinha sido completamente destruído e tudo que restava eram as ruínas negras contra o céu azul e algumas barracas rasgadas. Eu esperava que houvesse algum escritório ou algum lugar onde eu pudesse perguntar, mas o lugar estava deserto. Só havia fantasmas ali.

Desliguei o motor e saí, enfiando a arma na cintura da calça e passando o fuzil pelo ombro.

— Amira, onde você está? — sussurrei.

Um garoto estava olhando para mim com expressão amedrontada e desafiadora.

— *Mustashfaa?* — perguntei, fazendo um gesto com a cabeça para as ruínas, usando a palavra árabe para "hospital".

Ele ficou olhando para mim sem entender, então apontou para um lugar distante e gritou algo que não consegui entender.

— Ei, espere! — gritei, mas ele já tinha desaparecido dentro de um prédio abandonado.

Não tive escolha, a não ser seguir na direção que ele indicou e rezar para ter sorte. Além disso, ele poderia decidir contar para alguém sobre o estranho que não sabia falar o idioma, então, esperar ali para ver se eu encontraria alguém do hospital estava fora de questão. Pessoas eram assassinadas por bem menos do que os latões de gasolina que eu estava carregando.

Dirigi devagar, mantendo os olhos abertos para ver um hospital improvisado, uma placa ou alguém para quem eu pudesse perguntar.

Depois de dez minutos dirigindo em círculos, vi uma bandeira rasgada balançando no vento e senti uma onda de alívio. A bandeira era verde com uma estrela branca, uma lua crescente, e as letras MSF estavam impressas abaixo. Quando eu virei, vi várias tendas grandes de lona e percebi que eu tinha encontrado o hospital temporário.

Mais soldados guardavam o perímetro das barracas, e vi ambulâncias próximas – várias delas perfuradas com balas. Minha raiva dormente ressurgiu, virando fúria em questão de segundos. *Quem é que atira em uma ambulância?*

Os soldados ficaram olhando para mim quando me aproximei, no entanto não baixei minha arma, porém também não as apontei para ninguém. Eu estava desesperado, mas não era suicida. Morrer estando tão próximo de encontrar Amira não era parte do plano.

— *Salaam-Alaikum* — pronunciei cuidadosamente. — *Al'iinjlizia?* Perguntei se alguém falava inglês e esperava muito que alguém falasse. Um dos soldados assentiu.

— Pouco de inglês. O que quer?

— Estou procurando por Amira Soliman. Ela é enfermeira aqui. Você sabe? Enfermeira? — Fui falando devagar enquanto ele olhava para mim. — Seus pais estão preocupados e pediram para eu procurar por ela. Você sabe onde posso encontrá-la?

Ele fez uma careta e eu sabia que ele estava se perguntando sobre o nosso relacionamento. Muçulmanas não deveriam ter amizade com homens de quem não são parentes, não se forem devotas, não nessa parte do mundo.

— Amira Soliman. Enfermeira. Seus pais não têm notícias dela desde o bombardeio. Eles estão preocupados. O pai me mandou. Você pode me ajudar?

Eles cochicharam entre si, fazendo gestos com os fuzis, o que era muito perturbador. Ficou claro que o homem que disse que falava um pouco de inglês não estava entendendo muita coisa do que eu estava dizendo.

A conversa deles ficou mais acalorada e, então, um deles fez um gesto para eu segui-lo. Não fiquei muito feliz de deixar o Jeep e os latões de gasolina com eles, mas se ele ia me levar até Amira, isso era tudo que importava.

Dei um passo para segui-lo, mas o soldado que estava gritando mais, bloqueou a minha passagem, claramente, querendo pegar o meu fuzil. Eu também não fiquei *nada* feliz com isso. No fim, pareceu que se eu não entregasse, não passaria, então entreguei para ele com relutância. Ele não tentou me revistar – amador –, então não sabia que eu ainda tinha um revólver preso no cós da calça jeans.

O primeiro soldado estava esperando, impaciente, que eu o seguisse, e nós caminhamos apressadamente até o centro da cidade de tendas.

Ele apontou para um ponto perto da entrada da maior tenda, indicando que eu deveria esperar ali fora.

Animação e antecipação cresceram dentro de mim e um sorriso ameaçava se abrir no meu rosto ao pensar na expressão surpresa de

Amira ao me ver. Eu provavelmente levaria uma bronca dela, mas isso me fez querer sorrir também.

Fiquei esperando cada vez mais impaciente.

Dez minutos se passaram e a irritação se transformou em frustração.

Começou a cair uma chuva fina e as tendas foram tingidas de cinza e a frustração virou medo que queimava dentro de mim.

Depois de meia hora de desespero, uma mulher magra, pele clara e olhos azuis caminhou na minha direção. O cabelo dela estava coberto por um *hijab*, mas as sobrancelhas eram louras.

Não era quem eu queria ver, mas senti que ela poderia me contar alguma coisa.

— Pois não? — perguntou ela, olhando para o soldado que a acompanhou.

— Estou procurando por Amira Soliman. Sou amigo da família.

— E você tem nome, amigo?

Ela tinha um sotaque do norte da Irlanda e um olhar que me lembrou do meu primeiro sargento de treinamento. Percebi como aquilo tudo poderia parecer suspeito. Então, tirei os óculos, coloquei no bolso e tirei o lenço que cobria a minha cabeça.

— Meu nome é James Spears. Sou amigo dela. Eu a conheci no último verão. Talvez ela tenha falado de mim?

A mulher negou com a cabeça e estreitou os olhos.

— Eu conheci os pais dela e sua irmã, Zada — continuei. — O nome do pai dela é Ammar. — *O que mais?* — Nós temos um amigo em comum, o cara chamado Clay, talvez ela tenha falado dele?

Ela ofegou, levando a mão ao pescoço.

— Clay? O Clay da Amira?

Não era o que eu tinha esperado e senti um ciúme enorme dentro de mim.

— É. Eu conheço o Clay. Então, ela está aqui? Eu fiquei louco quando não consegui falar com ela. Achei que o telefone pudesse estar quebrado. E os pais dela estão muito preocupados. Clay me pediu para vir procurar por ela.

Ela não correspondeu o sorriso.

— E como foi que você chegou aqui?

EXPLOSIVO

Meu sorriso morreu quando senti que ela estava se desviando da pergunta.

— Não foi fácil — admiti.

— Não, imagino que não.

— Então, ela está aqui?

Ela suspirou e disse algo rapidamente em árabe para o meu guarda que me lançou um olhar de desdém e saiu.

— É melhor você entrar — disse ela, entrando na tenda. — Estamos fazendo o melhor possível, mas está um caos. Meu nome é Michelle.

Eu assenti, mesmo que ela estivesse de costas e não pudesse me ver. Senti a pele repuxar.

— Eu não quero ser grosso nem nada, Michelle, mas o que você não está me contando? Ela estava no hospital quando ele foi atacado?

— Não — respondeu ela rapidamente.

— Não, ela não está machucada, ou não ela não estava no hospital? Minha voz ficou mais alta e vi quando ela começou a retorcer as mãos.

Por fim, ela me levou até um canto da tenda, onde algumas pessoas da equipe médica estavam fazendo anotações, sentados à uma mesa que parecia ser de piquenique. O rosto deles estava marcado pela exaustão, olhos vermelhos e jalecos sujos de sangue.

Ela se sentou, recompondo-se, mas as mãos estavam trêmulas, ela olhou para mim com lágrimas nos olhos e uma certeza sombria me tomou por inteiro enquanto eu via o meu futuro virar fumaça diante dos meus olhos.

— Sinto muito, James. Sinto muito mesmo. Amira foi ferida na explosão de um carro-bomba. Ela não está mais aqui. Está sendo levada para um hospital na Alemanha. Uma ambulância a levou para o aeroporto hoje mais cedo. Sinto muito.

CAPÍTULO QUARENTA

JAMES

Fechei os olhos, tentando absorver a notícia. Amira estava ferida, mas pelo menos estava saindo daqui.

— Qual a gravidade dos ferimentos? — perguntei rouco, tentando controlar as minhas emoções.

Michelle suspirou e meneou a cabeça.

— Ela está bem o suficiente para viajar de avião, então, isso é uma coisa positiva, mas ela precisa de mais uma transfusão de sangue e nós não temos o suficiente. — Ela hesitou. — Suspeitamos que ela esteja com hemorragia interna, mas sem o equipamento correto não temos como ter certeza. Foi necessário corrermos o risco de transferi-la agora.

Michelle segurou a minha mão, pintando um quadro bem vívido.

Eles foram a um pequeno restaurante para comer. Estavam rindo. Amira estava feliz. Todos estavam felizes, relaxando depois de um longo plantão.

Michelle deixou o garfo cair embaixo da mesa quando o carro-bomba explodiu. O fato de ser desastrada salvou sua vida. Outros quatro morreram com estilhaços de vidro. Mortos. Homens e mulheres que vieram para essa merda de lugar porque queriam tornar o mundo um lugar melhor. Mortos.

Michelle segurou a mão de Amira enquanto o sangue se espalhava ao redor delas.

— Tinha tanto sangue — contou ela com voz suave. — Conseguimos estabilizá-la por ora, mas não temos os recursos necessários para ajudá-la aqui. As torres de celular também foram comprometidas. E a sede do Médicos Sem Fronteiras só conseguiu mandar um e-mail para os pais dela na noite passada.

Assenti, absorvendo tudo.

— Que horas é o voo dela?

Ela lançou um olhar cansado.

— Quem sabe? Os voos não têm hora marcada aqui. Acho que só decolam quando é seguro fazer isso. — Ela encolheu os ombros. — Sinto muito James, mas isso é tudo que eu sei. Talvez o voo dela ainda não tenha partido. Se você for para o aeroporto agora, talvez consiga vê-la.

Eu a agradeci por tudo e levantei rapidamente.

— Se você não chegar a tempo — pediu ela, enquanto eu saía —, será que você poderia voltar e doar um pouco de sangue? Nós precisamos muito.

Prometi que faria isso, mas já estava correndo e nem sei se ela tinha me ouvido.

O guarda armado não queria me deixar pegar o meu Jeep de volta e só quando apontei o revólver para a cara do líder deles foi que ele me permitiu ir embora. Mas tive que deixar o fuzil.

Esperei uma saraivada de tiros contra o carro, mas nada aconteceu.

Peguei o telefone, praguejando quando vi que estava quase sem bateria. Eu só esperava que ele aguentasse até me levar ao aeroporto antes de desligar de vez.

Eu nunca tinha ido a Raqqa, mas não foi muito difícil encontrar o aeroporto. Segui uma fila de caminhões com logotipos de instituições de caridade, todas seguindo para o aeroporto, mas quando cheguei, eu não tinha os documentos corretos e o perímetro estava cercado com arame farpado – tudo muito bem protegido.

Peguei o resto dos latões de gasolina e quase todo o dinheiro que eu ainda tinha como suborno para conseguir entrar.

Vi um grande avião americano de transporte parado perto da pista principal. Se eu tivesse dinheiro sobrando, eu apostaria que aquele era o avião de Amira.

Gemi de frustração quando os burocratas e a equipe administrativa se recusaram a permitir que eu soubesse se aquele era o avião dela ou não. No final, usei os meus últimos dólares para conseguir entrar no avião.

O avião estava cheio de gente do Médicos sem Fronteiras que estavam sendo transportados. Muitos pareciam estar em estado grave, e todos tinham algum tipo de ferimento. Meus olhos procuraram desesperadamente entre as fileiras em busca de Amira.

Até que finalmente a vi perto dos fundos do avião. Eu a encontrei. Seus olhos estavam fechados e havia manchas de sangue no seu rosto. Ela estava pálida e imóvel, e fiquei com medo de tocar nela.

— Amira — chamei baixinho. — Amira...

As pálpebras dela se contraíram e ela abriu os olhos bem devagar, com expressão surpresa.

— J-James?

— Isso! Estou aqui. Graças a Deus.

— O que você está fazendo aqui? — perguntou ela com voz fraca.

— O seu pai me ligou. Estava preocupado porque ficou sem notícias suas. A cidade ficou sem comunicação e as notícias não eram nada boas.

Ela assentiu.

— Mas... como você me encontrou?

— Conheci sua amiga irlandesa, Michelle. Ela me disse que você está sendo levada para casa. Isso é muito bom. — Olhei para as bandagens nas mãos dela. — Mas você está bem?

Ela piscou devagar.

— Você não deveria ter vindo.

As palavras dela me magoaram tanto que nem consegui respirar. Engoli em seco.

— Seus pais estavam preocupados... Clay estava preocupado, e eu também...

A sombra de um sorriso apareceu no seu rosto.

— Sempre se preocupando com os outros, James. — Ela suspirou e seus olhos começaram a se fechar. Percebi que estava muito sedada. — Eu não acredito que você está aqui. Eu nem consigo imaginar como você conseguiu chegar aqui, deve ter enfrentado muitos perigos. Mas é bom ver você. Você realmente está aqui? Eu não estou sonhando?

Peguei a mão dela na minha.

— Eu estou aqui mesmo. Não existe outro lugar onde eu queira estar.

— Sinto muito sobre o que eu disse da última vez, quando estávamos no aeroporto JFK. Eu quis ligar tantas vezes pra você, mas eu estava com medo. Isso parece tão idiota agora. Sinto muito...

— Tudo bem — respondi sentindo o coração disparar. — Podemos falar sobre isso depois. Você vai ficar boa e...

— Ei, cara — chamou um homem com uniforme de fuzileiro naval dos Estados Unidos. — Você tem que descer agora. Vamos decolar em dez minutos.

— Posso ficar com ela? — perguntei, desesperado, e ele me lançou um olhar incrédulo.

— Nós não somos um serviço de táxi aéreo, cara! Já estamos com excesso de peso e não vamos levar ninguém que possa andar sozinho.

Eu me virei para Amira e me agachei ao seu lado, ainda segurando a mão dela na minha.

— Tem muitas coisas que eu quero dizer pra você — comecei, sentindo a voz falhar. — Eu amo você e sei que o momento é totalmente inadequado... mas eu senti muita saudade. Esses últimos meses foram horríveis. Eu faço qualquer coisa por você. Você sabe disso, não sabe? Qualquer coisa. Eu daria o mundo pra você se eu pudesse e todas as estrelas do céu.

Ela abriu os olhos por um momento e tocou o meu rosto com a mão enfaixada.

— Meu doce James, eu não mereço você.

Ela fechou os olhos e coloquei a mão dela na maca, relutante em sair, desesperado para ficar.

O fuzileiro naval me fulminou com o olhar e eu sabia que era hora de ir. O nosso tempo tinha se esgotado. Eu fiz a minha última jogada e perdi.

Pelo menos Amira estava em segurança.

Eu me levantei, surpreso de ver que o meu rosto estava molhado de lágrimas.

— Por favor — pediu Amira de repente, olhando para o fuzileiro naval enquanto segurava a minha mão. — Por favor, deixe-o ficar. Eu preciso dele. Por favor. Deixe-o ficar.

— Senhora, eu não posso autorizar...

— Por favor! Por favor!

— Merda — praguejou ele. — Tudo bem, ele pode ficar. — Ele olhou para mim. — Mas não atrapalhe ninguém.

— Pode deixar. Obrigado!

Ele se afastou resmungando e meneando a cabeça.

CAPÍTULO QUARENTA E UM

JAMES

Não havia lugar para eu me sentar a não ser no chão ao lado de Amira. Sempre que alguém precisava passar, eu tinha que me encolher e sair do caminho. Estar ali provavelmente violava uma centena de regras, mas eu não me importava.

Segurei a sua mão conversando com ela, mas estava muito preocupado com o pulso fraco que eu sentia e com sua pele pálida e suada. Eu não sabia se ela estava dormindo ou se estava inconsciente. Eu não tinha treinamento médico, mas até mesmo eu podia notar que ela estava se esvaindo.

Os médicos sobrecarregados a bordo faziam o que podiam pelos feridos, mas vi um homem morrer na minha frente. Eu não contei para Amira quando ela me perguntou. Eu disse que ele estava dormindo.

— Talvez a gente possa tentar visitar Clay quando você estiver melhor — sugeri, apertando a mão dela.

O canto dos lábios dela se levantou um pouco.

— Ele é um cara muito legal — declarou ela, mas sua voz estava tão baixa que eu mal conseguia ouvir sobre o som dos motores.

Eu gostava muito de Clay, mas sentia uma onda de ciúme quando Amira falava sobre ele.

— Ele vai se casar com Zada — contou ela.

— A sua irmã? Sério? Eu não sabia! Que ótimo.

— Ele tentou contar pra você — sussurrou, a voz dela me enchendo de culpa.

— Eu deveria ter retornado as ligações dele — respondi.
— Eu sei porque você não fez isso. E eu sinto muito. Muito mesmo. É tudo culpa minha.

Segurei a mão dela na minha com cuidado.

— Bem, você não vai se livrar de mim agora. Talvez você pudesse vir me ver na Inglaterra ou eu poderia ir aos Estados Unidos para ver você.

— Parece bom — disse ela com voz fraca. — Estou tão cansada.

— Não tente falar. Guarde suas forças. Podemos falar quando chegar em casa.

— Estou tão cansada. James...

— Sim?

Mas ela dormiu. E eu fiquei segurando a mão dela enquanto os quilômetros passavam. Mas ela estava tão fria.

— Ei — chamei um dos membros da tripulação. — Será que você pode arranjar outro cobertor? Ela está fria demais.

Ela franziu a testa, inclinou-se e pousou os dois dedos no pescoço de Amira. Então, levantou uma das pálpebras, antes de olhar rapidamente para mim.

— Sinto muito. Mas ela se foi.

Senti o meu mundo girar.

— O quê?

— Sinto muito, os ferimentos dela eram graves demais. Ela não resistiu.

— Mas... Isso não pode estar certo! Eu estou bem aqui do lado dela.

Ela pousou a mão no meu ombro.

— Sinto muito. Ela não tem pulso, as pupilas estão fixas e dilatadas. Não havia nada que você pudesse fazer.

Mesmo depois que chegamos à Alemanha, eu fiquei com ela até que a levassem embora.

Eu não me lembro de ter descido do avião. Uma dor rasgava o meu peito como se alguém estivesse arrancando cada uma das minhas costelas.

Eu estava do lado de fora, de joelhos, vomitando tudo que tinha dentro de mim.

Meus dedos mergulharam na lama enquanto o vômito se espalhava diante de mim. Tive ânsia de novo, mas não havia mais nada, e senti uma sensação bizarra de surpresa quando percebi que eu estava vomitando.

A última vez que chorei, foi quando fui enviado para o sistema de adoção. Eu prometi para mim mesmo que nada voltaria a me magoar de novo.

Mas ali estava eu, coberto de lama e vômito e chorando como um bebezão.

Tudo estava acabado: a minha esperança, o meu futuro, o amor da minha vida. A minha vida de merda e sem sentido. Eu tinha vindo correndo para salvá-la, mas ela não precisava de mim e não consegui ajudar em nada. Era uma piada cósmica e eu era motivo de riso.

— Por quê?! — berrei para os céus. — Por quê? Por que você teve que levá-la? — gritei. — Deus, você é um grande filho da puta. Uma porra de uma fraude diabólica. Você não passa de um truque para os idiotas! Você é o maior enganador que existe! Você não presta para nada, Deus, com todas as suas palavras sagradas e suas promessas! É um maldito mentiroso! E você pode ir para o inferno! Porque eu já estou lá.

Eu fiquei berrando lá, enquanto o sofrimento e a raiva rasgavam o meu peito.

Minhas mãos tremeram quando peguei o velho revólver russo no cós da minha calça, minhas mãos pegajosas de lama. Coloquei a arma na lateral da minha cabeça, olhando acusadoramente para as nuvens pesadas de chuva.

— FODA-SE TUDO!

Puxei o gatilho, esperando a bala acabar com a minha vida.

Mas tudo que ouvi foi um clique seco.

Puxei o gatilho várias vezes e nada aconteceu.

— Revólver russo de merda! — gritei, largando-o na lama.

Comecei a rir enquanto a chuva lavava as lágrimas do meu rosto, deitei e fechei os olhos.

Nem mesmo a morte me queria.

Esperei por alguma coisa, qualquer coisa, mas nada aconteceu.

Ninguém veio.

Ninguém falou comigo.

Ninguém se importava com um homem que enlouqueceu na frente deles.

A chuva caía cada vez mais pesada, fustigando o meu rosto, encharcando as minhas roupas. O frio começou a invadir o meu corpo e eu gostei da sensação de dormência.

Mas o mundo continuaria girando, e o sol ia nascer e se pôr.

Por fim, eu me sentei, passando as mãos no rosto, sujando-o ainda mais de lama e catarro.

Dois fuzileiros navais vieram correndo na minha direção, atravessando o gramado ao lado do avião, seus fuzis apontados para mim.

— Afaste-se da arma! Mãos na cabeça!

Talvez eu conseguisse fazer com que atirassem em mim e acabassem com o meu sofrimento. Peguei o revólver que ainda estava na lama perto de mim, mas o homem que estava atrás de mim não atirou. Em vez disso, ele me deu uma coronhada no rosto, fazendo o sangue jorrar do meu nariz.

Comecei a rir de novo, sentindo o gosto do meu sangue conforme ele escorria pelo rosto e caía na minha boca. Lambi os lábios molhados de sangue e ri.

O outro fuzileiro pegou o revólver e me algemou, colocando-me de pé.

Eu tinha prometido aos pais de Amira que eu a encontraria e a levaria para casa. Eu fracassei.

Eu fracassei em tudo.

Eu fracassei nesse jogo da vida.

A próxima coisa de que me lembro foi olhar para um major do exército inglês.

— Levante-se, seu merda! — gritou ele.

Confuso e sentindo dor, me sentei devagar. Eu estava deitado em um catre de metal em um tipo pequeno de cela. Se era no aeroporto ou em alguma delegacia de polícia, eu não saberia dizer.

Esfreguei os olhos e cuspi nos pés dele, uma boa cusparada caindo bem nos coturnos engraxados.

Ele deu um pulo para trás e praguejou.

— Spears, seu merda! Você está preso por deserção. Você será transferido de volta para o Reino Unido onde enfrentará a Corte Marcial. Você entendeu? Entendeu?!

E, então, eu comecei a rir. E continuei rindo.

Eu ri tanto que caí de joelhos, rindo tanto que as costelas pareciam prestes a quebrar. Eu estava enlouquecendo, enquanto o filho da puta do policial militar me algemava e me prendia.

Minha carreira estava acabada.

Amira tinha morrido.

E não havia mais motivo para viver.

JANE HARVEY-BERRICK

EPÍLOGO

Três meses depois

O zunido ficou mais alto e, apesar do analgésico a dor rasgou o meu corpo dormente.

Respirar ajudava. Sim, era isso que eu tinha que fazer: continuar respirando. *Respire ou morra.*

Eu não sabia se aquilo era uma escolha.

O tatuador fez uma pausa, afastando a agulha do meu corpo e analisando o trabalho. Ele olhou para mim.

— Tudo bem aí, cara?

A pele no meu peito estava vermelha e inflamada, gotinhas de sangue aparecendo pela mancha de tinta, o desenho começando a fazer sentido. A única coisa que fazia sentido naquela merda que era a minha vida.

Eu resmunguei e ele voltou ao trabalho.

Eu gostava na pressão da agulha, gostava da dor que rasgava a dormência que eu carregava comigo havia meses.

Amira tinha morrido. Então, nada do que fiz serviu de alguma coisa. Depois de tudo pelo que passamos. Tanta coisa por nada.

Depois da minha prisão, enfrentei a Corte Marcial como desertor e cumpri pena em Colchester, o centro de treinamento correcional para militares – uma prisão em todos os aspectos, menos no nome. Todos os dias eram iguais: treino físico, café da manhã, treino físico, almoço, treino físico, jantar, treino físico, inspeção do quarto, revista de tropas a cada hora até cinco horas da manhã e, então, treino físico, café da manhã... Era uma tortura para o corpo e entorpecia a mente. A intenção era acabar com a pessoa e remodelá-la como um soldado perfeito.

Mas eu já estava acabado – não havia nada pior que pudessem fazer contra mim.

EXPLOSIVO

Tentaram me ameaçar com uma acusação de deserção que tinha uma sentença de dez anos. Mas meu advogado disse que o meu comandante tinha me mandado para uma missão de treinamento nos Estados Unidos que acabou sendo, na realidade, uma operação ilegal – o que era equivalente a um sequestro – e provavelmente eles preferiam que tudo aquilo não chegasse aos jornais. Ele até sugeriu que eu estava esperando uma promoção, umas medalhas e ser mandado para um posto da minha escolha.

Ele deixou as coisas bem claras.

Eu desconfiava que Smith tinha mexido uns pauzinhos para que eu só tivesse uma pena de seis meses, mas não sei com certeza, porque nunca mais tive notícias dele.

Minha carreira acabou e a minha saída foi bem rápida – uma dispensa administrativa foi como chamaram. Ninguém queria trabalhar comigo e nenhum comandante me queria como subordinado.

Ontem eu estava na prisão, agora estava livre – não tinha sido uma dispensa com desonra e eu agora era um civil novamente.

Eu não me importava. Eu não me importava com mais nada.

Meu telefone vibrou no bolso e o tatuador parou novamente.

— Você quer atender?

Clay estava ligando.

Ele era persistente, eu lhe dava créditos por isso, mas exatamente como das outras vezes que ele tentou falar comigo, eu ignorei. Ignorei dezenas de mensagens de texto, e-mails e ligações. O cara demorava a entender.

Desliguei o telefone e o joguei em cima das roupas ao meu lado.

O tatuador encolheu os ombros e voltou ao trabalho. Talvez tivesse muitos clientes fodidos.

Uma hora depois ele terminou.

A pele em cima do meu coração estava tatuada com marcas de garras, cortes profundos e sangrentos.

Tatuar o nome de Amira no meu peito era muito pouco, um gesto comum demais para o que eu estava sentindo. Sua ausência, a fatalidade dos nossos últimos minutos juntos, aquilo tinha arrancado o coração do meu peito. Eu deveria estar morto, mas o meu corpo continuava vivo, mesmo que eu não entendesse como isso era possível. Um homem não deveria viver quando o próprio coração foi arrancado do peito.

Mas eu vivia.

E todos os dias eu tinha que encontrar um motivo para continuar vivo.

Eu tinha certeza de que um dia eu ficaria sem motivos.

E, então, eu encontraria a paz.

Inshallah.

Continua...

JANE HARVEY-BERRICK

CRÍTICAS

Vocês estão zangadas comigo por ter terminado a história de Amira e James dessa forma? Sinto muito. De verdade. Mas essa é uma história sobre amor e perda e aprendizado, crescimento e força para mudar.

Tudo mudou para James. E embora esse seja o fim da história de Amira, James vai continuar. O livro *Bombshell* será lançado em março de 2019, trazendo a continuação da história de James, e vocês verão Clay e Zada novamente.

Sigam-me no Goodreads, pois eu avisarei quando o livro for lançado.

Críticas são amor!

Estou sendo sincera quando digo isso! E ainda ajuda outras pessoas a tomarem uma decisão embasada antes de comprar este livro.

Então, eu realmente ficarei muito feliz se você dedicar alguns segundos para comentar e avaliar.

No Reino Unido: amzn.to/2nnqn55
No Brasil: bit.ly/Ebook_Explosivo
Skoob: bit.ly/ExplosivoSkoob

JANE HARVEY-BERRICK

JANE HARVEY-BERRICK

EXPLOSIVA

LIVRO 2

JANE HARVEY-BERRICK

PRÓLOGO

Na primeira vez que tentei me matar, eu fracassei.

Obviamente.

O revólver não funcionou. Eu ficava puxando o gatilho e nada acontecia, a não ser cliques vazios e uma frustração cósmica.

Mas, da próxima vez, eu vou fazer tudo direito, sem cometer erros. Eu planejei tudo. Há uma garrafa de uísque irlandês 12 anos com o meu nome escrito, vários comprimidos para dormir e um saco plástico sobre a minha cabeça. Será um fim tranquilo e calmo. O que, na verdade, é irônico, e nada como vivi a minha vida.

Então, com tudo no lugar, a última coisa que quero encontrar é uma razão para viver.

JANE HARVEY-BERRICK

CAPÍTULO UM

JAMES

O *pub* era escuro e sujo com um tapete grudento de décadas de cerveja derramada e um cheiro persistente de carne e torta de rim.

Não restavam muitos bares à moda antiga como este em Londres. Mas se você conhecesse algumas ruas secundárias e as áreas mais pobres da cidade, você ainda os encontrava.

Eu estava assombrando esse lugar havia um mês agora e antes tinha sido outro em uma parte diferente da cidade – lugares diferentes para encher a cara até ficar entorpecido, adiando o dia em que eu tomaria a decisão. Era tranquilo aqui e ninguém me incomodava. Eles não tinham música, não havia caça-níqueis nem mesas de sinuca, só um alvo para dardos, pregado na parede. Mas você precisava trazer os próprios dardos. Eu nunca tinha visto ninguém jogar.

Durante o dia, clientes mais velhos sentavam-se ao bar, bebendo cerveja escura e lendo *Sporting Life* antes de decidirem quais apostas fariam nas corridas de cavalo ou de cachorro. Depois do trabalho, alguns jovens vinham tomar uma bebida um pouco antes da hora de fechar e, então, um pouco antes de fechar, a verdadeira vida noturna ganhava vida, com algumas pessoas estranhas fazendo negócios no beco do lado de fora.

Eu ficava satisfeito de me sentar, ficar observando e bebendo a nona ou décima dose de uísque do dia. Mas nem isso era o suficiente para acabar com a dor do vazio dentro de mim ou anestesiar a mesma. A minha tolerância ao álcool estava aumentando e o estupor era difícil de conseguir. Eu já não conseguia isso havia um tempo. Desmaiar era a única opção. O truque era ficar sóbrio o suficiente para chegar no meu apartamento, mas não o suficiente para me lembrar de nada sobre a volta. Talvez essa noite eu bebesse até entrar em coma para nunca mais acordar. Um homem pode ter esperança.

A porta do *The Nag's Head* abriu trazendo uma onda gelada no salão, fazendo os mais velhos resmungarem.

Por força do hábito, levantei os olhos embaçados. Então, olhei de novo.

O recém-chegado caminhou em direção a mim, tirando o gorro e tirando o longo cachecol em volta do pescoço.

— Olá, James. Eu perguntaria como você está, mas estou vendo por mim mesmo. Você está péssimo, cara.

Eu ainda estava sentado boquiaberto quando Clay se acomodou à minha frente, com um sorriso triste do rosto.

A última vez que eu o vi ele estava deitado em uma cama de hospital esperando pela terceira ou quarta operação porque tinha perdido a perna direita em uma explosão. Dezoito meses depois, ele parecia bem e em forma. E estava caminhando bem com a prótese.

Não que alguém pudesse dizer que ele não tinha as duas pernas – eu só sabia porque eu estava lá quando aconteceu.

Tentei esquecer aquilo enquanto levava o copo de uísque até a boca.

A mão de Clay se fechou no meu pulso.

— Não faça isso, cara — pediu ele com gentileza. — Ela não ia querer isso. Ver você assim, isso partiria o coração dela.

— Mas não posso partir o coração dela quando ela já está morta — retruquei, virando a dose de uma vez só.

Clay não falou mais nada. Ficou apenas olhando para mim com expressão solene no rosto.

Eu tinha duas perguntas para fazer, mas não consegui reunir a energia para fazê-las. Se ele quisesse me contar como me encontrou e por que estava ali, bem, ele acabaria falando.

Além disso, eu meio que desconfiava do *como*: nosso amigo Smith, o fantasma, teria os contatos para me encontrar, mesmo que eu não quisesse ser encontrado.

Então, só me restava saber o porquê.

Levantei o copo vazio.

— Compre uma bebida para um soldado? — Eu ri para ele.

— Claro. — Ele se levantou e foi ao bar.

Pareceu uma eternidade até ele ser servido, mas quando voltou, estava trazendo duas xícaras de café.

— Eu não curto muito bebidas fortes. — Ele sorriu e tomou um gole do café e depois estremeceu.

O *The Nag's Head* era um *pub* péssimo que servia uma cerveja de péssima qualidade, mas o café era ainda pior.

A reação dele me fez rir, algo que eu não fazia havia muito tempo.

Eu não queria café – queria continuar bebendo até parar de pensar, mas olhei nos olhos de Clay.

— Você veio de Ohio até aqui para me encher o saco, então o assunto deve ser sério. Você precisa de dinheiro, conselho ou um álibi? Porque estou falido, meus conselhos são uma merda e eu não poderia ser álibi nem de uma freira.

Ele sorriu e tomou mais um gole de café, meneando a cabeça, olhando para a minha barba comprida, roupas sujas e coturnos velhos.

— Como está a perna? — perguntei, por fim.

— Sabe, eu fico me perguntando sobre isso. Você acha que ela foi cremada? Ou talvez enterrada? Parece estranho a minha perna ter tido um funeral sem mim.

Fiquei boquiaberto, olhando para ele.

— Ah, você está ouvindo. Que bom. Só estava testando. Sou obrigado a dizer, cara, foi uma viagem longa para chegar até aqui. Mas juro pra você que, na minha imaginação, o nosso reencontro seria em um lugar mais elegante.

— Não é romântico o suficiente pra você? — perguntei depois de tomar um gole do café horroroso.

Os olhos dele brilharam.

— Agora que você mencionou — respondeu ele animado. — É uma pocilga. — Então, a expressão do rosto dele ficou séria de novo. — Por que você está aqui, James?

Meus pensamentos estavam lentos, mas tinha quase certeza de que era eu quem devia fazer aquela pergunta.

— Exatamente o que eu ia perguntar a você.

Ele pareceu considerar, debruçou-se na mesa e ficou olhando para mim.

— Eu quero te oferecer um trabalho.

EXPLOSIVA

Eu cuspi o café na mesa e enxuguei a boca com a manga da camisa.
— Vejo que o seu senso de humor não melhorou, Clay.
Ele deu um sorriso.
— Eu não sei, talvez *você* seja a piada.
— É, com certeza eu sou — retruquei. — A porra de uma piada cósmica e intergaláctica. Sim, eu sou uma piada.
Ele fez uma careta.
— Não foi isso que eu quis dizer. Cara, essa oferta é genuína. Eu viajei muitos quilômetros pra você pelo menos me fazer a cortesia de me dar uma resposta genuína.
Eu quase engasguei novamente com o café enquanto o fulminava com o olhar.
— É mesmo? E quem você quer que eu mate? — Eu ri da minha própria piada.
Ele suspirou.
— Eu recebi uma oferta de trabalho da Halo Trust. Você sabe quem são, não sabe?
Ele queria que eu trabalhasse em uma das maiores instituições de caridade de minas terrestres do mundo? Aquilo era uma coisa séria.
— Conheço. Eu sei o que eles fazem. Limpam tudo depois que a guerra termina. Dispositivos explosivos, artilharia de alto calibre, munições, todos os estilhaços perdidos na batalha.
— Exatamente. Eu vou trabalhar na parte logística. Mas preciso de um especialista em explosivos para ensinar aos moradores locais como procurar e destruir as munições deixadas para trás.
Eu olhei para ele, meneando a cabeça.
— Eu não sou a pessoa que você procura. Você precisa de alguém que se importe o suficiente para fazer o trabalho direito. Você precisa de alguém que se preocupe.
O olhar dele ficou frio, embora o sorriso continuasse nos seus lábios.
— Um especialista em bombas e munições com tendências suicidas? Achei que esse seria o trabalho perfeito pra você. Já que você não está nem aí se vai viver ou morrer, por que não fazer o bem primeiro?
Fazer o bem.
As palavras ecoaram no meu cérebro.

Era o que *ela* queria ter feito: *fazer o bem*. Ela, aquela que não deve ser nomeada.

Engoli o café horroroso e olhei para Clay.

— Vou pensar no assunto.

Ele abriu o sorriso.

— É tudo que eu quero. É tudo que eu quero.

JANE HARVEY-BERRICK

AGRADECIMENTOS

Essa história é pessoal para mim de várias formas. Tenho muitos amigos da comunidade de desarmamento de artilharia explosiva, então, ela é importante para mim por causa disso. Eu realmente me esforcei para passar os detalhes de forma correta, embora eu mesma não tenha formação militar. Sim, eu tinha pessoas para quem eu poderia pedir mais informação. **Mas quaisquer erros cometidos são único e exclusivamente meus, como licenças criativas para a história.**

O desejo de escrever e ser escritora é uma lição de vida que dura para sempre, e eu ainda estou aprendendo. Mas existem algumas pessoas que me ajudaram e me orientaram na escrita *deste* livro. Então vou começar com estes homens e mulheres, todos incríveis à sua maneira, todos diferentes e todos dispostos a me dar todo o apoio de que eu precisava.

Para o verdadeiro Alan Clay Williams que me pediu para eu escrever uma morte maravilhosa para ele, mas que se tornou um herói.

Para Kirsten Olsen, amiga, confidente e editora que nunca deixou de me apoiar.

Para Tonya "Maverick" Allen, colega de viagem e a minha torcedora número um.

Para Sheena Lumsden e Lynda Throsby por muitas coisas, incluindo sua amizade e habilidades organizacionais mágicas.

Para todos os blogueiros que dedicam tempo à sua paixão pela leitura e resenha de livros – obrigada pelo seu apoio.

E para os meus leitores. Vocês não apenas têm um gosto maravilhoso, mas vocês são demais.

Obrigada aos integrantes do Jane's Travelers. Vocês sabem o quanto significam para mim e vocês nunca me decepcionam. São vocês que eu procuro quando preciso de conselhos, suporte e um pouco de riso. Vocês formam o meu melhor grupo de leitura e amizade. Amos suas mensagens e obrigada por serem meus olhos e ouvidos nesse incrível mundo editorial enquanto eu me enterro em minha caverna de escrita.

https://www.facebook.com/groups/745962858946112

SOBRE A AUTORA

"Ame todos, confie em alguns, não faça mal a ninguém" – esse é um dos meus ditados favoritos. Ah, e "Seja bom!". Esse é outro. Ou talvez: "Onde está o chocolate?"

Sempre me perguntam de onde tiro as minhas ideias. A resposta é que elas vêm de todos os lugares. Uma caminhada na praia com o meu cachorro, ouvir conversas em *pubs* e lojas onde faço anotações discretamente no meu caderno. E, é claro, das coisas que leio, vejo e lugares que já visitei e pessoas que conheço.

Se você já veio a algum evento de autógrafos dos meus livros, sabe que eu apoio as instituições de caridade militar http://www.felixfund.org.uk/, no Reino Unido e http://www.eodwarriorfoundation.org/, nos Estados Unidos. Ambas apoiam homens e mulheres que trabalham no Esquadrão Antibombas e seus familiares.

As vendas de SEMPER FI são revertidas para estas instituições:

www.felixfund.org.uk – instituição de caridade ligada ao desarmamento de artilharia explosiva no Reino Unido.

www.eodwarrriorfoundation.org – instituição de caridade ligada ao desarmamento de artilharia explosiva nos Estados Unidos.

www.nowzad.com – ajuda para homens e mulheres que recolhem animais perdidos e abandonados em locais que estão em guerra ou acabaram de passar por uma.

A The Gift Box é uma editora brasileira, com publicações de autores nacionais e estrangeiros, que surgiu no mercado em janeiro de 2018. Nossos livros estão sempre entre os mais vendidos da Amazon e já receberam diversos destaques em blogs literários e na própria Amazon.

Temos o nosso próprio evento, o The Gift Day, onde fazemos parcerias com outras editoras para trazer autores nacionais e estrangeiros, além de modelos de capas.

A The Gift também está presente no mercado internacional de eventos, com patrocínio e participação em alguns como o RARE London (Fevereiro) e RARE Roma (Junho).

Somos uma empresa jovem, cheia de energia e paixão pela literatura de romance e queremos incentivar cada vez mais a leitura e o crescimento de nossos autores e parceiros.

Acompanhe a The Gift Box nas redes sociais para ficar por dentro de todas as novidades.

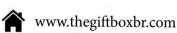 www.thegiftboxbr.com

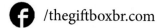 /thegiftboxbr.com

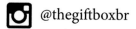 @thegiftboxbr

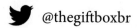 @thegiftboxbr